魅丽文化 花火工作室

小年华

Xiao
NianHua

七朗 / 著

江苏凤凰文艺出版社
JIANGSU PHOENIX LITERATURE AND ART PUBLISHING, LTD

图书在版编目（CIP）数据

小年华 / 七朗著 . -- 南京 : 江苏凤凰文艺出版社，2019.7
ISBN 978-7-5594-3635-1

Ⅰ. ①小… Ⅱ. ①七… Ⅲ. ①长篇小说 - 中国 - 当代
Ⅳ. ① I247.5

中国版本图书馆 CIP 数据核字 (2019) 第 074977 号

小年华

七朗 著

责任编辑　张 倩　王 青
特约编辑　李 墨
装帧设计　某 和
出版发行　江苏凤凰文艺出版社
　　　　　南京市中央路 165 号，邮编 : 210009
网　　址　http://www.jswenyi.com
印　　刷　湖南关山美印有限公司
开　　本　880mm × 1230mm　1/32
印　　张　9.5
字　　数　160 千字
版　　次　2019 年 7 月第 1 版，2019 年 7 月第 1 次印刷
书　　号　ISBN 978-7-5594-3635-1
定　　价　36.00 元

目录

CONTENTS

第三章
所有自己把握不了的都是命中注定

第四章
你痴情的样子像条狗

第五章
友谊地久天长，我们都是你的伴娘

第六章
我要的幸福，在不远处

第七章
好朋友就是互相“欺负”

第八章
如果人生可以重来，我希望遇见的还是你

谢谢这本书里出现过的所有名字，让我有了一个关于青春的故事。到现在为止，我依然时常彷徨无措，不知未来将会怎样，于是小心呵护着心里一方田地，里面埋着我的心思和你们的故事。在阳光明媚的日子，我愿意把这个故事拿出来，让阳光晒得发烫，让风拂去旧尘，告诉和我年少时同样迷茫的孩子：不要怕，时间是一切烦恼的答案。这个世界经常不友好，所以善良的人们才要相互取暖，然后，比从前更勇敢。

第一章

看脸的世界，只有我在乎你的灵魂

一 人不可貌相

我上辈子一定是造了什么孽，老天才会安排我这辈子和张默淏这样的衣冠禽兽做朋友，而我和这玩意儿之间至少还差了有十六辈。什么意思？就是他认识我是八辈子修来的福气，我认识他则是倒了八辈子血霉！

我的大学室友张默淏先生，如果你见过他也一定会被他那副好皮囊欺骗，看过电影《画皮》里面周迅对着镜子把整张脸扒下来吗？跟张默淏回到寝室把一双臭鞋一甩，往床上一瘫后的效果差不多吧。白天出了门他是天之骄子，人模狗样的翩翩少年，是全院各系各级各班所有女生神往的极品，引用某学妹的话就是“彦祖在远方，默淏在身边”。我真的很想劝这位学妹“迷途知返”，快醒醒，因为你的“张彦祖”回到寝室之后就会变成牛魔王之子，浑得上天入地，完全不要脸皮。所以，每当听到周围有人对张默淏啧啧称赞时，我都会条件反射地在心里翻一个 360° 的白眼，以捍卫我心中的正义！

不过话说回来，英明神武如我，第一次见到张默淏这厮的时候也险些被他的外表所蒙蔽，然而现实很快就让我清醒了。那一年我刚刚入学，从一个天真无知的高中生变成了一个天真无知的大学生，当我拖着行李箱、扛着行囊、走进我的母校H大，根据学校地图的指示找到寝室大楼的时候，就听到宿管阿姨正无比热情地招呼走在我前面那个穿着白衬衣的同学。

“同学，你是哪个宿舍的啊？寝室卡拿好，填好姓名、学号、联系方式……在这呢、这呢，有啥不懂的就问阿姨，知道吗？”这位体态丰腴的宿管阿姨手舞足蹈地解说着，我甚至觉得看到了一抹红晕飘上了她饱满的苹果肌。

白衣男孩抬起头，嬉皮笑脸地应和着，没说几句，宿管阿姨就从手舞足蹈发展成花枝乱颤了。不过不得不承认，这哥们儿长得确实很蛊惑人心，他眼窝深邃，鼻梁高挺，唇红齿白，挺拔高挑，说他是当红偶像组合的成员我也信。

看他事儿办得差不多了，我走上前礼貌地询问：“阿姨，请问B8栋3单元是这里吧？”

结果宿管阿姨头也没回，所有注意力仍在白衣少年身上：“门口有牌子，自己看一下。”

什么情况？区别对待啊！这宿管阿姨还有两副面孔啊？

我正觉得有些尴尬，后面忽然传来低音炮一样的男中音：“阿姨，是在这儿拿钥匙吗？”一回头我吓了一跳，站在我身后的是一个肩头扛着硕大行李包的彪形大汉。

终于舍得把眼神挪开的阿姨闻声抬头，而她头顶的高度正好抵着大汉的下巴：“报到让孩子自己来，家长不能进！”

铁汉的语气很委屈，眼神里都透着无辜：“我就是孩子本人！”

“哈哈哈哈哈……”一秒过后，白衣少年便笑得肆无忌惮，毫不收敛。

好在宿管阿姨是见过世面的，她只是愣了愣，就回过神来把寝室卡塞到了我们三人手里：“正巧，你们三个是一个寝室的。”

当下，我看着手里的钥匙，再看看眼前的两个室友，我明白了一个道理，大学里人不可貌相，但往往大家还是遵循着以貌取人的标准……

就这样，我和张默淏还有铁汉住进了一个寝室，开始了没羞没臊的大学生活。张默淏睡在我对面的上铺，而我就是睡在铁汉同学上铺的兄弟。冥冥之中我们形成了一个稳固的三角关系，不要误会，不是我们三个有情感纠葛，而是我们变成了彼此早起上课的绊脚石。几乎每一天，我们都在经历着我盯着张默淏、张默淏盯着铁汉、铁汉又盯着我的情况下，互相观察，相互牵绊，最后抱着“他起我就起，敌不动我不动，敌一动……我不动他怎么可能动”的心情踏踏实实地错过了早课。

那几年，正是校内网在高校风靡的时候，各院校各科系各年级的男男女女几乎人人都注册了校内网，并以此为平台友好交流，互相勾搭……入学后的不久，网上流行过一阵的猫系男友和犬系男友，成百上千经过滤镜柔光，P 的妈都不认识的猫、犬系男友的照片在校内网上疯传。而其中，意外也不意外地出现了张默淏的照片。意外的是，当事人本人也记不清照片的来历，只依稀记得是某次去同学家逗猫时被抓拍到的，后来被传到了网上；不意外的是，作为一张难得的“图片与实物”相符的照片，张默淏同志赢得了广大院校女生和小部分男生的关注与青睐。是的，他火了，毫不夸张地说，哥们儿也算是初代网红的一员了。也不知道为什么，我到现在还很清楚地记得那张照片，张默淏穿着入学时穿的那件白衬衣，双手把一只小黑猫捧在胸前，他棱角分明的脸和黑猫的小圆脸靠在一起，小猫圆溜溜的大眼睛盯着张默淏的一双桃花眼，时间是接近黄昏的时候，太阳的余晖洒在人和猫的脸上折射出淡淡的光晕，那画面确实很萌，很美好，以至于多年后我再见到照片里的“当事猫”时都会瞬间想起这张照片。

张默淏成了网红之后大概是有了偶像包袱和名人做派，除了开始抵制寝室不早起的不良风气外，还故意破坏寝室团结和友谊，用铁汉辛苦打来的热水，扯铁汉刚刚打开的卫生纸，挤铁汉新买的洗发水……但是跟我比起来，铁汉的处境算是好的，只是承受些物质上的损失，我除了要承受物质上的损失，还要饱受精神上的刺激，为什么呢？因为我发现张默淏这个傻子竟然经常半夜下床偷吃我的零食！

“张默淏，你昨晚是不是又偷吃我的零食了？”无意中捡到被丢弃在角落的零食包装袋后，我质问他。

他头也不抬:“怎么说得那么难听？朋友之间怎么能说‘偷’呢？我跟你说了，你睡着了没听见。”

“我不是你朋友！”

“对！不只是朋友，还是兄弟！”

“都不是！”

“乖啦，你看你多吃一口也长不高，但哥哥我还在长身体，一到晚上就饿，不吃东西睡不着啊，你看我都是因为失眠第二天才起不来耽误上早课的。”

“你放屁！凭什么我吃就长不高，你吃就能长身体？！你都往哪长啊？都长脸皮上了吧？”我气急败坏！

“好了、好了，我还你就是了，去看看自己柜子。”

我将信将疑打开柜子，里面不知道什么时候多了满满一大包零食：“什么时候放的？你买的？”

“要不然是圣诞老人吗？”他还抬杠！

“算你还有点仅存的良知！”我翻了个白眼不想跟这个“杠精”计较。

“别高兴得太早，反正放哪都是我吃！”他嘀咕。

我忍住了把整包零食砸到张默渓脸上的冲动，感觉自己住进了土匪窝。

不久后，张默渓又出了幺蛾子，竟然抱回一只小黑猫，他说是一个女同学送给他的，他刚刚给这只猫起了个名字叫“小鱼”。嗯，很符合张默渓的恶趣味。我平素是个比较冷漠的人，既没有八卦张默渓和这位女同学的关系，对小动物也没有什么感觉，不反感，但也不会主动接近。铁汉就不同了，外表狂野似硬汉、内心却娇羞如小公主的他对小猫充满了爱心，于是机灵的“小鱼”在入住寝室的第一天就从我和铁汉之间，迅速果断地选择了铁汉做“备胎”，只要是张默渓不在寝室，它就会主动窝在铁汉怀里打盹儿或是钻进他的被窝取暖，于是张默渓和“小鱼”这爷儿俩就像寄生虫一样寄养在我和铁汉这里。区别是“小鱼”更可爱，我和铁汉养着它心情好，说到“小鱼”那黏人的劲儿，发作起来绝对会受到其他猫科动物鄙夷，所有来寝室串过门的人见到“小鱼”扭着身子撒娇的场面，都会忍不住怀疑这厮是狗投错了猫胎。正因为这小东西太黏人，卖起萌来杀伤力极大，铁汉同学有一天终于忍不住把这个“小心肝”揣到怀里悄悄带进了食堂，美其名曰带兄弟下馆子。

陪同“兄弟”下馆子的我和张默渓坐在一排，目睹了铁汉慷慨地给“小鱼”点了一盘沙丁鱼并咧着大嘴温柔地抚摸着它的脑袋，嘴里还喃喃道：“吃吧，不够咱再买。”第一次开荤的小黑猫面对眼前这盘不是猫粮的玩意儿很警觉，它先是嗅了嗅，又试探地伸出爪子碰了碰鱼肉，半天没动嘴。慈母般的铁汉却曲解了这个动作，他一手抱着“小鱼”，一手用筷子仔细挑出了鱼刺，再把盘子往“小鱼”面前推了推。而与此同时，不到五分钟的时间，我们的桌子就渐渐被包围了，且是里三层外三层水泄不通。围过来的妹子们拿着手机对着“小鱼”一顿猛拍，边拍边发出“好萌呀，好想抱走”的感叹，拍够了猫后，她们又齐刷刷把手机对准了张默淏，我们再次淹没在“咔嚓咔嚓”的快门声中。和成为焦点还能泰然自处、脸皮厚似城墙的张默淏不同，我是个比较害羞的人，虽然人家拍的不是我，但我还是觉得不太自在。而此时对面的铁汉也憋红了脸，但他不是因为害羞，而是因为边上有个萌妹子很有礼貌地问了他一句：“老师，您家猫好可爱，叫什么名字呀？”我给铁汉递过去一个安慰的眼神，不怪人家，是你长得过于着急了。

突然，张默淏身边围得严严实实的人群出现了一个缺口，只见一个“巨人”依靠绝对的身高优势，毫不费力地单手一个个拨开前面女生的脑袋，给自己开辟了一条通道来到张默淏身边。

“你怎么把它带到食堂了？”这位穿着运动套装，宽大的T恤衫上印着巨大耐克logo的“巨人”开口问道。

但这一开口，把我吓一跳。我去，这人竟然是个姑娘！

“巨人姑娘”说着就随手抓了把椅子坐到了张默淏旁边，那动作怎么看怎么豪迈。

我、铁汉、小黑猫齐刷刷地看向她。

“这是我高中同学，胡蝶，猫是她送给我的。”张默淏介绍胡蝶时，眼神中流露出一丝尴尬。

“胡蝶？“我和铁汉异口同声。

要说有时候家长给孩子起名字真的是跟押宝一样，带着满满的期望，换来的却不一定是惊喜还是惊吓。

就像眼前的这位叫胡蝶的“壮士”，明明叫“长颈鹿”更适合她。

“你们好！你们是张默淏的室友吧？我是他青梅竹马，以后请多关照。”胡蝶同学非常大方且豪爽地握住了我和铁汉的手且用力握了握，那场景让我觉得似乎下一步我们“哥儿仨”就该歃血为盟结成异姓兄弟了。

可惜，现场没有酒坛子和酒碗，胡蝶撒开了我和铁汉的手，扭头对张默淏说：“我手机前几天在食堂占座儿时丢了，换了新号，你再记一下。”

“用手机占座儿？我没理解错吧？”铁汉惊奇地张大嘴。

“对啊，实在没东西占座儿了，兜里只有手机。打个饭回来别提手机了，连座儿都没了。你说现在校园风气怎么这么差？大学不是象牙塔吗，怎么还顺人东西呢？“

……

胡蝶谴责完校园风气后给张默淏留下新的电话号码，并且特别郑重地邀请我们明晚去参加学校的迎新晚会，她们球队当天有花式篮球表演。说罢，在周围女生异样的目光里，她招呼着几个同样穿着篮球服的“长颈鹿”姐妹潇洒离去。

“她是篮球特长生，高中代表学校拿过冠军，本来应该去体校的，不知道怎么想的非来了咱们学校，学计算机工程，她数学就没及过格啊！”张默淏感叹，想来他是成功地从我和铁汉一脸蒙圈的模样里读到了疑惑。

“能用手机在食堂占座儿绝非等闲之辈，还是你的青梅竹马，也是良缘。”我应和着。

张默淏急忙捂住我的嘴，急赤白脸又压低声音跟我说：“千万别跟别人这么说，我们就是两家很早认识，一直在一所学校上学，家长走得比较近，哪是什么青梅竹马？她乱讲你可别当真，也别往外传。”说完又给了我和铁汉一个警告的眼神。

“急什么啊？解释就是掩饰，掩饰就是事实，要是心里坦荡何必在意这些措辞上的细节？”好不容易逮到让张默淏急得跳脚的机会，轻易放过他不是我的人设。

虽然在其他人眼里，我和张默淏在一起出现的时候，我就是个小透明，但其实私底下我真的特别爱挤对张默淏，且是发自内心地想挤对他。我也常常想得找个机会把他真实的一面公诸于众，但最终还是因为实在不忍心伤害那些喜欢他的迷妹而放弃了。都怪我太善良了，这个遗憾一直保留到今天，简直成了我的一块心病。

二 “贾”女神

我们学院的音乐厅是个充满故事的地方，艺术类专业的同学及喜欢在舞台上表现自己的同学把自己在校四年的一腔热血和狗血都洒在了这里。彼时，刚刚入学不久的我们参与、围观了品目繁多的迎新活动，音乐厅天天座无虚席，尤其是在学校艺术团公开演出的那天，想一睹艺术团风采的新生挤满了观众席，同时混进来的还有不少学长学姐，他们此行的目的在于高效地检验本届新生的素质，寻找外形优质、值得重点培养的对象，比如张默淏这样的就是他们的目标对象。

也不知用了什么方法，张默淏拿到了三张前排的票，让我和铁汉能有幸和他一起近距离地观赏艺术团的表演。很快，我的疑问得到了解答，一个戴着工作证的学姐在开场前走到张默淏面前，问他：“这边视线比较好吧？这是节目单，待会儿有事给我打电话。”虽然音乐厅里灯光昏暗，但我还是清楚地看到了学姐对张默淏颇有深意地眨了眨眼睛，然后笑眯眯地一步三回眸地离开了。

铁汉同学毕竟还是天真，没有我心明眼亮，他边目送学姐，边问张默渂："你怎么认识学姐的啊？"

"新生报到时接我入学的。"张默渂盯着舞台，目不斜视地回答。

果然，张默渂所到之处寸草不生，人畜无一幸免，我想起了现在见到张默渂仍会乐得花枝招展的宿管阿姨……

在铁汉的感叹中，舞台幕帘缓缓拉开，节目开始了。

四个端庄的主持人"一"字排开站在台上："今夜群星璀璨，今夜歌舞升平……"开口便令浓浓的播音腔回荡在整个音乐厅里，让我产生了置身春晚现场的错觉。

几个并无新意的歌曲节目之后，我问张默渂："胡蝶的篮球队什么时候表演？"

"应该这个就是了。"张默渂应声回答，他正说着，一排女篮小姐妹便拍着篮球闪亮登台了。

远远地我就看见胡蝶站在第一排的C位，即使在一众"女巨人"当中，她仍是那么显眼，而且今天化了妆且仔细捯饬过的胡蝶竟然挺漂亮，只是女侠犀利的目光还是那么厉害，她不停扫视着台下的观众席，很快便看到了我们。她冲着张默渂用力挥了挥手，原本无聊的观众们瞬间都睁开了昏昏欲睡的眼睛，拿出了吃瓜群众的八卦属性，顺着她挥手的方向看到了我们，于是便开始有人起哄。

太尴尬了，我和张默渂瞬间做出反应，把头齐刷刷地转向铁汉，造成胡蝶互动的对象主角是铁汉这个假象，老实的铁汉还在错愕的时候，张默渂这个毫无人性的货竟然还用手肘顶了顶铁汉的胳膊，让还在茫然中的铁汉似有似无地举起了手好像是在做出回应。而在张默渂做完这一整套的"甩锅"之举后，铁汉才反应过来。

"我去……"一句骂声淹没在了强劲的伴奏音乐里。

观众们的注意力重新回到了舞台上，要说专业的就是不一样，转动在女孩们手里的篮球就像是神仙的法器，仿佛通人性般的听话自如。而且她们不但动作漂亮多变，来回变换的队形也十分整齐。台下掌声阵阵，台上正在表演的胡蝶却还不忘在调整队形的时候朝我们这边观望。

但她望的这一眼却刚好撞见之前领我们进来的那个学姐过来给张默淏递学生会纳新宣传单的一幕。借着嘈杂的音乐声，学姐趴在张默淏耳朵边轻柔地一字一顿地说："你要来参加哦！"

而这一幕让胡蝶一时乱了阵脚，手里的篮球不慎脱手，差点儿砸到前面的队友。

"哎呀！"

好好的节目登时乱了套，胡蝶顾不上捡球，顾不上台下躁动的观众，她红着脸，一声令下，女篮小姐妹们不等音乐停止，不等结束时的定点动作做完，就都抱着球跟在胡蝶身后下台了。

观众们都很茫然，不明白刚刚电光火石之间究竟发生了什么，我正想着估计现在后台也已经乱成一锅粥了，主持人又挂着标准的"春晚式"笑容上台了，说道："感谢女篮队员们的表演！接下来，终于轮到备受瞩目的艺术团舞蹈大秀登场。众所周知，我们H大艺术团舞蹈队的队员是经过层层严格选拔，在众多比赛和演出中都独领风骚，今天舞蹈队将为大家表演傣族舞《花腰花》。"主持人的应变能力还是挺不错的，看她镇定的样子，仿佛刚刚胡蝶冲动之下捅出的篓子是观众的幻觉。

于是，在热烈的掌声中，最受期待的节目开始了，观众们都不禁挺了挺身子盯着舞台不再轻声讨论刚刚发生的事。老话说得没错，观众是这世界上最健忘的动物。

舞台上灯光渐亮，一段悠扬的音乐响起，七位戴着硕大斗笠，身穿傣族长裙的少女随着音乐的节奏变换队形，翩然起舞。和缓的曲调在一小段间奏之后渐渐变得更加欢快，少女们在欢快的音乐中齐舞，动作轻盈灵动，整齐划一，就连跃起的高度看上去都分毫不差。不过如果让我身边的铁汉或音乐厅里其他男生来描述这个舞蹈的话，一定不是我以上描述的这个样子，因为当我余光瞥到周遭男同胞时，他们半张着嘴的“痴呆”模样就说明了在这个音乐厅里，只有我一个人在正经欣赏舞者的舞姿，关注舞蹈的编排。我正在心里嘲讽“痴呆”症状更甚于旁人的铁汉时，台上欢快的音乐戛然而止，一个少女从舞台一侧旋转着登场，一路转到舞台中央，稳稳定点面对观众完美亮相。而后，她边做了几个优美的舞蹈动作，边自然地移动到了队伍的后排，融入了身后的七个少女中。这个领舞的登场方式不错啊，我这么想的时候，观众席已经因为她的出现开始一阵骚动。

“贾冰，是贾冰！”身边有男生兴奋地叫着。

“她就是贾冰啊？哇塞，可以、可以！”另一个人惊奇地附和着，语气中透露着“传说与实物相符”的满意。

后半程的舞蹈里，这位迟来的贾冰同学几乎抢走了其他所有人的风采，因为无论是外貌、气质还是她专业的舞姿，无疑都是人群中最出挑、最夺目的。

在这场演出过去没多久，我们几个和贾冰在一次喝酒喝嗨了之后，这姑娘告诉了我们那场演出的真实情况，背后的真相令人瞠目结舌。

“其实那天临上场还有十几分钟，我突然肚子疼！”贾冰说着喝了一口杯中酒，润了润嗓子接着绘声绘色地说，“我觉得我赶紧去一趟厕所应该没问题，然后我就冲进了后台卫生间。可是我解决完要走的时候，因为我头上戴的那顶斗笠特别大，卫生间隔间又太小，站起来的时候刚好卡在了两面墙之间。我第一反应是先把斗笠摘下来，可是那会儿我们都怕跳舞的时候斗笠会掉下来，所以绳都系得特别紧，我要摘的时候才发现自己系的是个死扣！把我急得呀！哈哈哈哈哈……”说完这姑娘自己还乐不可支，笑得没心没肺，仿佛犯蠢的不是她。

在场的我、张默淏、铁汉听了这个故事登时酒醒了一半，对贾冰“傻大姐”的形象都有了全新的认知，于是我们饶有兴趣地看着贾冰，让她继续讲下去。

“为了解开那个死扣我多花了点时间，谁知道排在我们节目之前的那个篮球节目居然提前结束了，听到那个熟悉的音乐响起，我更着急了！然后其他姑娘临上场的时候才发现怎么少了一个人，哈哈哈哈！她们都慌得不行，因为第一段跳完之后是要变化队形的，少一个人的队形没有排过啊！想一想她们那时候心里肯定特别崩溃，可是还要强颜欢笑，哈哈哈……”

她竟然还真笑得出来……估计另几个姑娘杀了她的心都有吧。

“费了九牛二虎之力，我终于搞定了那顶斗笠，从卫生间一路狂奔到侧台，天无绝人之路，刚刚好赶上间奏，要不说姐们儿我聪明，灵机一动我给自己设计了一串登场动作，亮相之后竟然听到有人鼓掌，我才明白，咱这是一秒变领舞啊，整个场面我 hold 了，完美！哈哈哈哈哈哈！”贾冰一口气说完，在场所有人笑得人仰马翻。

“贾冰，你可以啊，那你怎么后来也跟别人的动作不一样呢？”我实在好奇。

贾冰把手里空了的酒杯往桌上一摁，诚实地答道：“短短几分钟我在舞台上经历了大起大落，一紧张把什么动作都给忘了，全靠瞎编了啊！”

全场一阵沉默，几秒后再一次哄然大笑，乐得人仰马翻，这种事也就贾冰干得出来吧。

要说贾冰这姑娘，长得确实好看，而且是绝对扎眼的好看，那颜值要放在古代，也是足以祸国殃民的“狐狸精”级别。可是她长着一副精明相，却是个没心没肺、没心眼儿的主儿，脑回路也比较清奇，所以经常干出让人大跌眼镜、匪夷所思的事。比如还有一次，也是临上场前几分钟，她把头饰弄丢了，那节骨眼儿就是闪电侠也来不及再给她买新的。她弄丢的那个头饰说白了就是几朵花啊、几串珠子啊什么的别在了一起，结果人家灵机一动把几个队友头上的头饰都薅了一点下来，最后组成了一个更大更浮夸的头饰戴在了头上……瞬间人家又成了焦点。所以说，贾冰虽然是个“傻大姐”，但运气确实好，人也自信，或者说她是有一股乐天派的傻劲儿，所以危急关头总能化险为夷。但就是连累了身边的人总跟着担惊受怕的，事后说起来都是乐子，喝酒的时候总能拿出来说几段助兴。

话说回来，那天迎新晚会结束后，铁汉就像着了魔一样，七魂被勾去了六魂半，脑子里全是贾冰跳舞时曼妙的舞姿，就像影视剧里会出现的那种场景，周围的全世界都暗了，世上仿佛就剩下铁汉和他眼前笑靥如花的贾冰，贾冰对着台下观众展露的笑容仿佛是对铁汉一个人笑的。以前对“痴汉”这个词没有深刻的了解，目睹了铁汉转变成“痴汉”这一快速的演化过程让我完全理解了“痴”“汉”这两个字为啥能被组合在一起。

那天以后，铁汉去食堂会忘拿饭卡，去上课会忘记拿笔记本，给我带饭会忘记拿筷子，替张默淏点名会忘了喊“到”……这些我们都可以忍，最过分的是，他给“小鱼”喂猫粮的时候竟然倒了一盆猫砂进去。“小鱼”多无辜啊！它如果知道了备胎的“心肝”很可能已经另有其人了，一定很难过，可怜的“小鱼”。

这天，张默淏望着猫食盆里的猫砂终于看不下去了，借着对学校举办的文艺活动感兴趣为名，从学姐那儿得到了关于贾冰的第一手消息！从学号班级到兴趣爱好，从什么时候去排练厅到穿什么鞋码，事无巨细打听了个清楚。铁汉对此佩服得五体投地，从此对张默淏肝脑涂地，马首是瞻！造孽……

可是有什么办法呢？贾冰对铁汉这样的“钢铁直男”来说就是一种兴奋剂，无时不刻不勾得你心痒，让人就此沉沦，无法自拔。

铁汉再一次见到贾冰是在学生会主席的竞选大会上，通常情况下，我这种小透明都不会跟这种活动有什么关系，撑死了也就算个围观的吃瓜群众，而铁汉对这种事也一向没什么兴趣，他宁愿在寝室里逗“小鱼”消磨时光。但是，铁汉同学从张默淏嘴里听说贾冰已经担任学生会的文艺部副部长，必定会出现在学生会主席的竞选大会上，于是便异常兴奋地拉着我一块儿去围观。

现在回忆起来那一趟真是“不虚此行”，那天我在心里默默地给张默淏贴上了“人模狗样”的标签，铁汉则因为那天发生的一系列事被学校记了大过……如果那天铁汉没有去看竞选，后来的结局一定不是现在这样。

三 一人当官，鸡犬升天

学生会主席的竞选大会在学校大礼堂举行，作为第一个完全由学生操办、完全民主的活动，选举毫不意外地吸引了大批学生围观，其中不乏个别竞选人的拥护者，谁是谁的老乡，谁是谁的学弟，谁是谁二大爷家表姑弟媳的侄子，各种门路都有。张默湨跟他们都不一样，他很简单没那么复杂，所有“颜控”属性的女生都是他的拥护者，那基本也就是所有女生了……我隐隐对我们这一届的学生会工作的展开感到担心。

大礼堂里虽然人头攒动、人山人海的，但我和铁汉几乎还是一眼就看到了张默湨。我承认，张默湨就是那种丢到人堆儿里都能迅速被找到的“个例”，如果再打扮得精致一点，那就是“个例”中的“个例”。好比今天，要竞选学生会主席的张默湨身穿合体修身的西装，既突显了长腿和细腰，又添加了一点禁欲系商务熟男的气质，往那儿一站，用现在的话说简直就是活脱脱的“撕漫男”，乍一看还有点像日本明星生田斗真。

但就在一小时之前，我刚回到寝室的时候，张默湨还光着身子在镜子前面不停换着行头，小小的单人床上堆满了各式西装和配件，然而却没有一件是他自己的。正是因为张默淏没有正装，整个楼层的同学们才纷纷“慷慨解囊”，西装、皮鞋、领带大杂烩一样让张默淏试了个遍。那场面仿佛要进京赶考前的穷书生在接受全村人民馈赠的盘缠和口粮，场面十分感人，可惜结果却很尴尬，因为张默淏试完了最后一件来自隔壁老王同学的西装三件套后，赫然发现“全村的馈赠”竟没有一件合意……

就在张默淏对着镜子长吁短叹、兀自苦恼的时候，我突然想起自己上个月参加表哥的婚礼被揪去当伴郎，姨妈出钱给我买了一套西装。但是姨妈对我的身量明显有很严重的误解，那身西装大得离谱，我穿上去晃晃荡荡就像个二傻子一样。就因为这身西装，我现在都不愿意去回忆那场婚礼，结果入学前我爸还非要我把这身衣服塞到行李箱里，理由是我总会碰到还需要穿上它的场合，看来我爸对他的儿子也有很严重的误解……

我翻箱倒柜地把那身西装找出来给张默淏穿上，说来神奇，这衣服像是为他量身定做的一样，非常合身。

张默淏满意地看着镜子里自己的样子，摸了摸我的脑袋：“怎么不早拿出来？我来回换衣服发型都乱了。”

我拨开头顶上作乱的手，给了张默淏一个白眼：“我就不该给你找！”气死我了！

就这样，张默淏才能穿上一身合体的正装，人模狗样地出现在学校礼堂里。如果眼神能放箭，张默淏现在肯定被礼堂里的女生“万箭齐发”扎成仙人掌了，然而他却穿越人潮，找到了不起眼的我和铁汉，冲我俩抛了个飞眼。这一眼令我登时产生了巨星将要临幸小粉丝的错觉，不禁有点慌神，毕竟这和他平时在寝室只穿条裤衩在床上打滚儿赖床的形象差了整个松花江。

张默淏走到我和铁汉面前，还没来得及开口，一坨大山似的黑影就笼罩了我们仨，“巨人姑娘”胡蝶携同她的两个女篮小姐妹风风火火而来。

“张默淏，加油！”你能想象，一个身高 180 公分、穿着宽松的篮球服还倍儿爷们儿地卷着袖边、身上练出了明显马甲线的姑娘扭动着身躯，捏着嗓子努力发出嗲声嗲气的娃娃音，脸上还绯红一片。那动静，那场面，要不是后来她告诉我她当时模仿的是林志玲，我想我会一直认为她当时是急着要去厕所……不过张默淏这样的衣冠禽兽是见过大风大浪的，他脸上的神色一如往常：“谢谢，恭喜你担任体育部副部长，一会儿要支持我哦！”我的天，在我和铁汉没缓过神的时候，张默淏一句话就把这么暧昧的气氛搞得特别官方，好像政府官员之间的交流一样，我突然对这厮能当选学生会主席有了更多的信心。

“当然了，一定的，我什么时候不支持你了？”边说着，胡蝶副部长身体微微晃动了两下，那一刻我真的担心她下一秒就会雀跃着扇动隐形的翅膀原地起飞。

在辅导员一段冗长的、极具催眠作用的讲话后，竞选正式开始，在以学习成绩、个人履历、突出贡献等为标准的层层选拔后选出的六位候选人开始轮流进行竞选演讲。在大家的综合水平都比较均衡的情况下，演讲水平就显得尤为关键，领导层嘛，语言组织能力、感染力、表现力具不具备煽动性都是硬指标。名留千史如丘吉尔，遗臭万年如希特勒，能指挥千军万马的必定都有蛊惑人心的本事，所以，实际上能不能当选全看这短短十分钟的演讲效果了。

一阵有点稀拉敷衍的掌声过后，第一位候选人登台，一个细胳膊细腿、个子又小的男生裹在一套并不合体的黑西服里，皮肤还挺黑，看上去就像营养不良的孩子偷穿了大人的衣服。

“嘿，这哥们儿怎么跟宋小宝似的？”铁汉你真的不要这么耿直……

“小宝”的演讲平平，没什么记忆点，听他努力撑完了十分钟，最后说了什么我完全不记得。接下来登台的那个女孩就好很多，她的亲和力特别强，演讲可以说是感人肺腑，催人泪下，从自家门外那口历史悠久的老井为切入点，讲到自己如何背负着全家乡人民的厚望考上了大学，如何在收到录取通知书的那一刻起决定要做一个肩负建设祖国责任的新青年，然后，展望宏大未来、怀揣中国梦的她希望全国各族人民都能心手相连，共创美好家园，而她最终的目标是实现世界大同，让人们共在地球村安居……是有点浮夸，我产生了看了十分钟新闻联播的错觉，但是立意还是很好的，并且绝对的根正苗红、三观正确，学院领导非常满意地带头鼓掌。本着看张默滨热闹的心态，我在心里窃喜，居然还有比这厮更冠冕堂皇的人，看他那套一会儿怎么才能赢人家吧。

接下来的两个候选人都是男生，一个像“没头脑”，一个像“不高兴”。“没头脑”一张嘴一口虎牙，“不高兴”一张嘴一口牙套。

“他俩应该是一个组合啊，海尔兄弟。”铁汉又按捺不住了。

“不，根据约定俗成的定律，‘没头脑’和‘不高兴’这样组建 CP 的基础模式，他俩应该组个 CP，能火。”

“他俩颜值不行啊。”

“颜值不够人设凑呀。”

“你都饥不择食成这样了？”

“哎呀，我这是本能，今天的首要目的还是给张默滨相一个相仿的。”

然后站在我和铁汉边上的两个动漫社的女孩就“咯咯咯咯”笑得非常投入，那时候天真烂漫的我根本没明白这段匪夷所思的对话是什么意思，然而几年后，我国掀起了“全民皆腐”的风潮，以上就成了几乎所有女孩子的日常对话……

话说回来，“没头脑”和“不高兴”两人的演讲很无聊，搞得台下哈欠连天。就在大家都有点坐不住的时候，他俩终于结束了对观众的“催眠”，换了一个看上去斯斯文文、颇有几分儒雅的男生。男生站定之后扶了扶眼镜，微笑着看着台下的老师及吃瓜群众们：“大家下午好！……”不开口不打紧，这一开口震惊全场，极富磁性的嗓音低沉浑厚，连男生听了都觉得头皮发麻，女生听了就是传说中的“耳朵要怀孕”，“苏”到不能自理。

“他是配音演员吧？”铁汉同学今天简直是活体弹幕。

当然，这位候选人不是配音演员，他叫苏晓东，人家不仅声音条件好，组织语言的能力也是一流的，演讲内容流畅有条理还不失风趣，十分钟的演讲很是让人意犹未尽。看来这个才是张默淏真正的大敌啊，我在心里默默为他捏了把汗，不知道为什么比自己要演讲还紧张。

张默淏上台了，我注意到身边的铁汉也微微坐直了身子，双眼直勾勾地看着演讲台上的人。现场变得十分安静，所有人屏息以待最后一位候选人的表现。这情景大概就是所谓的万众瞩目吧，同时也无声地宣告了张默淏就是今年的大热门人选。

“大家好，我叫张默淏，中文系大一新生……”

我一向很佩服张默淏的心理素质，在劲敌的强压之下依然能淡定自若，如果说苏晓东的演讲令人沉醉着迷，张默淏这家伙一开口则令人感觉犹如春风拂面，而且赏心悦目。

简单地和各单位套过近乎之后，张默淏进入正题开始阐述自己若成为学生会主席将会有哪些工作计划，他说得头头是道，对各个社团、组织也非常了解，显然没少发挥特长，从学姐那里搜集情报。

“我很希望跟大家成为朋友，我希望和朋友在一起的日子可以共同为了梦想奋斗。青春就是不停地折腾，折腾出你想要的样子。大学漫长，有足够的时间可以去尝试着做喜欢的事情；大学短暂，要更珍惜最好的时光，成为最好的我们！”

掷地有声，掌声雷动，中间夹着我和铁汉轻轻地松了一口气，互相看了一眼，铁汉激动地流下了老父亲一般的泪水，我眼神透露出“咱孩子这次有出息啊”的意味冲他点头，喜悦之情溢于言表。

他凑到我耳边说：“太好了，一人当官，鸡犬升天啊！都能沾光！”好像也是这么个道理，但我听着怎么这么不顺耳啊？！

其实，我也真的没有必要紧张，因为昨天晚上我就预料到了今天这样的结果。

前一晚在寝室，我大半夜终于憋不住起床去上厕所，之所以要到憋不住了才去，是因为厕所离我们寝室着实有点远，然而远不是关键，关键是我们寝室楼的构造特别诡异，也不知道当年建筑师哪来的设计灵感，把楼道设计成弧形，却把厕所放在拐角的另一头。这就使得你大半夜需要穿越长长的走廊之余，还要做好心理准备，免得拐角突然冒出一个人而被吓出个好歹，尤其是在脑袋顶上嗞啦作响、忽明忽暗的壁灯还渲染了莫名诡异氛围的情况下。

当我速度解决完如厕问题，想着今天运气不遭赶快回去的时候，一走出厕所门就看到一个黑影朝我闪过来，登时吓得我睡意全无，定神一看发现竟然是张默淏。

“你不是已经睡了吗？什么时候出来的？”我问他。

张默淏穿着一身淡蓝色的睡衣，裤腿卷起一截，露出修长的脚踝，踩着一双“人”字拖，脸上带着倦意，颇有点像无所事事出来溜达的病号。九月的夜里还是有些冷的，他搓了搓手又挠了挠头有些腼腆地笑了起来：“这不是明天要演讲嘛，我自己先练练。”

我平时见惯了他没心没肺笑得猥琐，这样有点害羞的笑容还是头一次见，不禁一时恍惚，只是应了一声：“哦。”

“你不困了吧，我说一遍你帮我听听？”

“我还是有些困的。”这冷嗖嗖半夜三更的不睡觉帮张默淏对稿子，我还没有这么高的觉悟。

谁知这个崽子突然趁我不备把冰凉的手塞进了我衣领里，瞬间我背后冻得一激灵，整个人都不好了。

“现在精神了吧，嘿嘿！”

“嘿嘿”你个大头鬼，人不要脸天下无敌，我认输了！行吧，看在他这么紧张还是第一次要登台演讲的份儿上，就当朕献爱心了。

于是我瞪了他一眼，靠在走廊上打着哈欠：“开始你的表演。”

昏昏沉沉地听完张默淏长达十分钟的演讲，我自认走心地鼓了鼓掌：“特别棒！”

不是张默淏讲得不好，讲得其实真挺好的，但是敝人实在太困了，脑子里现下只有寝室那张温暖的小床，想不出什么鼓励的话。

“没了？”张默淏盯着我看了半晌，大概以为我刚刚只是在大喘气。

“呃，倒也不是一点问题没有，但说了有什么好处？”我问。

“唷嗬，可以啊，会讨价还价了。你说你想干吗？“张默淏一脸坏笑。

“不准吃我零食！”我掷地有声！

“好，一周不吃！”

“不行，太短！”

“二周！”

“三周！”

“成交！”

说完我就后悔了，怎么被他带着走了呢？算了，认栽，能成几周是几周！

“如果说硬要有呢，就是……你一定要说人话！也就是接地气，演讲内容真正和台下的人建立联系，结尾的时候撒点鸡汤，总结升华一下。”我真诚地说。

“有点道理！来，你补充一下，展开了具体说！”他竟然把演讲稿和笔一起递给我，“不要浪费你的才华，知无不言、言无不尽啊。”

我瞬间想扇自己一个耳光，后悔自己嘴欠，我怎么能相信张默淏这个流氓？但眼前这情况，我要不拿出点真本事，估计他只会得寸进尺。算了，我接过笔，在演讲稿上写写画画，他在一旁看着我。

我很快写好后递给他：“你可以用自己的话说，就是这个意思吧。”

他看完，笑眯眯地说：“果然好了很多，还有什么要叮嘱我的吗？”

“呃，我看好你！”我想了想确实有点单薄，显得敷衍，于是又补充了一句，“我和铁汉都看好你！‘小鱼’也看好你！加油！”然后尽力调动脸上所有肌肉，给了他一个特别真诚的微笑。

“哈哈哈哈！你是怎么做到笑起来这么像哭的，把这么多褶子都均匀地铺到脸上也是绝技啊！沙皮同学，快回去睡觉吧！”语毕，不等我反应过来就拖着我往宿舍走。

老子明明是好心帮忙为什么还要遭受人身攻击？忘恩负义的东西！

所以说，我今天对张默淏实际上是有信心的，在看了他上台后的表现不觉得有点佩服他了，看似是个不靠谱的花架子，真要认真起来竟也像模像样的。也不知道他这段很有煽动性的演讲是随便说说还是真心话，但这些话在很长的一段时间里都让我记忆犹新，难以忘怀。

毫无悬念地，张默淏“不负众望”，高票当选。

可能大部分人都跟我一样，不知道当选学生干部有什么意义，而且我怀疑张默淏也不完全清楚。但有些人好像天生就应该做这样的事，或应该成为这样的人，那是他们与生俱来自带的使命。而如果你因此觉得自己和别人不一样也不必纠结，我一直都认为凡事没有绝对的好与坏，在烦恼面前大家都是一样的。

可有时候烦恼来得也太快了……

四 打架自带 BGM 的胡蝶

竞选结束的时候已是日落西山，礼堂里围观的吃瓜群众作鸟兽散，各奔饭辙，只剩下学生会的成员还在收拾场地，张默淏自然也得留下来以身作则，我则和铁汉等着晚上“痛宰”他，他今天出尽了风头自然要让兄弟们好好“敲诈一顿”庆祝一下。我们的晚饭就约在学校附近的一个的小饭馆，饭馆位于最热闹的一条街道上。要说这条街道可不只是热闹这么简单，白天它和普通的街道没什么两样，但一到晚上就变得无比繁华，说是灯红酒绿、歌舞升平也不夸张。你可以想象它是民国电视剧里上海滩边上霓虹闪烁的街道，或是日本动漫里绮丽的仲夏夜祭典。厌倦了食堂饭菜的同学可以在这里找到所有喜欢的美食小吃，而想小酌的、想聚会的，海鲜排档、火锅店为你通宵营业。

我和铁汉赶到火锅店的时候，张默淏已经到了，挺大的一张圆桌边还围坐着几个白天在礼堂里见过的学生会成员，贾冰也在其中。一眼就看到梦中情人的铁汉像被点了穴一样傻站在走道中央。

“这边！”张默淏招呼我们进去。我拉着挡道“路障”铁汉往里走。

“给大家介绍一下，这两个是我的室友，铁汉、晓峰。”张默淏简单介绍后，我和铁汉入座。

而后，他又向我和铁汉介绍了其他人，席间觥筹交错，推杯换盏，气氛和谐。我属于慢热型，完全不会和陌生人打交道，按理铁汉应该比我好很多，但此时非平时，他现在的状态和傻子差不多，头都不敢抬，生怕自己视线碰上贾冰的视线，一个一米八几的壮汉一晚上都害羞得恨不得钻进火锅里。如果贾冰一说话，那更不得了，筷子拿不稳，菜也不会夹，料碟当汤碗，全身像过电……这顿饭我和铁汉是无法正常交流了，所以我也只能在张默淏和他的“同僚们”聊得开心不时捎带上我的时候跟着应和着。

对我来说，今晚本来应该是无数次稀松平常的饭局中的一次，直到四五个膀大腰圆的男生一拥而进，坐到了我们的隔壁桌，然后他们中的一个回头朝我们这边看了一眼，认出了贾冰。

“嘿！这不是H大舞蹈队的领舞吗？“认出贾冰的男生大声嚷嚷着招呼身边的其他男生，一桌几个人全都齐刷刷地看了过来。

被人盯着看，气氛难免紧张。“没事，别理他们，应该是隔壁专科学校的，别看他们就好了。”张默淏轻松地说着，拍了拍贾冰的肩膀，很符合他今天刚刚竞选上学生会主席的人设。

然而他话音刚落，一个身材颇魁梧的小哥便起身朝我们走过来，眼神中满是挑衅的意味，他脖子上戴的一条巨粗无比的假金链晃得我眼花。刚好拿着酒瓶和酒杯的服务员经过，他直接顺手将酒瓶和杯子接了过来，一屁股在贾冰身边的空位坐下。

“来，我敬杯酒，跟美女认识一下，喝了这杯就算认识了，留个电话一起出来玩儿。”金链子哥朝贾冰挤眉弄眼地说道，身子明显朝贾冰靠了靠。

贾冰给了他一个大白眼，狠狠地应了一句："一边玩儿去！"

金链子哥遭遇贾冰的冷脸却笑了起来，回头朝自己的一帮狐朋狗友吆喝："嘿，这妞儿还挺有脾气。"一说完，他那几个同伴便都围了过来，抱着胳膊盯着我们。

我目测了一下，这伙人的人数其实和我们差不多，可是个个人高马大、一副不好打发的样子。通常在东北，这种情况就好比"你愁啥""瞅你咋的"一样，是一个死循环，如果没有一方先认怂，另一方是很难下台的，会一直僵持下去。

金链子哥在这群兄弟中间明显更有底气，他放下酒瓶，伸手就把贾冰放在桌子上的手机拿走了。

"把手机还我！"贾冰忙伸手去抢，金链子哥却无赖一样把手机举高让贾冰抓了空。

张默淏和铁汉几乎是同时站起来的，在我还没有反应过来的时候，一个酒瓶"砰"的一声在金链子哥脑袋上炸开，砸得他登时眼冒金星，一排血从头顶上缓缓流下来，这时候我才缓过神看到铁汉手里捏着个碎掉的啤酒瓶。

瞬间两边开战。

混乱之中，我看到一个拳头抡向我，速度很快，眼看就要正中我面门时，张默淏抬手帮我挡了下来，接着他像只猴子一样顺势跃了起来，抬脚狠狠踹在了对方胸口上。

我不是特别擅长打架，但在高中的时候人缘不错，和那些平时看多了"古惑仔"和武侠小说、喜欢打架斗狠的同学也能聊上几句，所以他们惯用的一些战术我多多少少是了解的，只是没想到，我规规矩矩、毫无波澜地度过了高中三年，却在长大成年步入大学的时候让这些派上了用场。

在张默淏替我干翻了一个人之后，我迅速摘下自己的眼镜放进口袋，然后看准了对方一个同样戴眼镜的哥们儿，以毕生最快的手速打掉了他的眼镜，这哥们儿立马破口大骂问候了我祖上十八代，然而他的动作明显因为“能见度”变低而迟缓下来，我抓住时机攻他下路，一脚把他绊倒在地，然后赶紧抽身去帮张默淏。

在混战的人堆里，只见张默淏的白衬衣有好几处都沾上了血渍，领子也被撕开了一个大口，他战红了眼，和铁汉配合默契又撂倒一个。

在那一刻我突然觉得张默淏这个混蛋有了灵魂，不是女生面前油头粉面的假人，也不是寝室里只知道赖床、抢零食的混世魔王，那一刻激发了他的本性，有了光环。

这一架从火锅店里一直厮打到店外，主战场转移到了店外拐角的胡同，贾冰的手机还握在对方手里，场面混乱程度已经超出了我的预计范围及以往经验。

对方应该没有想到我们看着是一帮文弱的大学生，竟然敢动手不说，下手还这么黑，一时被打红了眼、脑袋被砸了一啤酒瓶的金链子哥此时已经“疯了”，他滚在地上牵制着张默淏，背后同伙在地上捡起一块板砖就朝张默淏的头砸去，我眼看着这一幕发生却被缠住而无法赶过去制止，只能急得高喊张默淏的名字。就在千钧一发之际，一团黑影飞速冲过来，结结实实地把板砖和举着板砖的人一块儿撞飞了。我定睛一看，及时出手相救的“英雄”竟然是胡蝶，她手里攥着的半个煎饼果子还在半空中，路灯投射出一束强光在她头顶。这时刚刚被她撞倒在地的人和身边的同伙一起爬起来冲向她，胡蝶用空着的手拧住一个人的胳膊，同时狠狠地一脚踹在另一个人的脸上，胡蝶一连串的动作让我脑海里脑补了一段背景音乐——《友情岁月》，这真是自带BGM的女侠啊。

“都干啥呢？给我住手！”胡蝶女侠一声怒吼震住了整个场子，所有人都停了下来看着她，胡蝶手上的半个煎饼果子指着金链子哥的脑袋，“赶紧给我滚犊子！信不信我卸了你？！”

金链子哥看着比自己还高大的胡蝶神色开始慌了，想必他也看到了胡蝶背后赶来的一群女篮小姐妹，这实力一下子就变得有点悬殊了啊。认怂的金链子哥狼狈地从地上站起来扔掉了贾冰的手机和几个同伙踉跄着滚远了，边滚边喊：“我知道你们是哪个学校的，你们给我等着。”

“我等着接着揍你个小瘪犊子！”胡蝶一声吼传得好远，从此，胡蝶女士在我心中的形象变得更加伟岸。

这一架虽然在气势上好像是我们赢了，但其实我们损失非常大，我们先赔了火锅店五百块钱，然后去药店买了纱布、棉签、红药水，几个伤员一瘸一拐地回学校，走到了学校的篮球场。

初秋的夜晚，北方的天特别高也看不到星月，黑暗往宇宙的方向无限延展着……

我们坐在篮球场外围的台阶上开始为彼此清理伤口，身后的路灯将每个人的影子拉得细长，四周弥漫着一股消毒水的味道。

“那几个小犊子给我等着，敢动老娘的人？！”胡蝶一边叫骂着，一边帮张默淏处理胳膊上的伤口，“幸亏没打到脸！他们要敢把你的脸打坏了，老娘跟他没完！”

胡蝶一激动，手上涂药水的力道不觉加重，疼得张默淏“嗞哈”一声，他看着我和铁汉，一脸关切：“你俩没事吧？”

我摇摇头，铁汉耷拉着脑袋气息粗重：“哥们儿，对不住啊！我冲动了，不然打不起来。”

一旁的贾冰看到铁汉的样子，眼神里满是歉疚："不怪你，你也是为了帮我，我还得谢谢你呢，第一天认识就给你们带来这么大麻烦。"

铁汉听了贾冰的话脸上青一阵、红一阵、紫一阵的神色很是复杂，仿佛有一肚子话憋在那儿，然而憋了半天最终还是没憋出一个字。

第二天，打架带来的后果开始发酵，我们几个在场的人都被叫到了学院办公室，跟负责的老师和民警交代情况，然后被带到医院看望脑袋被开瓢的金链子哥们儿。这哥们儿昨天当晚就住进了医院，脑袋上缝了五针。他家就在隔壁市，很有势力，家长第二天就赶了过来，找了很多关系，不依不饶一定要讨个说法不可。到了这种时候，打架的起因就变得一点也不重要了，谁弱谁有理，谁躺在医院里，谁就有撒泼打滚儿、连哭带号要求另一方赔钱的资本。然而赔钱不是最糟糕的，糟糕的是我们将会受到处分。不知为何，从学院办公室到医院，其实整个过程，我都很冷静，既不觉得委屈，也不觉得害怕，就一直默默地跟在张默淏和铁汉身边。

"他们欺负人，是我先动的手，张默淏他们是拉架！"面对不同人的询问，铁汉始终都是这一句，一个字没改过。

因为参与斗殴的基本都是学生会的成员，而且是张默淏这样刚刚高调当选的新干部，校方变得很为难，这事说出去太难听，但是你想大事化小盖过去也不可能。铁汉的说辞相当于给这件事提供了最好的解决办法，校方决定只处理铁汉显得顺理成章。

从医院出来，我们仨并排走着，张默淏拉住铁汉："铁汉，这事儿不能都让你扛，我们都打架了，学校和民警也肯定看了路边的监控，大不了我们都被处分，你不能自己都承担了。"

"你也说了都会受处分，反正不管怎么样我都会受处分，所以没什么的，你们别搞事情，这样的结果最好。”铁汉说完挣开了张默淏拉着他的手转身继续向前走，给我和张默淏留下了一个大大的背影。

那晚铁汉没有回寝室，我和张默淏各自沉默，直到夜深，寝室熄灯，隔壁再也听不到有人打闹谈笑的声音。

我躺在床上裹着被子，盯着窗外的夜空难以入睡，对面上铺张默淏不停翻身的声音传到我耳朵里。

“你怎么了？”我感觉到这货有点不对劲。

“我好像发烧了。”他呢喃着跟我说，嗓音都变得绵软无力。

我连忙起身，借助手机的光，爬到他的床上，摸了摸他的额头，烫得可以煮鸡蛋了。

“你发烧了，我去给你拿药。”说着，我从上铺下来，翻了翻抽屉，找出了一盒退烧药。

药是有了，可是寝室里没有开水，只找到了半瓶可乐，这可怎么办？

“找到了吗？没有就算了，我能撑到明天去医院。”张默淏听着我翻箱倒柜的动静，在床上气若游丝地说了一句。

“药找到了，但是没有开水。用可乐吃药会死人吗？”我看着手里的半瓶可乐思索着，是真的不知道用可乐送药会导致什么后果。

“你是不是想趁我虚弱毒害我？”

“毒害你还用等你虚弱？你等着，我去给你找水。”我披上大衣拿着钥匙就跑了出去。

因为学校的水房没有设在寝室楼里，要走十来分钟才能到，所以男生们都懒得去打热水，平常能对付就对付，反正饮水机可以烧水，但晚上一断电饮水机也就没用了。我大半夜敲了三个寝室的门才讨到了一杯温水。

回到寝室，我看了看背对着我的张默淏："有温水了，自己能起来吗？"

没有回应，这货睡着了？

我小心翼翼地用一只手拿着水杯，手心里握着胶囊，慢慢爬上了上铺。

张默淏也就只有在生病的时候显得特别老实，任人摆布。我好不容易挤上了狭小的单人床，找到了一个支撑点，小心地把他的头抬起来，把药放进他嘴里，又把水杯放到了他嘴边。整个流程他很懂事地配合着我，终于把药吞了下去，而后慢慢躺好，睡下了。

我从来没照顾过病人，这会儿工夫也是被折腾得一头汗。回想自己从小到大，每次生病都是我爸管我，每次他都会买我爱吃的黄桃罐头，仿佛这已经成了我们爷儿们间一种约定俗成的存在，也不知道张默淏这货爱不爱吃？

隔天早上，我去上课，帮张默淏请了病假。回寝室的时候路过超市，顺手买了两瓶黄桃罐头带回去。

进门的时候，张默淏已经醒了，半倚着床头，一副被病痛折腾得迷迷糊糊的样子。

"你饿不饿？想吃什么？"我问他。

"我生病了，难受……吃不下。"第一次见这"混世魔王"这么没有精神，看来确实很难受。

"生病了更要吃饭，不然撑不住。"我边整理从超市买回来的东西边劝了他一句。

"有清淡点的吗？"他问

"清淡的？想吃什么清淡的？"我一时间除了清粥面汤想不到

什么能合他胃口的食物。

“鱼香肉丝。”他嘴里蹦出一道菜。

鱼香肉丝居然是道清淡的菜吗？是我的认知有问题，还是他脑子烧坏了……

不管怎么说，病号开口了我就大发慈悲地满足吧，于是我屁颠屁颠地在用餐高峰时段去食堂抢了一份鱼香肉丝，顺带捎了两碗粥和一盘青菜，以防张默淏的认知突然变得正常……

回到寝室之后，张默淏开始享用他的鱼香肉丝。

“可以啊，能吃就好得快。”我看他吃得挺香，说了一句。

“我是依靠强大的意志力在吃饭。”张默淏嚼着菜还不忘贫嘴。

“你最厉害了！”我拍了两下手，翻了个白眼敷衍着。

“对了，你之前进来的时候提溜了个袋子，里面黄瓶的是什么啊？”他望着我，眨了眨一双大眼，语气仿佛一个小学生。

“哟，你还真会挑。”说着，我找出收起来的黄桃罐头，本来也是想着给他买的，“罐头，你要吃吗？”

他乐呵呵地接过罐头在那儿摆弄：“你知道怎么打开吗？要把瓶子倒过来，用力拍底部。”这货还饶有兴致地教起我来了。

“我知道了。”我很配合地按他说的动作试了试，成功打开了盖子，把勺子也放了进去递给他。

他没有伸手接：“太沉了，我拿不动。”

“大哥，你这样就是讹人了。”

“我真的拿不动，一点劲儿都没有。”

“吃鱼香肉丝的时候都有劲儿啊！”

“力气用完了。”张默淏抬了抬软绵绵的手，也不知道是演得好还是真的，看上去确实有气无力。

无奈，我搬了个凳子，站上去，高度刚好可以和张默淏平视，我拿着勺子捞起一块黄桃，塞进他的嘴里。

“你慢点，汤洒了。”

“你快吃！”我塞住他的嘴！

“你慢点！”

“别矫情！”

一会儿工夫，黄桃罐头只剩了半罐汤。

第二章

有趣的人终会相遇，
倒霉的人该不该在一起？

一 从象牙塔到丛林

2014 年，北京，这一年对我来说像是吃火锅时不能少的蘸料，除了调滋味，更是一种仪式感，标志着即将开始一场别开生面的战斗。

蜗居在高中同学飞哥家的我，一边抱着笔记本电脑码字一边和张默淏通着电话："什么鬼？你要从学校离职？你不是干得挺好的，上个月刚拿了个什么学生工作技能大赛一等奖，怎么就忘恩负义了呢？组织培养你这么多年，给了你多少荣誉，给你了多少机会，咱年级三百多人就给你保研留校，这对你是多大的信任，你现在说不干就不干了，你这是占用公共教育资源啊，当年被你 PK 掉的同学知道你不干了得多恨你啊！"

我噼里啪啦地数落了张默淏好半天，说得他实在听不下去了打断我："我说你真的是去北京见过世面了，打嘴炮的本事见长啊，你这一套言论和学校领导说的一模一样。我也不想离开母校，但我不是舍不得你身在他乡独自闯荡嘛，你这么不娱乐的人，怎么混娱乐圈啊？"

"你骂谁呢？我是十八线小编剧，文艺工作者！我的创作事业已经步入正轨了，前途一片光明！你操心也没用！你说实话，是不是跟女学生谈恋爱被发现了？”我质问他。

“呸！你是给我装窃听器还是摄像头了，怎么什么都知道啊？“张默淏被我拆穿了难免情绪有些激动。

“你还真有种啊！不过分手是好事，少祸害姑娘也算你积德行善了。”我假惺惺地叹了口气，乘胜追击讽刺他。

“怎么我在你心里就那么不堪吗？”张默淏解释。

算了，不挤对他了，我见好就收：“那你什么打算啊，来北京有目标吗？”

“我投了简历，先去面试吧，你这种榆木脑袋都能混着，我去了不得如鱼得水啊！”

我冷哼了两声没跟他计较，又闲聊了几句之后就挂了电话。

其实张默淏说得也对，我这种榆木脑袋都还能混着，他这种人来了会一如既往的如鱼得水吧。像他这样在学校工作是很多人梦寐以求的，但有得必有失，也会为此放弃其他机会和梦想吧，如人饮水冷暖自知。张默淏决定从象牙塔告别，走进社会丛林，从舒适圈迈向未知的挑战，也需要很大的勇气，这就是人的成长，也是生活的奇妙之处，因为你永远都不知道下一刻等待你的是什么。

倒是他那句“你这么不娱乐的人怎么混娱乐圈”让我心有余悸，是啊，我这么不娱乐的人，怎么能在这个圈里混，是不是有些异想天开？大学四年我都没有想过我以后能做编剧，觉得老师、公务员是比较靠谱的选择，却阴差阳错走上了这条路。

想到这儿，我又不禁想起自己这两年的经历。两年前我刚到北京，左口袋藏着飞黄腾达的理想，右口袋装着养活自己的目标。第一个接济我的人是飞哥。本来飞哥说好去车站接我，但这哥们儿前一天晚上喝大了，在意识还有一丝清醒的时候给我发了一条信息告诉我他家的地址，以及钥匙放在走廊的消防栓里，让我到了就自己开门，不要客气，当自己家一样。

看过信息我把手机揣进兜里自己跟着指示牌走出了车站。说起来，我对北京的第一印象不是繁华或喧嚣，而是北京的夏天竟是如此闷热、油腻，令人窒息。我拖着行李箱从地铁站打了个“蹦蹦车”到了飞哥家楼下，上楼之后顺利摸到消防栓旁边的钥匙，找到门牌号后小心翼翼开门进屋。

然而我试探着走进屋里之后的第一反应是，走错了吧？这是什么情况？怎么床上、沙发上、地上，到处都横七竖八地倒着醉醺醺的人？我又回头看了一眼门牌号，对了一下地址，没错呀，钥匙也能打开门，那屋里这些人都是谁？

几乎认真地把每个躺得歪七扭八的人辨认了一遍后，我终于在地毯上找到了目标人物，红彤彤的一张大脸，浓浓的眉毛连成一条线，是我飞哥没错了。

准确地说飞哥还是学生，虽然我们是同一届的，但他为了追求理想经历了五年高考三年模拟，结果最终还是阴差阳错地考进了本来第一年就能考上的学校。所以飞哥比同届的同学都大几岁，自然比较社会，再加上是学艺术专业的，在浓厚的艺术气息熏陶下就更显得老成。他又是个喜欢呼朋引伴张罗串局的，故而身边总是有一群朋友。

飞哥还在学校的时候，自己就在学校附近的小区里租了一个开间，一边搞设计一边招呼来玩儿的朋友。而对于我的到来，他很高兴，因为我出现的时机刚刚好，几天后他要外出采风，我在家就可以帮他照顾屋子里的花花草草。我养自己不行，养些花鸟鱼虫还是没问题的。

刚住进来的时候，我有一个多月的时间都闲着，找不到活儿干，没有收入，我也知道一开始北漂艰难，所以也有心理准备，但那点心理建设在真的浑浑噩噩又似乎看不到希望的生活面前其实很容易被击垮。幸好，时来运转，在我彻底被击垮之前，我通过一个学姐的介绍，接到了第一个活儿，然后慢慢地接到第二个、第三个，我开始了接活儿写东西的日子，有的时候是影视剧的宣传通稿，有的时候是公益短片文案，诸如此类。而后我渐渐开始能接到微电影的剧本，那时候微电影正大势，到处都有人找代笔的枪手，而只要能赚钱的项目我都来者不拒，那时候的生活就是没白天、没黑夜地写，无休无止。偶尔我会给家里发个信息报平安，但我发现普天下的父母可能都有一项特殊技能，他们会根据你的语气判断你的经济状况，酌情资助你。每次收到资助我都会赶紧跑趟超市买些口粮存起来，以备不时之需。所以，再加上家里帮忙，我在北京也算勉强能养活我自己，不会饿死。

有一天早上，我还睡得迷迷糊糊的时候接到一个制片人的电话，通知我中午十一点去面试，有部微电影正在找编剧，导演已经在双井的一个宾馆里开始筹备。我看了一眼时间都九点半了，顿时清醒了大半，赶紧从床上滚下来，快速洗漱完毕，抓起背包直奔地铁站。飞奔的路上经过一个还开着的早点摊儿，饥肠辘辘的情况下，意志力并不坚定的我立马被飘来的阵阵香味控制住了脚步，坐下来先要了一碗豆花、两屉小笼包。刚吃了两口，手机响了，来电显示是张默淏。

“小鬼头，哥哥明天到北京，你可以准备接驾了！”

“还接驾，收不收留你都还是一回事儿呢，请端正你的态度啊。”

我说着往嘴里送了一勺豆花。

“嘿哟，还不是大编剧呢就已经开始有姿态了啊，苟富贵勿相忘啊，你不记得当年哥哥是怎么照顾你的了？”

“这位先生，请摸着你的良心再说一遍。”

“哈哈哈，都是你照顾我还不行吗？那也就不差这一次了。”

这厮不要脸的本事又见长了。

“好的，我知道了，你把到北京的时间告诉我，我去接你这个活祖宗。”说完我挂了电话，吃完最后一口豆花我匆匆赶到了面试的宾馆。

宾馆大堂电梯口竖着一块黑板，上面贴满了各种各样的组讯，各式各样的剧名印在白的、花的纸上，而大概浏览一下你会发现很容易从这些剧名里找到规律。文艺小清新类型的片名都比较长，比如《寻找遗失的恋人》《会有天使在十字路口说爱你》《亲爱的，我们怎么可以不忧伤》；一些网络小说改编的言情剧名字则都很相似，《霸道总裁别吻我》《霸道总裁的小娇妻》《美女老板的第二十位贴身保镖》《美女总裁的贴身保镖真帅》等；还有一些是那时候正流行，还可以上星播出的穿越剧，《哈喽外星人》《来自星星的帅哥继承者们》等；剩下的就是奇葩的魔幻动作片，比如《太监大战贞子》《蒙面侠大战皇阿玛》等。

花里胡哨的组讯看得我头皮发麻，同时又感到养家糊口的一线生机，这是我踏进“娱乐圈”关键的一步。并且看着这些剧名我明白了一件事，不能让贫穷和节操限制我的想象，作为一个十八线开外的小编剧必须脑洞大开，爱拼才会赢，敢写就会红。做了这一番心理建设之后，我迈着正步上了楼。

我顺着门牌号，找到了约定好的房间，房门上贴着正筹备影片的名字——《来自星星的霸道总裁大战贴身保镖》。我正盯着这个巨长的片名出神，房门开了，约我来面试的制片人带着几个演员迎面走出来。我忙回过神打招呼："牛总好，我是晓峰，上午您打电话叫我过来。"带我入行的前辈曾教过我，在刚进入这个圈子什么基础都没有的时候，嘴甜最重要，见人一定要会打招呼，而对人的称呼通常叫"老师"或者叫一声"什么总"，一定不会错。

"怎么才来？导演等你半天了，进来见一下导演。"制片人说着就把我带进了房间。

礼貌地和导演打了招呼后，他指了指床边让我坐下。

我对这个导演的印象还不错，挺干净的一个中年不油腻男人，颜值也能打七分，作为一个初出茅庐的菜鸟，在这个鱼龙混杂的圈子里我已经学会了小心谨慎地说话做事，所以我从来很少主动问为什么。

导演手里边翻阅着几张演员资料卡，边直切主题问我："其实我们剧本已经写完了，但需要比较年轻的编剧根据我的要求再修改一些情节和台词，要有网感的，你懂吗？"

"我明白，看您具体要求。"我小心回答。

"我的要求就是有网感，你跟我说说什么是网感？"导演放下手上的资料，专心看着我。

"网感……"我在心里嘀咕，这么笼统的问题我怎么知道啊？其实能写出来的人和能看懂的人不用说也能明白，但如果没有这方面的敏感，怎么解释也说不清啊……

"网感就是把一些带有网络属性的内容，通过艺术加工，变成适合网络传播的内容，这种能力就是网感，这是我的理解。"没办法，我只能硬着头皮即兴发挥了一番。

导演听完眼睛一亮："说得好，精辟！那这部戏的剧本你回去看一下，给我写一个修改方案，我们再进一步谈。"看他拍着大腿一脸兴奋的样子，我知道自己瞎掰的一套把他唬住了。

"谢谢导演给机会，我一定努力。"他对我期望这么大反倒弄得我多少有点心虚，关键是潜意识告诉我，事情这么顺利很可能有古怪，说不定是个陷阱。

所以和制片人又应酬了几句之后我借口开溜了。我走得匆忙都没等电梯，结果走到楼梯拐角的时候不小心和一个女生撞了个满怀，她手里的资料撒了一地。

"对不起！"我边道歉边帮着把资料捡起来的时候看到了上面的名字，李澜妃。资料上的女孩很漂亮，而且是有灵气的漂亮，能看出不是个木头美人，我下意识抬头去看差点被我撞倒的女孩，发现就是她本人，长得和照片一样，没有多少修饰过的痕迹。

我本身是个非常严重的"脸盲患者"，记不住别人的长相是家常便饭，所以每当有不太熟悉的人跟我打招呼的时候，我都会在礼貌回应的同时努力在脑海中不停搜索，妄图通过这个人的特征想起人家是谁，可是话说回来，记不住的人能有啥让人难忘的特征……但是从我见到李澜妃第一眼，我就知道自己不用去费劲记忆她的样子，因为她不只长得好看，还是能让人一眼记住的好看。不似现在满大街的网红锥子脸，李澜妃的脸是偏圆一点点的鹅蛋脸，眼睛特别大，脸又很小，看上去眼睛仿佛占了全脸的三分之一，而她的嘴巴却很小巧，有点像小时候看过的动画片花仙子之类的形象，但是看着又挺舒服并不会让人觉得夸张。

"谢谢你，我自己捡吧。"她对我笑了笑，语气很柔和。

我加快了手里的动作，把捡好的资料交给她："不好意思啊。"

“没关系，正好我想问一下，我刚看见你从《来自星星的霸道总裁大战贴身保镖》那个戏的房间出来，那个戏什么情况你了解吗？”她很认真地询问我。

我如实回答：“我也是刚来，导演找我改剧本。”

“呀，您是编剧啊，这么年轻就是编剧了，真厉害！那这个戏什么时候拍您知道吗？”她那双漂亮的眼睛里顿时更有光彩。

“不好意思，我不是特别清楚，但可以帮你问问。”我还是如实回答。

“那太好了，我加您微信吧。”她说着马上掏出手机，“我扫您！”

“哦。”我感觉脑子还没怎么反应过来，手机就先递了出去。

她加完了我的微信，把刚刚捡到怀里的资料递给我一份：“我也给您一份资料，您要是有什么戏觉得合适我可以找我啊。”

我接过资料对她笑了笑：“好啊，那有机会再联络。”

她也对我点头笑了笑，笑容非常甜美。

离开宾馆后我钻进了回程的地铁，路上我看了李澜妃给我的资料，还上网搜了一下她的名字。然而得到的结果非常有限，几乎也没有什么新闻，显示的上百条搜索结果里还有几条是和她重名的人。看来李澜妃是特别新的新人。

出于礼貌我把资料放进了包里，然后很快就把它遗忘了。

之后，经过一周的时间考虑及与导演沟通，《来自星星的霸道总裁大战贴身保镖》这个戏我还是接了。虽然给的报酬很少，但制片人跟我保证这部戏一定可以顺利制作完成播出，而它将会是我第一部可以挂名的作品，这个诱惑还是挺大的。

此后一段时间，我睁开眼睛就写剧本，闭上眼睛就想着怎么写剧本，起早贪黑，修修改改了三稿才终于通过。

又过了一周，《来自星星的霸道总裁大战贴身保镖》开机，我也被邀请去参加开机仪式。那天我还特意穿了一件红色的T恤衫，希望能讨个好彩头。

开机的地方在北京的郊区，路远地偏犄角旮旯的，如果我自己去大概戏杀青了也找不到地方，所以只能一大早跟着剧组的车一起北上一路开到影棚外。说是摄影棚，其实也是原厂房改造的，从外面看跟一般的工厂没什么两样。我到的时候，影棚外面已经停了好几辆剧组的车，现场工作人员正忙着做各种准备工作。东边支起来的长桌上摆放着拜神仪式所需的一些东西，比如很有象征性的烤乳猪和摆在正中央的香炉之类的。长桌上方悬挂着红色的条幅，上面写着“《来自星星的霸道总裁大战贴身保镖》剧组开机大吉”，这片名被放大了之后显得更加滑稽了。

在制片人的介绍下我见到了这部戏的主演。可能很多圈外人会有一个迷思，编剧是否能左右演员的选择，实际上通常情况是：不能。作为一个天天埋头苦写的工种，除了和制片方、导演沟通以外，我想绝大部分编剧和我一样，只有在开机那天才能见到将要演绎你辛苦所创角色的演员。

而我今天在这些年轻漂亮的演员中，竟然看到了李澜妃，忽然想起她当初给我的那份资料，不知道在家里的哪个角落已经落了一层灰。

要搞好艺术就得先被艺术搞

所谓常在河边走哪有不湿鞋，作为一个编剧，我终于也碰上了“因为资方老板要给自己的女儿加戏，所以编剧要临时赶工再加出十集水戏”这样的事。进剧组的第一天晚上，我就被制片人拉着和资方老板还有他女儿见面。资方老板是在南方某城做实业的，为他的女儿彩铃在北京投资了一家影视公司，还聘请了两个经纪人一起负责他女儿的演艺事业。今天我见到了其中一个经纪人，制片人和我到的时候，她正在满嘴跑火车地夸夸其谈。怎么形容这位经纪人大姐呢？大概就是中年油腻阿姨。体态健硕丰腴还非要穿一套紧身套裙，酒红色的卷发油腻腻的也不知是发蜡搽多了还是忘了洗，脸上的粉底起码涂了三层，笑起来都卡在了眼角的褶子上……而且大姐是一点不认生，在知道我是编剧之后立马把我拽到她身边，拉着我的手就不放，仿佛我是她失散多年的亲人：“弟弟，你知道我是谁吗？你知道北京最厉害的经纪人都有谁吗？你不知道没关系，我老板是谁你知道吗？我们家艺人你知道吧？ ”

这一连串问题问得我有点蒙，我很想告诉她“我真不知道，您能放开我的手吗？咱俩不熟”，但是，为了既不扫兴又不露怯，我只能一边微笑着跟她打哈哈，一边在心里琢磨着怎么才能快点结束这段尴尬的对话。然而我还没想到脱身的方法，经纪人大姐就换了一种语气，不依不饶地拉着我继续说："导演和制片人跟你说了吧，把剧本改一改，你现在写得不行啊，彩铃演的这个角色感情不够炽烈！缺少光环！这么好看的姑娘，男人怎么能不爱她呢？你得让里面的男人都爱她，感情纠葛你懂吧？我看过的剧本比你吃的饭都多，听我的没错！"

我决定装死……

"彩铃老师，你真叫彩铃吗？"我回过头问坐在另一边的彩铃，脸上的表情天真好奇，仿佛真的对这个无聊的问题充满了兴趣。

说到这个彩铃，虽然长得小家碧玉了一点，也没什么特色，但基于她是金主爸爸的女儿，一个硬塞进来的演员，能做到长得不难看我就感恩戴德了。

彩铃听了我的问话之后不好意思地笑了笑："是艺名啦，找大师算的。"

"大师怎么说？"

"大师说，女明星的名字一定要文艺又好记，琼瑶阿（三声）姨给自己的演员起名叫水灵，我比她漂亮，比她出彩，所以叫彩铃。"

听了她的解释，我不禁语塞，心里非常佩服大师说瞎话的本事，能分给我一点的话也不至于我现在这么尴尬，半天只能憋出一个"哦"。

坐在对面的制片人估计也觉得这对话有点过分了，在我只能说出个"哦"字的时候忙接了一句："这名字一听就能红啊！"说完还一个劲儿给我使眼色。

我心领神会，马上回头就跟经纪人大姐说："您放心，我会给彩铃老师修改这个角色的。我现在就回去改。”

然后，顺水推舟，我成功利用这个理由“逃遁”了。

走出饭店包间后，我觉得心里有点堵得慌，索性在路边的马路牙子上坐下吹吹风。

上学的时候总觉得老师很烦，每天除了不停地拖堂还要重复一堆其实谁都明白的大道理，那时候我就想快点毕业吧，毕业就可以选择做自己喜欢的事，不用再学不喜欢的科目，还能挣钱养活自己，多好。可等到真的开始工作了就会发现，成人的世界太复杂，跟自己想象的完全不一样。上大学的时候还是天之骄子，出了社会却是大爷的孙子，所有资历比你长一点的人都可以随便对你指手画脚，那种感觉就仿佛打开了潘多拉的魔盒，或者终于撞上了无数过来人警告过你就在前方的南墙。我望着远方霓虹闪耀的街道，忽然就想起张默淏来，这小子身在福中不知福，学校多好啊，非要从象牙塔里出来，真不知道他是怎么想的。不过也许我是瞎操心吧，他这样外表光鲜的“假面王子”，应付这些总该比我得心应手。我能混下去，他有何难，也许他之前在电话里说的就是对的。

在马路边坐了差不多半小时后，我准备打道回府，正要站起来就见李澜妃匆匆往饭店里跑，她发现我在门口立马冲我兴奋地挥手打招呼：“你怎么不进去？”

“我出来透透气。”

她对我笑了笑，告诉我她刚刚收工卸完妆，被副导演喊来一起吃饭，因为资方也在，所以过来打个招呼。我跟她攀谈了几句，恭喜她这次面试成功能得到戏份还不错的角色，她却说她要谢谢我才对。

我愣了愣，没想明白她谢我的原因是什么。

“我得先进去了，晚上我去找你具体说。”她指了指饭店。

"好……"

说完李澜妃就回头走进了饭店，而我回去之后等了一晚上也没有等到她，反而等来了另一个人。

忽然来找我的是导演钱原原，他告诉我要把原定女一方蓝的戏份分一些给彩铃，让两人的戏份基本持平好变成并列女一。

我听到这个要求的时候，脑袋里仿佛炸开了一朵蘑菇云。

"不是，导演，女一是霸道总裁和贴身保镖同时追求的对象，绝对的女主，而彩铃只是总裁的表妹，怎么提成女一啊？"

导演拍拍我的肩，语重心长："年轻人不要这么死脑筋，想想办法，也可以让总裁和保镖都爱彩铃啊。对了，还有记得我说的，一定要发挥你的想象力，最重要得有网感！"

网你个大头鬼！时间这么紧迫，都已经开机了！我就是再能编也不可能在这么短的时间内编出来啊！

是可能孰不可忍，于是我鼓起勇气，义正词严地告诉导演："导演，我的编剧费一集多少钱相信制片人也跟您说过，贫穷限制了我的想象！"

一番挣扎之后，我默默答应了改剧本的事，钱导则答应找制片人游说帮我涨酬劳的事。我再三谢过之后他就走了，我一个人陷入了沉思。我后悔，后悔自己当初为什么不好好学习，为什么要选择码字糊口，关键是码字它不能糊口啊！想到这儿，我乖乖抱起电脑，开始了新一轮的"创作"。

一整夜没合眼，我变换了几个思路都无法稍微合理地让总裁和保镖把注意力转移到彩铃的身上。重点是，彩铃是总裁的表妹，他们俩要有爱情线的话，那属于德国骨科吧？某电总局大大不会让这种事情发生的，看来我得从总裁的家谱开始改起了……于是，冥思苦想一夜后我做了一个大胆的决定，先把表妹改成领养的，然后再被发现，最后就可以展开一系列的感情纠葛。但是，资方看了我的修改方案却觉得这样改还不够，让我把原定的女一号方蓝写死或者是让她被外星人抓走，怎么样都好，总之让她消失，这样女主角就只有彩铃一个了，总裁和保镖只能一心一意爱她一个人。而这个想法得到了彩铃与其经纪人大姐的赞许。听到资方这样大胆的设想，我觉得给我涨的酬劳也还不够……

当晚，大半夜，我的门被砸得震天响。

砸门的是方蓝，她喝得酩酊大醉，对着我劈头盖脸一顿臭骂，先是谴责我根本不懂戏，再咒骂我心都黑了没有职业道德，不配当编剧以及不配做人。她又吵又闹动静很大，我不想把事情闹大，只能先不停向她道歉，请她先冷静下来。毕竟，她说得都对，这件事确实有我的责任，是我对不起她。

好半天后，她骂累了就开始哭，一直哭，哭得那是肝肠寸断，边哭边求我不要把她写死。

“你不知道我付出了多少才得到这个角色，怎么能说死就死呢？！求求你，帮帮我！我知道……我知道是资方……可是，他们这样乱改你的东西，你不生气吗？不难受吗？编剧老师，求你……帮我……再给我一次机会！”

酒精的作用令她有点语无伦次，以至有些话我都没有听清她说的是什么。但是看她这副痛苦的样子，我很无奈。

“我还只有初步的构想，没动笔呢，我会想办法的。”我扶着如一摊烂泥的方蓝在墙边坐下，答应她会替她想办法。她原本混沌的眼神终于亮了。

三 没什么事儿是一顿烧烤不能解决的

被方蓝闹了一夜后，我也累蒙了，抓紧时间睡了一会儿，第二天一早就拖着疲惫的身躯和晕眩的脑子匆匆从郊区赶往火车站，去接张默溴。

北京的火车站即使在非节假日的时候依然人潮涌动，喧闹鼎沸，让你能直观地感受到这座城市的人口密集程度。不过我很快在人潮中找到了张默溴，记得我第一次见到他的时候就觉得以这厮的长相，如果丢进人堆儿里肯定很快也能拎出来，而且张默溴明显比以前更瘦也就算了，看样子貌似还长高了，老天真不公平……

我走向张默溴的时候，他也看见了我，对我笑得一脸灿烂，黑猫“小鱼”从他胸前反背的背包里露出黑色的小脑袋，好奇地张望着来往的人们，大概猫生从来没见过这样的人山人海，一双滴溜溜的眼睛里满是紧张。

相比之下，来不及洗漱就蓬头垢面奔到车站的我仿佛一个春运期间赶路的民工，因此我遭到了张默溴无耻的嘲笑且无力还击。

我把张默溴送回我的住处，将一人一猫都安顿下来后，带着人去了一家烤串店。这家店名气挺大，墙上挂的都是老板和各路明星的合影，也侧面证明了菜确实做得不错。张默淏盯着墙上某大腕举着剪刀手和老板的合照感叹了一句："什么时候能把我的合影也挂上去？"

"挂你的照片干什么？这是烧烤店不是杀猪菜馆。"我怼了他一句。

张默淏瞥了我一眼没有吭声，自己喝了一口啤酒，看来心情还不错。

酒过三巡，菜也差不多扫干净之后，我收起嬉皮笑脸，认真地问了张默淏一句："说真的，你在学校怎么了？为什么突然辞职？"

张默淏握着酒杯的手僵了一瞬，然后他告诉我那是因为他犯了两个错误："第一，人红是非多，绯闻……"

"等等，你当初不是说肯定不对自己的学生下手吗？你个人渣，说话当放屁……"

"你不知道，"张默淏一脸委屈，"我也很不容易的，一个长得像石原里美的学生每天都给我送一杯橙汁并且坚持了三个月风雨无阻，我都无动于衷，这是一种什么精神？"

"我看你是神经，那后来怎么同意了？"

张默淏又放下刚刚拿起的筷子，眨了眨眼："有一天我点名的时候咳嗽了几声，下午她在我办公桌上放了一罐什锦罐头，然后我就答应陪她去看一场音乐会。本来想着看完音乐会之后跟她说清楚，谁知道在我和她看音乐会的时候被学校其他学生撞见，第二天整个学院都知道了，我就更不好解释了。"

我沉默了片刻，不置可否。张默淏活该吃这个亏，如果向别人解释和女学生没有关系，无论别人信不信女生都会没面子，但不解释又几乎是默认了绯闻，真是有苦说不出。不过张默淏这个长相，想不出桃花都难，也怪不得学生。

“那第二个错误是啥？”

“打架。”

“你又打架了？”

他叹了口气：“我的学生踢球赛的时候遇到个裁判，眼睛不瞎、智商超过 20 的都能看出对方假摔，偏偏裁判要装瞎，很明显是跟那边的关系好吹黑哨了。一开始我也忍了，但对方两个球员夹攻我学生一个人，我学生被一个人铲倒之后，另一个人不长眼踢到了他的头，裁判竟然不吹哨！我实在看不下去就骂了那个裁判几句。”

“然后还把他揍了？”

“是我一言不合，结果两边啦啦队先打起来了，我没拦住，最后有俩进了医院……”

“是你故意没拦吧？”

“什么话，我是老师，怎么能看着学生打架呢？”

“得了吧，别人不知道，我还不知道你？！“

“你知道个啥啊，你是我肚子里的蛔虫啊？”

张默淏说完，我盯着他的脸看了好半天，盯得他估计鸡皮疙瘩都起来了。

“干吗？”他双手交叉护住肩膀，警惕地看着我。

“张默淏啊，没想到我不在你身边，你这么倒霉啊！不过话说回来，打架这事不像你啊，张默淏？你工作之后应该更谨慎啊，什么时候又开始热血了？你的圆滑世故呢？”

“唉……”张默淏打断我，“圆滑我承认，世故可没有。我只是觉得没意思，太压抑了，我想换一种活法。不想按别人给我的谱过了，我想按自己的想法来。”他顿了顿又说了一句，“晓峰，其实我真的挺羡慕你的。”

“您可别变着法儿糟践我，我都快丧死了。”

“真的，起码你能决定自己想做什么。”

“这你可真的想多了，我整天被人呼来喝去的，自己的想法？谁在乎你的想法？”

“你自己在乎啊！这就够了！”

我沉默，喝了口酒：“所以呢，你到底想说啥？”我很疑惑，我在张默淏心里究竟是个什么样的人设？

“我觉得这很勇敢，很珍贵，就像《千与千寻》里说的，记住自己的名字，才找得到回家的路。”他喝完杯子里最后一口酒，神情莫名惆怅。

我看他这副样子，突然有点感伤，想了想才开口：“到底我想做什么，我也只是有一个方向，到底怎么做我也不知道，但是我会尝试去做，做着做着可能就知道了。关键是你想做什么？”

张默淏抬头望天，暗夜漆黑，无星也无月。

“先找份工作糊口吧，我来之前投了几份简历，明天去面试，也不知道行不行？”张默淏说。

“你说了一晚上，我听出来了，你之前工作不开心，主要是命里缺我，没有我旺你，现在你勇敢地投奔了组织，估计问题不大，没啥是一顿烧烤不能解决的，如果有，就是两顿。”

张默淏被我逗乐了，我主动去撞张默淏的酒杯，一饮而尽。

这是我和张默淏毕业这么久之后第一次面对面深谈，我能感受到他心里确实忧虑，看来张默淏也不是当年那个夕阳下抱着小猫的白衣少年了，而是变成了一个寄人篱下的倒霉蛋。

上学的时候，我也曾认真想过我们以后会变成什么样子，会不会再多的骄傲都会像别人说的那样，终究被现实和时间磨平所有棱角？会不会成为一个在拥挤的地铁里一边抓着扶手努力保持平衡，一边举着电话低声下气向客户道歉的人，从此嘴角不再上扬？额头上发际线日益增高，浓密的黑发渐渐稀疏而冒出的白发越发明显……会不会就这样成为芸芸众生里最普通的那个……想到这些心里不禁伤感，但是身边这群朋友，这群彼此喜欢着的、肆意张扬的人是不会变老的吧？我在心中默默祈祷。

我和张默淏喝酒聊天一直到后半夜，我觉得我醉了，眼前张默淏的样子变得有点模糊，但是不知道为什么，样子模糊了，我脑子也成糨糊了，张默淏看起来却更像个活着的人了。

我晃了晃脑袋，忽然感到一阵凉意袭来，油腻腻的夏天终于要过去了，黑夜也要过去了，不见星月的天边竟默默挂起了几颗启明星。

四 黄桃罐头和“鬼”故事

回到住处后，我和张默淏一个躺在床上，一个躺在地铺上，有一句没一句地又聊了起来。聊着聊着，不记得是谁起的话头就聊起了铁汉。自从铁汉因为那次打架被学校开除后，他就回家了，和我们谁也没再联系过。那个时候在高校流行的校内网可以看到每个人的访客信息，偶尔能看到铁汉浏览过贾冰的主页，不过也从未留下只言片语。

其实，当初我们被带去派出所做笔录之前，胡蝶就听到了风声，她也很着急地跟张默淏通了电话，张默淏则让胡蝶一定要帮自己瞒着家里，态度非常坚决。后来眼看对方故意发难，铁汉面临学校处分，事态愈演愈烈急速恶化，张默淏也急了，自己去找了校领导想为铁汉求情。他到了校长办公室时，却在门外看到了铁汉的妈妈。

按照张默淏的叙述，他始终没有看到铁汉妈妈的脸，由始至终都只看到一个瘦小的背影对着自己。但这个瘦小的背影异常平静沉着，语气中甚至带着寒意。

“校长，不瞒您说，他爸爸在他很小的时候就去世了，是打群架被人打死的，他死了还不算，仇家挨个找上门，那会儿我就告诉他无论如何不能打架、不能还手，绝对不能！他一直很听话，就算受了同学的欺负也绝对不动手，我虽然心疼，但绝对不能让他像他爸爸那样。可今天，他却动手把人打住院了，我不敢想象还会发生什么，所以，校长，我要带他走，哪怕我们不要这个文凭了，也不能让他这样。”

铁汉妈妈这段话把张默淏惊得完全不知如何反应，在场所有人包括校长亦是一阵沉默，安静的走廊里只能听到铁汉的哭声，平日眉头都很少皱一下的铁汉此时哭得泣不成声，哭得张默淏觉得心里绞着疼。

张默淏想求情的话没能说出口，而铁汉的妈妈在听说儿子是和室友一起打架之后，连宿舍的东西也没让铁汉回去拿就把他带走了，走的时候两个人都没有再回头。

事情没发生之前，年少的我们天天混在一起，并且总以为会一直这么在一起没心没肺地过着，日复一日有种将会天长地久的错觉。直到忽然分开了，我和张默淏才惊觉平时对这个憨厚却心细的朋友关心并不够，可是一切都为时已晚。

聊到铁汉，很自然地就联想到了贾冰。我告诉张默淏我和贾冰经常在后海约酒，人家还曾给我介绍过工作。

“她给你介绍工作，工种对得上吗？不是，她现在做什么？”张默淏好奇地问我。

“她现在在话剧团当演员。”

说到贾冰，我和张默淏本来刚酝酿好的睡意全部散去，我坐起来手舞足蹈地给张默淏讲了我第一次去看贾冰演出的话剧时是个什么情形。

那天，贾冰送了我一张首演的门票，我抱着学习的态度走进剧院。演出一直都挺顺利，效果也挺好，台上的贾冰充满了魅力，台下的观众看得津津有味。直到剧情走到有一幕群戏，贾冰跟着其他演员一起向台中央跑的时候，一切就失控了。贾冰先是踩掉了另一个女演员的鞋子，然后在这个过程中自己不小心摔倒，慌乱中她双手又扯掉了前面男演员的裤子，挣扎着站起来的时候高跟鞋跟又卡在了道具板缝里……这一切发生得非常突然又非常快，实际上只有半分钟的时间，就在台下的观众还没反应过来的时候，鞋跟卡进缝里的贾冰在差点崴脚的一瞬不禁对着还开着的麦脱口而出："我的妈呀！"

全场大概一秒的沉默后，就炸锅了……

张默溟听完这段故事倒也不觉得惊奇："贾冰果然还是贾冰啊，她们剧团团长不哭吗？"

"哭？才第一次不会那么大惊小怪，团长扣了她工资，严肃批评了几句这件事就算过了，他怎么能想到日后还会有更多花样等着他，这只是个小惊喜。"

张默溟露出担忧的表情："贾冰……的工资不够扣吧？"

我点了点头表示肯定。

张默溟突然笑了，可能是贾冰的故事带给他熟悉感，让他初来乍到紧绷的精神有所缓解吧，总之，夜谈最后以我们约好近期一起去找贾冰叙旧作为结束。

不过在张默溟翻身准备入睡的时候，我问了他一句："你跟胡蝶还联系吗？"

他没有回答，很快，阵阵均匀的呼吸声传进我耳中，还是那么熟悉。

而我也迷迷糊糊就要睡着之前，脑子里忽然想起一件往事，大一下学期的时候我曾陪张默淏去过一次医院，在那里遇到了胡蝶。

那时候正临近期末考试，所有学生都在紧张备考，胡蝶代表校女篮队打比赛去了外地，当时我真的希望她能把张默淏一块儿打包带走，因为这厮期末的时候太烦人了。为了临时抱佛脚把我的笔记占为己有也就算了，拿走了就好好复习呗，结果他白天好像是泡在图书馆和自习室里温习，实际上是趴在我的复习笔记上睡觉，并且睡得那是一个香甜，哈喇子都流到了笔记本上别提多恶心。晚上回到寝室又装作一副努力复习的样子，在床上翻来覆去地念叨着笔记内容，偶尔还自己默背知识点，背着背着想不起来了还巴巴儿地望着我让我往下接……我懒得理他，结果这货见我把他当成空气还不乐意了，不停地说我不团结友爱、没有互助精神令人寒心之类的牢骚话。我被他烦得受不了了，就吼了一句“不知道！”，没想到他得寸进尺，开始唠叨我不思进取，让我小心不要挂科……

有一天晚上，已经过了寝室熄灯的时间，我临睡前最后一眼是看到张默淏这个“戏精”还坐在上铺举着手电在看复习笔记。而后，在我睡着了不知多久后，一阵能把人亮瞎的手电筒光直照着我的脸，生生把我照醒了，我以为张默淏又要整什么幺蛾子，眼睛都不想睁开吼了他一句：“张默淏，你是不是有病？！”

然而我刚吼完的瞬间就听到“砰”的一声巨响，那是什么庞然大物猛地摔到地上的声音。我条件反射一样睁开眼坐起身，透过照进寝室昏暗的月光，我看到张默淏龇牙咧嘴正躺在地上。原来这货刚刚困得睡着了，握着手电筒的手渐渐松开，不知不觉手电光束越来越偏，从笔记歪到了我脸上，我一吼，把他吓一跳，直接从上铺摔了下来。我反应过来之后忙下床去扶他，此刻他也在经历了突如其来的一摔后，从蒙圈里反应过来，开始嗷嗷地喊着疼，尤其是一双腿已经疼得站不起来。我猜可能是骨折了，也是不敢耽搁地帮他换好衣服之后，背着他就去了医院。在走之前，我担心自己的钱不够就问张默淏还有多少钱，他说他钱包里有现金，让我拿的时候数数有多少，我打开他递过来的钱包时，瞄到里面夹着一张照片，但是当时的光线太暗我没看清上面的人是谁。

我一路跌跌撞撞好不容易把张默淏背到了医院，这货则不停哼哼呀呀地叨叨我太瘦硌得他肉疼，我因为多少有点心虚没跟他计较，心里还自我安慰地想着也许他是为了不让我自责才故意开玩笑缓和气氛的。进了医院挂了号，我忙里忙外又把张默淏背到骨科拍片检查，检查结果是韧带骨折，需要做手术。

这下事情有点大了，我想着该给他家里打电话通知一声。

“通知啥呀，都在国外，这点事不会理我的，我们家就我姥姥在，你就别吓唬她老人家了，一把年纪的。”张默淏龇牙咧嘴地说。

“那谁管你啊？”我握着手机顿时有点尴尬。

“你啊！不然还有谁？”张默淏瞪着眼睛，一副碰瓷的嘴脸。

“我是欠你的吗？”话一说出口，我自己顿时也觉得有点理亏，张默淏则一脸“不然呢”的表情摊着手看着我：“不要挣扎了，我这是给你一个将功补过的机会好吗？”

完蛋，被狗皮膏药赖上了……

在医院折腾了一夜，张默淏住院了，我在他病床边趴着睡了个囫囵觉。第二天白天，因为得去给张默淏办缓考，我早早就先回学校，而对于不用复习考试这件事，张默淏本人倒是觉得很高兴。我奉劝他不要太嘚瑟，因为对于他来说，这件倒霉事等于他这几天的复习笔记都白看了，并且明年的补考他一样逃不掉。

“那这些赖谁啊？”他一脸无赖又无辜。

“谁笨赖谁呗。”我怼回去一句。

“咝……”张默淏不满地瞪着我，正要回嘴，病房的门忽然开了，胡蝶站在门口。

张默淏见到胡蝶没心没肺地笑了，边笑还边唱：“你从哪里来，我的朋友，好像一只蝴蝶，飞进我的门口。”

比起张默淏的吊儿郎当，胡蝶明显更在乎他骨折这事，仿佛折的是自己的骨头。她一脸焦急地冲到了张默淏跟前，坐在病床边的我隐隐感觉整张铁床都在颤抖。

“你怎么弄的？谁干的？”胡蝶一脸痛心疾首地看了看张默淏打着石膏的腿，又转过头看着我，看得我一个激灵差点没吓尿了。

“我自己摔的。谁敢害我啊？”张默淏摆了摆手，完了还对我使了使眼色，“是吧？晓峰。”

“嗯嗯……”我忙点头，心虚地看着自己的脚尖。

胡蝶来了之后就彻底接替了我这护工的位置并且比我尽职尽责多了，打饭、倒水、切水果、整理屋子、叫护士医生换药，要不是张默淏坚决拒绝了她的好意，她肯定能做到扶着张默淏去上厕所……

第二天晚上，我刚考完试吃了口饭就收到了张默淏的短息：“晓峰，我发烧了，你快来。”

我来不及把给张默淏收拾好换洗的衣服，匆匆忙忙赶到医院的时候，张默淏已经睡着了，那睡姿别提多随心所欲，一个发烧的人一只脚还露在被子外面。我看他睡得香就没敢开灯，昏暗中帮他掖被子的时候，透进病房的月光照到了他的脚背上，我才注意到他的脚踝特别细，一瞬间感觉他整个人不说话的时候都特别乖。

我把张默淏的脚放进被子的举动还是把他弄醒了，自己还迷瞪的时候还指了指趴在床边睡着的胡蝶做了个“嘘”的手势示意我小声一点。我小心翼翼地慢慢把他扶起来，凑到他耳边小声地问了他一句：“你好点了吗？”

他也小声地在我耳边回了一句：“我想吃水果罐头。”

“……”我心头冒出了无名火，“这点事儿非要当着我的面说吗？发短信不会？不对，我不是才给你买了吗？”我边埋怨，边摸了摸张默淏的额头，确实有点烫。

“我知道，可是我拧不开，你帮我拧开。”

我一脸崩溃地看着他，又指了指一旁的胡蝶，如果那时候就流行表情包，我一定甩他一脸“黑人问号脸”。

“怎么说也是女孩子，我不好意思。”

我心里不禁疑惑了一下，胡蝶女侠……是女孩子……

“你啥时候自尊心这么强了？”我边说边顺着他手指的方向从抽屉里拿出了一瓶黄桃罐头，“再说了，胡蝶又不是一般的女孩子，她一个能顶咱俩加起来。”

我轻轻拍了拍罐头的底部，用力旋转盖子，拧开，这套开罐头的方法是我爸教我的，张默淏崇拜地看我这一套动作，投来赞许的目光。拿着铁勺，我沿着瓶口连黄桃带着汤捞起一勺，看上去黄澄澄的，我都忍不住想吃。张默淏见我一副垂涎不已的样子忙拿手拍了我一下，我白了他一眼后乖乖地把勺子一歪拐了个方向满满塞了他一嘴。张默淏“嗯”了一声，然后大口地嚼着嘴里的黄桃，一脸享受的样子。

结果我俩“偷吃”罐头的一系列动作搞出的声音有点大，吵醒了胡蝶。

胡蝶揉着眼睛看着我和张默淏：“你俩在干吗？”

我顿时觉得有点尴尬，赶紧松开还塞在张默淏嘴里的勺子，不知道怎么就感觉很像小三被捉奸在床，心生羞耻、无地自容，希望胡蝶女侠没有误会，我还想多活几年……

第二天，张默淏又把我叫去了医院，这次他的主旨是跟我商量怎么让胡蝶回去，每天被胡蝶无微不至地照顾，他其实觉得很不自在。

“挑三拣四……这不是挺好的，给你们俩一个独处的机会。”

“我要这机会干啥？”见我揶揄他，张默淏瞪了我一眼，用眼神警告我不要胡思乱想。

“那你也没啥不自在的吧，你们俩又不是刚认识，从小一起玩儿到大的，还不习惯啊？”

“不习惯。”张默淏马上反驳我，“总之你快给我想个办法，是你把我弄成这样的，你得负责啊！”

“唉，”我叹了口气，“我想不出来，你更了解她，你自己想。”

我说完张默淏真的开始扶着下巴冥思苦想起来。

过了一会儿，他眼前一亮有了办法：“对了，胡蝶怕鬼，你说我们吓唬她行不行？”

“这……”

当晚，张默淏戏精附体。

张默淏听到胡蝶沉重的脚步声回荡在安静的走廊，在她进门的那一刻用喷壶往自己头上、脸上喷了几下，造成满头大汗的假象，然后开始大口喘气。我被这样的骚操作看呆了。胡蝶进屋看到这一幕，三步并作两步，直接跨到病床：“你怎么了？哪不舒服？”

张默淏两眼发直，瘫软地靠在床上不说话。

“这是怎么了？”胡蝶转头看我。

“哦，做噩梦了。”我赶紧反应，怕她真去叫医生。

“什么噩梦啊？吓成这样？”胡蝶问。

张默渼突然开口吓人一跳：“我刚要睡着，对面的门就开了，走进来一个穿着病服的小男孩，拖着一个行李箱，站在我面前看着我。我问：‘小朋友，你怎么了？’他也不说话。我问：“小朋友，你住哪个病房啊？”他抬手指着我的病床，说：‘你睡了我的床。’我瞬间想起来，听护士说我住进来之前，在这个病房住院的小男孩刚刚离世，于是我瞬间一身冷汗，想跑出去叫你们，但是怎么也坐不起来，浑身不能动，也说不出话，直到晓峰把我叫醒。”

我的天哪，我明明知道这是他为了骗胡蝶瞎编的，但我还是起了一身鸡皮疙瘩，这货小时候没少听《张震讲故事》吧？

此时，胡蝶的脸已经绿了，嘴唇吓得发紫。原来女英雄也有害怕的时候，看来是真信了张默渼的邪……真是单纯的姑娘啊。

之后，胡蝶真的不敢再在张默渼的病房里待了，可是她又依依不舍同时也害怕梦中的男孩会伤害张默渼。

“没事，我在这儿照顾他，我俩男生阳气重，不怕。”我在旁边劝了一句，让胡蝶安心离开。

胡蝶要去找护士换房间被张默渼赶紧拦住，胡蝶要去找师傅来医院作法，吓得我差点就说了实话。张默渼连哄带骗，又做了一阵思想教育，不能封建迷信。胡蝶一番嘱咐之后依依不舍地离开了医院。胡蝶一走，我赶紧骂了张默渼一顿：“呸，不要脸的东西，人家都是花言巧语骗姑娘，哪有你这样的，编鬼故事骗姑娘。”

“你不也说过，胡蝶不是一般的姑娘。”张默渼竟然用我的话堵我的嘴。

以前我们闲聊的时候就听他说他小时候爱捉弄胡蝶，那历史之久远，小学的时候骗她第二天要考试，初中的时候骗她老师要找她家长，高中的时候骗她校外有人找她告白……也不知道胡蝶这孩子是倒了什么霉，从小学到高中都跟张默淏念一所学校，关键是不管张默淏骗她多少次她永远都会上当，感觉这姑娘只要一遇到张默淏，脑子什么的就不存在了，以至于张默淏长大后觉得骗胡蝶很无聊、没有成就感，也就不再这么玩了。

现在也不知道远在上海的胡蝶怎么样了，往事历历在目，耳边又传来张默淏平稳的呼吸声，我望了一眼他的背影，终于感到一阵深深的困意袭来……

⑤ 幕后的戏更现实

倒霉和病毒一样，都会传染。

第二天我一回到剧组就觉得气氛不对，周围的人神色都莫名古怪，没事还聚在一起窃窃私语不知道在谈论什么，我隐约觉得肯定有事要发生，越想越不安索性掏出手机想给制片人打个电话侧面打听一下到底出了什么状况。然而我还没拨出去，就见有个人突然朝我冲了过来，是方蓝。她拖着行李箱走到我面前，而我明显能感受到她止不住发散的怒气，还没等我反应过来，方蓝便瞪着我，杀气腾腾地说了一句："你们都给我记着！"

女人一旦狠起来，恶魔都要让路的，撂下这句狠话后，方蓝就壮士般一去不回头。

备感莫名其妙的我赶紧拐进了信息最丰富的化妆间了解了情况，事情的经过是这样的，原来方蓝死活不同意删自己戏份的事，已经和制片人闹了一场，制片人是个老油条，他先想办法哄着方蓝稳住了她的情绪把这事摁了下来。但是方蓝其实不傻，她心里明白制片人是满嘴跑火车在跟她施"缓兵之计"，于是第二天她就因为原定给她的戏服给了彩铃这件事借题发挥，和彩铃在试衣间内大打出手，闹得不可开交。这里我要再插播一个“知识点”，解开一个圈外人的迷思，很多人以为拍戏、在剧组生活是一件很有趣的事，我只能说你来跟几部戏，一年到头扎到剧组里试试你就会知道，拍戏是一件多么无聊乏味、重复性高到你想吐的事。所以，剧组这个地方最喜欢看镜头外的“戏”，在剧组里生活，空虚寂寞无聊的诸位从灯光摄影到场务都巴不得出点什么八卦绯闻，好给生活增加一点调剂。今天出了这种事，整个剧组都炸锅了。方蓝闹完了之后自然是没什么好结果，要知道彩铃是金主爸爸的女儿，所以在彩铃背景的施压下，制片人和导演只能轮流去劝方蓝，让她放弃无谓的抵抗。然而方蓝是个硬性子，无论别人怎么软磨硬泡恩威并施，她就是“宁死不屈”。见方蓝这个样子，彩铃也没耐性了，觉得自己下不来台，她使出了撒手锏，告诉制片人：“老娘不干了，我要撤资！”于是，制片人当机立断，毫不犹豫地当场换掉了方蓝……

出了这样的事，对我来说无疑是个麻烦，当我觉得我很可能要因为重新再出一稿剧本这事猝死的时候，很意外的是，李澜妃站出来解决了问题。因为剧组一时半会儿找不到合适的女演员来顶替方蓝，她自告奋勇表示自己这时候一定要挺身而出救大家于水火之中，无论付出再多的努力也要和大家一起把这部戏撑下去！制片人为此深受感动，于是李澜妃顺利接替了方蓝的位置。简而言之，李澜妃见缝插针捡了个漏，从女十八号一跃成了名义上的双女主之一。

晚上，我坐在宾馆的门口发愁，脑子里全是这两天经历的事，心中充满了对方蓝的内疚和无奈。李澜妃不知什么时候发现我在这儿，坐过来拍拍我的肩膀。

“晓峰，我觉得你特别牛，这种情况都能坚持把剧本写完。”李澜妃开口劝我。

“别开玩笑了，还是你厉害，出来几句话就把事情解决了。”我是真心觉得她厉害。

“我只不过不想错过这个机会，万一这部戏撤资了，咱们都白干了。哪怕被骂，我也得坚持。”李澜妃很诚恳。

“你说得对。”我说。

“晓峰加油，我们能行的，我们会成功的！加油！“李澜妃笑着说完。

就这样，一出闹剧落幕，事情也算得到了解决。导演想了想，觉得现在只要把剧本在原基础上改一改便什么问题都没有了，结果，包袱就又丢到了我这个底层小蚂蚁身上。此时我已经心力交瘁，这几天发生的事远比我的剧本更精彩，我为什么还要在这儿编呢？

无奈，我给张默淏打了个电话让他自己喂饱自己，因为未来的几天我肯定是回不了家了，然后叮嘱了一句让他别把家拆了，房子不是我的。

接下来的几天我就窝在剧组没日没夜地连轴转，头发都快被自己扯光了，终于憋出了新剧本。

那天阳光特别好，北京的天空难得还挺蓝，雾霾什么的也仿佛不存在，总算完成任务的我无论如何在剧组待不下去了，便麻利地收拾了一下打道回府。走到家楼下的时候，一辆奥迪 A6 迎面慢慢地向我开过来，我以为就要这么和它擦身而过的时候，车灯忽然照亮了我的脸，差点没把我的大近视眼直接亮瞎了。我赶紧拿手挡住眼睛然后走到车边敲着驾驶座的车窗打算骂人，没想到车窗摇下来后，我看到了坐在车里的张默淏，他嬉皮笑脸地看着我，一脸傲娇：“上车吧！”

我一阵惊奇：“什么情况？你这么快就被富婆包养了？“

正疑惑着，副驾驶位的车窗也摇了下来，贾冰探出个脑袋看着我，笑靥如花：“嘿，富婆在这儿呢，走，跟姐喝酒去！”

许久不见贾冰，我心里不禁有些激动，开开心心打开车门坐了进去。我人还没坐稳，张默淏这货就一脚油门把车开了出去。因为惯性，我的屁股狠狠撞到了车座上，虽然我并不胖，屁股上肉不算多，但这猛的一下后坐力实在太强，屁股撞裂一样的疼令我蒙了，一瞬间说不出话来。张默淏听到出乎他预料巨大的撞击声，沉默了几秒，心虚地问了一句："没事吧？"

"我的尾椎！"我捂着屁股拧着眉头，从牙缝里挤出四个字。

在贾冰的再三要求下，饭局取消，改路去医院检查我的尾椎。

在医院拍完片子，被摸了屁股之后，医生提了提鼻梁上的眼镜，平静地告诉我："骶骨骨裂。"

"什么骨？"

"骶骨，就是你尾巴骨上面的那块骨头，这你都不知道？"张默淏在旁边抢答了一句，"你忘了，当年我从床上摔下来，医生还说我运气好才没摔断骶骨。"

"……"

我的天哪，所以我这是遭报应了吗？人还能怎么倒霉？真的没有坐好车的命，却得了尾椎的病。

被贾冰和张默淏扶回家之后，我顿时为自己感到不值。

"张默淏，你把倒霉传染给我了！"为了我的尾巴骨，我以一种很不舒服的方式趴在床上，龇牙咧嘴地控诉。

张默淏站在床边伸了个懒腰，挠了挠头悠悠地说："呃，你生病了，想吃黄桃罐头吗？"

"喵呜！"小鱼叫了一声，轻盈地跳到我背上，爪子踏了踏我不平整的衣服，然后就蜷着尾巴趴下了。

这爷儿俩欺人太甚！

第三章

所有自己把握不了的
都是命中注定

一 从女篮到女模之间隔着一个“张默淏”

我简直是塑料体质，只要遇到什么压力或发生什么重大事件，身体就会先发出信号。中考前一个月长水痘，高考前一个月阑尾炎手术，总是会在别人最疯狂忙碌的时候自己心安理得地躲进自己的安全区，不仅不慌张还异常满足，幸福感爆棚。

这几天能对着张默淏呼来喝去让我隐约找到了同样的舒适度。不得不说双鱼座浑起来不要命，但暖起来更要命。张默淏同学每晚睡前都热两杯牛奶，监督我喝完之后自己一口干掉，然后蜷在沙发上用手机查看邮箱是否有新的招聘回复，顺便核对一下明天要去面试的地点路线，放下电话问我明天想吃什么菜他回来去菜市场买，搞定一切自己翻身就睡，第二天早上西装革履地出门，顺手换了小鱼的猫砂，出发前给我留个面包和果汁。

倒想看看张默淏这么装模作样能坚持几天，可他这么殷勤我反而越来越心虚，想到自己这些日子没有活儿干更心虚。这时候意外接到钱原原导演的电话，问我真人秀的脚本接不接。“接！”虽然我内心笑成猪叫，但嘴上还是言简意赅地谢谢导演。钱导让我晚上八点去网站上看真人秀《甜蜜的约会》，前两期已经制作好了，但从第三期开始需要新增加一对明星夫妻，需要一个编剧进来完成新脚本。

我把这个好消息同时告诉了贾冰和张默淏，张默淏激动地说我终于有钱可以继续包养他了，贾冰高兴地说要来蹭饭帮我庆祝。

晚上八点，张默淏并没有兑现早点回家炒菜的承诺，而是在楼下超市买了一堆有的和没的，用电饭煲支起了火锅。他说这样经济实惠还能解决刚需，但用电饭煲吃火锅这件事情我是第一次，总担心会吃太快，肉还没煮好就吃完了。

三人围坐，开始看《甜蜜的约会》。这是一档情侣真人秀的节目，两人要在节目组设计的各种任务中完成约会，任务根据每期主题而变化。看到第二对情侣的时候，我们三人都停住了自己手里的筷子，米饭从张大的嘴巴里掉出来，眼前的这个女模特好眼熟啊，眉眼清秀，总觉得在哪见过，但又有些陌生，她气质清新，和煦如风，身材曲线分明，令人垂涎。直到她开口说话，我们三人才恍然大悟，分别拍着桌子、脑袋和大腿："她是胡蝶！"

世界真奇妙，你永远不知道物种会进化成什么样。

那个上学时一手拿着煎饼果子一手指退混混儿的女英雄，那个能从人群头顶黑云压境般拨开人群的女汉子，如今竟然摇身一变成了小有名气的模特，还上了综艺节目。紧接着更令人意想不到的是，胡蝶竟然有了男朋友，而且和她同样是模特，工作中认识的，这个"小狼狗"简直是金城武加龙星凉，张默淏这种风流坯子在他面前都仿佛是路人。

我和贾冰不由自主地把头转向张默淏，张默淏嘴里叨叨着"不可能"，放下碗筷，拿起了手机，给他妈妈打电话，经过张妈核实，胡蝶毕业之后远离垃圾食品和我们这几个狐朋狗友，与世隔绝，励志减肥，在上海当健身教练，然后意外拍了广告，成了专职模特。

听完这一切，贾冰不禁感叹：“太励志了，果然女人最大的敌人只有自己，没有丑女人只有懒女人。”

“我说怎么都联系不上她，没有一点消息，原来是闭关修炼啊！”我恍然大悟，“胡蝶这是为爱扑火，化茧成蝶！狗眼不识泰山，现在追悔莫及！”我看着张默淏，感叹出八个字概括胡蝶。

张默淏一脸痴呆：“滚一边去！”

我兴奋地给钱导打电话，问节目组什么时候让我开始工作！我迫不及待地想见到胡蝶。

放下电话，我问贾冰：“一个女生究竟因为什么才会变化如此之大？”

贾冰在电饭煲里捞起来一个鱼丸，不紧不慢地说：“一定是心病！张默淏，咱们毕业散伙饭那天，我们都喝醉了，胡蝶送你回家，路上你到底对胡蝶做了什么，能让她第二天就离开学校，从此几乎和大家断了联系？”

“对啊，我也好奇，如果是因为你这个渣男，为什么连我们几个良民也受牵连？”我补刀。

张默淏眼神突然有点暗淡，默默地开了一瓶酒：“今天晚上经历的信息量有点大，我一时也有点暖不过来！不过首先，胡蝶同学不是针对你们，我也没有她什么音信，都是每次回家我妈有一搭没一搭地告诉我她的事。其次，散伙饭那天晚上，我和胡蝶在回家的路上都没说话，到家楼下了她问我是不是真的想好了要留校，我说是，她说她想去上海，我鼓励她去了好好闯荡，苟富贵勿相忘，然后我们就各自上楼了。

“张默淏，你是真不懂还是假不懂啊？胡蝶那是舍不得你，希望跟你一起去上海啊！”贾冰语重心长地说。

“什么？我怎么没听出这个意思？”张默淏一脸茫然。

“你就演吧，接着给我俩演，以你的情商你怎么会听不出来胡蝶话里的意思？你俩从小就在一起玩儿，大学那会儿所有人都知道她对你有意思。肯定是她得到了失望的答案，然后心灰意冷才决定远走他乡。渣男！”我指着张默淏的脑门儿说。

“怎么还骂人啊？我俩怎么可能呢？从记事儿就在一起混，从幼儿园上到大学都在一个学校，长大了都要有自己的生活，何必非要在一起啊？”张默淏解释。

“所以你真的没喜欢过胡蝶吗？哪怕是某一刻，就那么一点点喜欢。”贾冰一脸关切。

“没有！我俩没可能！”张默淏斩钉截铁。

“那时候没有，那现在呢？现在胡蝶真的变成了‘蝴蝶’，如果她还有那个意思，你会不会动心啊？”贾冰简直是刨根问底栏目组的，把我想问的都问了。

“你们神经病啊，为啥一定要我俩在一起？我就不能有一天被富婆包养吗？”张默淏说完狠狠地干了手里的啤酒，结果喝了一半就呛着了。

“得了吧，我要是富婆我都不要你，你一看就是花架子，中看不中用。”贾冰一脸不解。

“什么中看不中用？你给我把话说清楚。”张默淏不顾咳嗽地质问。

“就是不太行！”贾冰头也不抬地吃着鱼丸。

“越说越离谱，你别吃了！”张默淏伸手用筷子打掉贾冰汤勺里的鱼丸。

“我的意思是说，你一看就不会谈恋爱，搞暧昧还行，但如果跟你在一起，会没有安全感。安全感这东西，你不行！”贾冰一脸严肃地说。

我要被这两人笑死了，热闹很好看，仿佛回到了大学时候，希望这种聊天对自己人下黑手的场景以后经常出现在我家。

虽然我不太理解，但我觉得贾冰说得似乎又很有道理，张默淏确实不靠谱，空有一副好皮囊，不过这一点优势也很快被“后辈”赶超了。

其实突然在节目或电视剧里看到自己的熟人既兴奋又尴尬，也不明白为什么明明你知道这个人很多事情，但只要一到电视里他就是另外一个人了。但对于看到胡蝶更多的是意外和好奇。

冒着这种兴奋和好奇的心情我们继续看完《甜蜜的约会》，大概对胡蝶的近况有所了解。胡蝶在健身房工作期间疯狂瘦身，因为拍了广告被很著名的模特经纪人看中，直接送出国培训了半年，之后胡蝶很争气地接到了一个在圈内很有名的走秀，她一张冷眼的东方面孔受到媒体高度关注，一战成名。胡蝶回国后拿下一个品牌代言，工作中认识了男模周子诚，周子诚是当红的“小狼狗”，形似龙星凉，对胡蝶无微不至，两人情感升温走到了一起，现在除了模特工作之外，两人还一起创立了一个时装品牌。

这样开挂的人生，简直就是人生赢家，相比之下我们围着电饭煲吃火锅显得尤为心酸。

张默淏打开阳台的窗户，我们三人并排站着透气，互相点了烟，唉声叹气。

我不抽烟，但为了配合整体忧伤的气氛，我还是把烟叼在嘴里咂巴着。有时候你特别喜欢你的朋友功成名就，但如果你的朋友真的突然走向人生巅峰，你又会无比失落，嫉妒谈不上，羡慕绝对有，更多的是落差，看看人家再看看自己，于是这时候就能理解你妈为什么总拿别人家孩子跟你比，都是很强的一种成败得失的意味。

一根烟还没抽完，贾冰的电话响了，她同事让她现在赶紧到三里屯的一个酒吧，不然仕途不保。

可能因为刚刚受了刺激，贾冰扔了半截烟，回头对我和张默淏摆了一个告辞的手势："老娘也奔仕途去了，先走一步，告辞！"说完，她抓起外套就化身风一样的女子消失在我家。

凭实力捡个帅哥

贾冰风风火火把车开到了三里屯的一个酒吧楼下，根据微信指示到了四楼的露台。

今晚难得繁星璀璨，星空下，眼前这块空地歌舞升平，站在楼上俯视闪烁的车流和霓虹，真是夜色撩人啊。

贾冰还在想着，就被同事萍姐认出，萍姐踩着闪亮的十一厘米大高跷离老远就扭着过来，拉着贾冰往里走，嘴上还不忘埋怨：“怎么才来啊？再晚点黄花菜都凉了。”

“我这不是显得有身份、重量级吗？”贾冰自然地甩甩头。

“别贫了，来给你介绍一下。”萍姐说着把她带到了一排沙发前面，指着这排男男女女，声音提高了一个八度，“你们看谁来啦？！”

最怕空气突然安静，贾冰在心里翻了无数个白眼，拽着萍姐的胳膊说：“姐，你告诉我，谁来啦？“

正在气氛尴尬的时候，一个男生突然站起来：“是你，砸自己演出场子的高跟鞋小姐姐！”他指着贾冰高喊，像班级里第一个回答出老师问题的好学生一样兴奋骄傲，接着这排人都恍然大悟：“哦，对，果然是你。”一波笑声比全场安静还要让贾冰尴尬。

“没错！我们团最美的演员，贾冰！来，贾冰坐这儿！”萍姐把贾冰按着坐在沙发的中间。

于是大家纷纷敬酒，贾冰本着能用酒解决就少废话的应酬原则，一杯一杯喝进肚子。

在酒精的作用下，贾冰很快忘记了刚才的尴尬，和大家打成一片。

喝着喝着，贾冰突然想起来什么，又抓住萍姐胳膊：“今天让我来干吗来着？”

萍姐无奈：“你喝傻了，今天是团长生日！”

贾冰一时无语，拍自己脑袋：“我真是木鱼啊，这么重要的节日，我竟然忘了，坐到这儿了都没想起来！”

萍姐自己倒了杯酒，不想接话。

贾冰自责了十五秒之后就想通了，领导之所以是领导，一定有一般人没有的格局，不会和自己这点小失误计较的，下次演出不给领导捅娄子就算给领导送礼了吧。想到这儿，她豁然开朗，准备去要点酒喝。

她离开一沙发刚刚结识的朋友，走到了吧台，要了一杯白葡萄酒，她喜欢甜的，也喜欢这种高高的酒杯，好像小时候电影里都是这么演的：一个女人轻轻地摇晃酒杯，然后一口一口饮下去，刚吃完的鱼丸一下跟着燃了起来，嘴唇上还留着香甜。

正陶醉其中，贾冰的酒被一个醉醺醺的男人撞翻了，香甜没留在嘴上，全洒在了昨天刚买的裙子上。她真想杀人了！

贾冰下意识地扶住这个莽撞的男人，他穿了一件深蓝色衬衫，领口前几个扣子系得很松，贾冰这个角度隐约可以看到他的胸肌。

但贾冰女侠此刻是不近人情的，她郑重其事地对着“深蓝衬衫”说：“先生，你撞到我了。”

男人站直了，脚步有点踉跄，努力地集中精神看着贾冰：“走，帮我报仇去！”然后抓着贾冰的手就往外走。

贾冰一头雾水：“都什么毛病？报什么仇？我跟你有仇！我是行李箱吗，让你们都拉来拉去？我自己会走！嘿，大哥，你慢点，我的鞋！”

贾冰被连拖带拽地到了一个桌子前，几个人在猜拳，输了喝酒。

“咳，我还以为什么深仇大恨呢，原来是玩儿游戏输了啊！”贾冰回头像数落小孩一样对”深蓝衬衫”说，“深蓝衬衫”酒醒了许多，眼睛亮了，冲贾冰狠狠地点头。

贾冰上场，几轮下来，大杀四方，“深蓝衬衫”拍手称快。

几个男人脱了西装满头大汗，香槟喝得像啤酒，依然表示不服，继续玩儿。

贾冰伸了个懒腰，刚要重返战场，察觉身后有些安静，一回头，“深蓝衬衫”大脑袋不偏不倚地枕在贾冰肩上睡着了。

贾冰推了推这人的头，仔细端详这张脸在夜色里很是耐看，算是个不折不扣的帅哥了。从眼下这状况来看，这个帅哥是要赖上自己了。自己不就是划拳实力一流吗？怎么还顺便助人为乐了一把捡个帅哥呢？这算不算是凭实力捡帅哥啊？

贾冰胡思乱想着，肩上的“深蓝衬衫”突然抬起头，擦了擦嘴角，又舒服地倒了下去。

三 一场意外骚动

“那你后来见到寿星了吗？”第二天我在电话里问。

“我把‘深蓝衬衫’那小子抬出去的时候撞见我们团长在那儿买单，脸色不太好，我祝他寿比南山、福如东海、早生华发，顺便借了他的车钥匙送那小子去的酒店。”

“贾冰老师，‘早生华发’这个成语不是这么用的，我预感你以后在团里不太好混啊！上次开会你坐团长对面，人家摘帽子你看见人家秃顶，你没忍住‘扑哧’一声笑了，害得人家天天戴帽子；人家过个生日你还哪壶不开提哪壶，还问人家为啥脸色不好啊，人家生日派对，你带头划拳喝酒，把人酒柜喝空一半，你们团长不是脸色不好看，是应该给你脸色看！”我忍不住语重心长地教育她一番。

“你这么一说我多少有点理解了，但喝酒不怪我啊，是那个小子让我帮他报仇的！”

“你问同事那小子是谁了吗？”

“萍姐早上破天荒地跑来给我送早点，跟我打听昨天我带那小子去哪了？我实话实说啊，把他放酒店，我就回家了，然后她屁颠屁颠地走了。莫名其妙啊！”

很多人都期待有一场艳遇，你喜欢的样子他都有，都不需要说话，看着都会面红耳赤，更何况是捡了一个帅哥。但贾冰不是普通人，她根本没想过自己还会再见到这个“深蓝衬衫”，她一向心大，很多事情都不会特别放在心上，吃顿饭都比这件事重要。即使“深蓝衬衫”头靠在贾冰肩膀上露出侧脸有点小帅，说醉话的时候声音像低音炮呜呜似的有点小萌，但那在贾冰这里也不过是她每天众多插曲中的一幕，不足挂齿，顶多偶尔看到深蓝色的衬衫心里会有点感到熟悉，香槟混着啤酒的味道不知不觉出现在味蕾。

人的感官特别神奇，我和张默淏、贾冰都讨论过这点，人对于视觉、味觉、嗅觉的记忆很强，而且是相通的，比如我闻到薯片味就会想到张默淏在床上偷吃零食，瞬间仿佛连嘎巴嘎巴的声音都特别清晰。张默淏说这不算什么，张默淏夏天最怕去的就是水上乐园，因为上初中时张默淏和胡蝶两家相约去水上乐园，张默淏被家长逼着和胡蝶一起坐在同一辆汽艇上玩水滑梯，初中的时候胡蝶就已经很有运动员气质了，张默淏在她身边就像汤姆猫旁边的小老鼠，两个转弯下来同时飞起，在屁股落到汽艇的那一瞬间，胡蝶凭借出众的体重优势，把另一端瘦弱的张默淏远远地弹了出去，张默淏号叫着拍进了水里，被捞上来的时候已经灌了个水饱。所以张默淏现在只要看到水上乐园里的一切设施，就感觉自己肚里全是水。

“深蓝衬衫”这种出场方式在偶像剧里可大可小，编剧可以把他写成自带光环的男主，也能写成活不过两集的小配角，倒是贾冰世界里的“深蓝衬衫”显然毕竟争气，因为没过多久，贾冰就略带害羞但非常正式地告诉我们，被她仗义相助的“深蓝衬衫”叫陆明禹。

陆明禹第二次出现在贾冰面前时已经换掉了深蓝衬衫，穿着黑色帽衫、运动裤跟运动鞋出现在了贾冰演出剧院的门口。那天下午的太阳格外炽烈，照得大地一片明晃晃的，陆明禹就这样顶着骄阳，把两条大长腿跨在一辆娇小可爱的自行车上盯着贾冰所在的剧院。其间，一个同样不怕晒的小哥，将一张宣传单塞进陆明禹怀里："帅哥，游泳健身了解一下。"

陆明禹看发传单的小哥年纪很小，才进入社会的样子，不忍拒绝，刚刚接过传单，抬头就看见贾冰拖着大大的行李箱，装满了请萍姐代购的各种化妆品、保养品和衣服，仿佛要去夜市出摊抢位置一般风风火火，气场辐射周围五米，实在太抢眼了。陆明禹连忙蹬着小车追了过去。

到了跟前，陆明禹挥手叫住贾冰，手里还攥着一张宣传单。贾冰眼皮都没抬，嘴里快速说道："不健身！不办卡！不住这儿！没有钱！"然后脚上较快的节奏，小跑一样，要不是后面拖着个大箱子感觉整个人都能飞起来。

陆明禹蹬得都出汗了才追上贾冰，把自行车一横，拦住了贾冰："嘿，你不记得我了？"

陆明禹满脸期待地看着贾冰的眼睛，极为虔诚。

贾冰摘掉眼镜看了半天："你是……"

陆明禹眼睛更亮了，身体不自觉坐直了，更加期待。

贾冰："你是谁啊？"

陆明禹整个人都差点从车上翻过去。他从自行车上下来，停好，站直了，郑重地说："是我啊，昨晚还一起喝酒的那个！"看贾冰还是一脸问号，陆明禹边比画边说，"我……划拳……穿深蓝色衬衫！"

几个关键词串联在一起让贾冰恍然大悟，仔细打量陆明禹一番，把眼前这个运动系小伙和昨天那个醉鬼肉眼 3D 扫描对比数秒，嗯，脸是这张脸，发型变了，气质还是差不多，着装变了，运动上衣显得整个人更加魁梧高大。看到陆明禹手里的健身房宣传单，贾冰基本得出结论：原来深蓝衬衫是健身教练，怪不得昨晚送他上车胳膊压得我这么沉，人家是专业练过的。

贾冰："是你啊，你好，不会又找我划拳喝酒吧？我可不能再喝了，上火都起痘了！"

陆明禹被贾冰逗乐了，连忙摆手，说："不是的，别误会，我不是酒鬼，我问了你在这儿上班，特意来找你，昨天谢谢你，给你添麻烦了。我没把你衣服弄脏吧？"

贾冰大咧咧挥挥手："也不用谢，助人为乐嘛，你也没给我添什么麻烦，我衣服也没脏，别给自己加戏，都没事哈，放心去忙吧！"贾冰说完作势告别。

陆明禹赶紧再次拦住她："我真的是想谢谢你！你拿这么重的东西啊，我帮你吧，顺便请你吃顿饭，算还你一个人情，要不我心里总过意不去。"

贾冰："还挺仗义的啊，吃饭就算了，我约了朋友。"这时贾冰收到了我的信息，"连夜进组，晚饭取消！"

陆明禹看贾冰神情有变，抓住机会："走吧，要不也得吃饭，不耽误时间的。"

贾冰的肚子配合地咕咕叫了两声。

于是陆明禹扛起贾冰的行李箱走在前面，贾冰在后面捂住肚子跟着："你拖着箱子啊，这样多累啊。"

陆明禹："没事，拖着废轱辘。"

贾冰心想，这小伙真实诚，身体素质真好。

在贾冰的指引下，两人钻进附近商场里的大排档。正值周末，商场里人山人海，大排档挤满了人，乌泱泱的，贾冰眼尖手快找到一个拐角的小桌子坐好，陆明禹紧跟着挨着坐下，环顾四周。

大排档里的餐食相当丰富，烧烤、麻辣香锅、麻辣烫、米线、螺蛳粉、煎饼、凉皮应有尽有。

"你健身对饮食有要求吧，是不是不能吃油腻的东西？"贾冰关心。

"是，我本来也不喜欢油腻的食物，但牛肉和鸡肉是可以吃的。"陆明禹老实回答。

"那咱们吃牛肉面吧？那家兰州拉面非常地道。"贾冰得意地提议。

贾冰对牛肉和牛肉面的概念有点模糊。

陆明禹笑着说："我都可以，你喜欢就好，但我请你吃饭，你真的不用跟我客气啊。"

贾冰："这你就不知道了，这家的拉面师傅得到我认可的，非常不容易，所以论正宗和美味，他家绝对是这片儿第一的。"

这也像贾冰一贯的风格，不爱给别人添麻烦。她此刻深信不疑陆明禹是健身教练，工资不如自己高，人家请你吃饭是礼貌，你要是点太贵就是蹬鼻子上脸了。所以坚强地把原本想和我一起吃烤肉的心情压了下去，硬生生地换成了牛肉拉面。能在吃的问题上妥协，贾冰可以说对陆明禹很够意思了。

贾冰继续不麻烦别人、不让别人难堪的原则，点了小小的一碗兰州拉面，清亮亮的面汤上漂着几根葱花。陆明禹拿着纸巾，仔仔细细地替贾冰把桌子和椅子分别擦了一遍，任何一个角落都不放过。然后自己拿起筷子，认真地吃了起来。

这时候周围换了一桌客人，一个妈妈带着一个八九岁的男孩坐到陆明禹旁边，两个小孩吵闹着要玩儿手机游戏，妈妈根本劝不住，声音越来越大，贾冰用手撑大耳朵也听不清陆明禹说话。谁知道，陆明禹回头看了看小孩玩的游戏，然后跟小孩说："你这么玩不对，这个玩法半小时也不能搞定这局，我帮你玩这把，你快吃饭吧。"然后拿起小孩的手机，三下五除二地帮小孩赢了游戏。两个小孩齐齐鼓掌，投来崇拜的目光。妈妈也感激地道谢，然后招呼小孩快点吃饭。

陆明禹回过身，贾冰问："哄孩子有一套啊，不知道的还以为你是孩子他爸呢。"

陆明禹挠头："我有那么老吗？刚才小孩还管我叫哥哥呢。"

贾冰顺手用筷子把陆明禹碗里的面搅拌了几下："你这面都坨了，你快吃，那游戏你玩多久了？"

陆明禹接过筷子："我没玩过啊。"

贾冰睁大眼睛："什么？你第一次玩啊，那怎么一下就玩赢了？"

陆明禹："所有的游戏逻辑都是融会贯通的，只要快速找到方法就好了。"

贾冰对陆明禹的好感和崇拜应该是从那一刻开始的，毕竟她特别喜欢玩儿游戏，但是无奈身边的我和张默淏玩儿游戏都很菜，我全靠付费，张默淏全靠耍赖，好几次一起玩儿游戏，贾冰最后没耐心也没脸再跟我们一起玩了，后来干脆就不玩了。

贾冰突然的凝视让陆明禹有点意外，贾冰温柔地给了他一点鼓励，眼看碗里的面就要吃完了，陆明禹有点着急，脱口而出："呃，你平时喜欢做什么啊？"

贾冰下意识地指着脚边的行李箱说："买东西。"瞬间意识到那个箱子有点大，显得自己特别败家，话锋一转，“买狗粮、猫粮喂流浪小动物，我身边就有两只，总没饭吃，我总去救济他们。”没错，她指的就是我和张默淏，“你呢？”贾冰反问。

“我从小喜欢天文。”陆明禹一本正经。

“是吗？那咱俩爱好差不多，我也喜欢星座。”贾冰同样一本正经并且语音高出一个八度表示意外和惊喜。

“你喜欢哪些星座？”陆明禹问。

“啊，你对星座有研究啊，太好了。”贾冰兴奋地说。

陆明禹：“略懂一些，你说你喜欢的，看我知不知道。”

贾冰：“我是狮子座，我跟白羊、射手都很和，但我领导都是天蝎座，我朋友双鱼座很多，我也不知道为什么，很巧合。”

陆明禹咳了一下：“呃，你说的是星座运势啊……”

贾冰：“对啊，有个微博博主专门分析星座运势，我每周都看，特别准。你是什么星座？我下次分享给你。”

陆明禹：“巨蟹座。”

贾冰：“细腻啊，哈哈哈哈！”

两人开始尬聊了起来，但气氛非常和谐。

两人聊完天文和动物学之后，贾冰无意说起自己家投影仪坏了，陆明禹主动请缨去修。贾冰也不知道为什么对今天和陆明禹的对话有些意犹未尽，继续指挥着陆明禹奔向自己家客厅。

一路上两个人聊的故事越讲越长了。投影仪修好之后，陆明禹提议为了测试一下，两人看个电影。黑暗的客厅里，两人并肩而坐，电影里斑驳的树影和蓝色的天空映在了陆明禹和贾冰的脸上。片子是贾冰随便挑的，杰克·吉伦哈尔和安妮·海瑟薇主演的《爱情与灵药》，我推荐她看的，让她学习提高演技，她一直没时间看，谁知道这部片子这么应景。演到男女主角亲热的桥段，两人都感到对方情绪稍有异样。

好看的人就是容易跟好看的人一起玩儿，后来的日子里，每当找不到我和张默淏的时候，贾冰便会约陆明禹一起吃饭、看电影。再后来，贾冰见我们的日子变少了，陆明禹带贾冰去天文馆看星星，贾冰带陆明禹去动物园看猩猩。经过几次类似的活动，贾冰对陆明禹有了很多默契。

有天夜里我收到贾冰的微信："如果把我的故事写进你的剧本，你觉得够传奇吗？"

我："不是传奇，是奇葩。"

贾冰："我一个优秀青年女演员喜欢健身教练，你们会不会觉得奇怪？"

我："呃，你确实'优秀'，女演员能喜欢谁我不知道，但喜欢谁是你的自由。"

贾冰："可以。"

四 明星夫妻的爱与愁

张默涘熟悉了北京的生活节奏，住在我家也是如鱼得水，跟上学时候一样，没皮没脸。

一早儿，我背上包预备出门，他让我帮他把他的垃圾袋扔出去。

“你在首都能不能为国家做点贡献，不要制造这么多垃圾好吗？吃这么多，这都什么啊？”我捏着鼻子，好在现在不是夏天。

“我干吃不胖，我乐意。”张默涘不以为然。

“你怎么不说你蹭了我多少顿饭？”光顾批评教育他了，差点忘了我屋里放着昨晚偷偷带回来的零食，我又转身回去把自己房门锁上。

“什么情况？都是朋友，别防我跟防贼似的，心胸宽广一点、大度一点好不好？你给别人带来便利，别人也会给你带来回报！”张默涘像唐僧一样絮絮叨叨追着我。

我回头看着他：“张默涘同学，一、我对你的容忍度堪比你妈；二、你给我带来过什么回报？你说来我听听。”

张默涘：“打人不打脸，骂人不骂娘，好好的聊天你提我妈干什么？我没给回报说明你付出的还不够多！”

我懒得理他了，又想起我要连续走几天，还是没忍住叮嘱：“对了，我这阵要去写那个真人秀的剧本，没工夫搭理你。你好好在家待着，给我看家听见没？”

张默淏没搭话，冲我摆了摆手，大有让我跪安的意思。

我“砰”的一声出了门，表示愤怒，然后直奔制作人昨天给我的地址，去见王紫嫣和丘山这对家喻户晓、恩爱非常的明星夫妻。要我说，上天可真是不公平，怎么会有人这么好看，又这么般配呢？嫉妒使我面目全非，也使我认真工作，颜值不够努力来凑。王紫嫣和丘山礼貌地冲我打招呼，我抑制住内心的紧张，拿出熬了几晚写出的剧本交到他们夫妻和导演的手上。

我参考了很多之前两个人的采访，知道是丘山先来的北京，第一次参加艺考失利之后他经历了非常艰难的一年，一边打工一边准备考试。在表演培训班认识了亭亭玉立的王紫嫣，王紫嫣和丘山一起闯荡了大半年，终于共同考取了表演学校。还没毕业王紫嫣就开始有机会拍戏，每次都想办法推荐丘山，后来王紫嫣因为一部古装戏火了，丘山则选择了文艺电影，也小有成就。从相识到相恋的过程，以及两人的喜好和习惯，只要是之前采访提到的细节我都注意到了，连夜做了这么多功课应该不至于让他们觉得我很差。但王紫嫣看了我写的脚本之后，神情有细微的异样，丘山干脆点了一根烟。我紧张地尽可能清晰地表达自己对真人秀的初步想法和剧情设定，强装镇定，手心出汗，攥着钢笔。导演点了几次头，提议休息一会儿，我合上电脑，跑出去透透气，高考都没这么紧张。

稳定了一会儿情绪，整理了一下思路，想给张默淏发条微信说如果我的脚本不灵让他晚上做顿好的治愈一下我，这才发现手机落在屋里，准备回去拿，还没等我伸手推门，就传出来王紫嫣的声音。

“丘山，不要再无理取闹了，我们不是说好了吗，录完这档节目我们就离婚？”

“要分现在分，还录什么真人秀？可笑！”丘山的声音。

“拜托你理智一点，我们的广告代言是这个节目的冠名商，如果我们不接的话会赔一大笔钱！丘山，就当我们最后一次一起工作……”

“钱、钱、钱，又是钱！你现在是掉进钱眼里了！”丘山声音有些激动。

“你不要这么无理取闹，我是为了你！我不想解释了，我也受够了，总之我们做完这份工作就分开，我们之前说好的，别让我瞧不起你！”王紫嫣也不甘示弱。

听到这些我脑子像被轰炸过一样，刚才我还很羡慕的神仙眷侣，居然要离婚？！

都要离婚了还录真人秀？还要剧本？我要怎么写？！这一切太猝不及防又太刺激了，我脑子里一时间无数个疑问。屋里安静了，我也不敢敲门，不一会儿导演朝房间走过来，我跟着一起进来，不敢抬头直视他们的眼睛，只敢在他们不注意的时候偷偷瞄两眼，但他们神情自若，就像刚才的争吵没有发生过一样，果然都是专业演员啊，这反倒让我心里有些难受。

王紫嫣先开头：“剧本问题不大，有几个情节要换一下，我身体不好不能下水，其他的问题我会让经纪人转达。亲爱的，你觉得呢？”王紫嫣侧过脸微笑着望向丘山。

丘山没有抬头，掐掉了手里的烟，在烟缸里用力捻：“我也没问题，辛苦了！”

我听完心里更慌了。

节目组也很意外这么顺利剧本就通过，不用留下讨论，提前放我回家了。

虽然我知道了一个足够震撼娱乐圈的秘密，然而节目必须要开始，我夜不能寐，反复看自己写好的剧本，每一个桥段都在向王紫嫣和丘山发起挑战——看谁先翻脸？如果他们真的翻脸了，最倒霉的一定又是我，我简直就是背锅侠啊。

张默淏看我痛苦得快把头发扯光了，问我怎么回事，我实在没办法，让他帮我出出主意，别看张默淏平时跟流氓一样，但关键的时候几乎不脱线，至少比贾冰强。所以我只告诉了张默淏，贾冰那个神经大条的人，万一不小心嚷嚷出去，我俩估计就直接被封杀了。

张默淏果然不是一般的禽兽，听到这么大的八卦依然淡定如初，只是很小心地问了一句："那怎么办啊？还能写下去吗？"

"不写？你交房租吗？"我无奈。

"那必须写！我明天给你买点好吃的，补补脑子。"张默淏像哄孩子一样随意。

"这就完了？"我问。

"那还能怎么办？你呢，现在就让自己忘了这回事，就当什么都没听到一样，否则你自己心里一直打鼓，总想着如果让分手的恋人如胶似漆，这个难度太大了，干脆不去想这些，就把他们当作普通的恋人，明星也是人，轻装上阵反而事半功倍。记住，他们的职业是演员，比你入戏！"

听完张默淏一番话，我心里的大砣轻了一半，本来听到真相也是个意外，就当自己不知道，走一步算一步吧。

"你明天要买什么？"我想起了重点。

“买点猪脑给你补补！”张默淏说着关上了门。

半个月之后，节目正式录制。前几天都相安无事，我一直悬着的心也算踏实了一些。直到有一天夜里在海岛，按照剧本应该是“丘山带着王紫嫣在海边放烟花，烟花绽放，王紫嫣感动，和丘山相拥”，谁知道录制的时候，当烟花伴随一声巨响，在漆黑的夜里绽放出无数焰火，映在海面上，两个人的脸被照得棱角分明。一直状态不错的王紫嫣突然冲着满天的焰火放声大哭，丘山也没有上前安慰，而是站在原地沉默不语。一开始大家以为是剧本内容，可王紫嫣哭得瘫软在地上时，现场工作人员都慌了，只能让节目暂停录制。经纪人解释王紫嫣身体不舒服。

我隐隐觉得后续漫天的烟花勾起了她的一些往事，具体不得而知。

第二天录制的地点在山上，王紫嫣在山腰扎营，丘山则去河边林子里找他们所需要的食物，这一天过得极快，从清晨大家就出发，眼见太阳快落山了，丘山和摄像人员还没有回来。山中没有信号，手机根本无法使用。屋漏偏逢连夜雨，剧组接到今晚要下暴雨的通知，必须立刻下山。王紫嫣一听到天气预报，二话没说穿上雨衣就往外跑，导演只能让人跟紧她。原本以为这个娇生惯养的女明星只是做做样子，绕一圈就会回来，毕竟这荒郊野岭的，找寻也是工作人员的事情。但是没想到，她顺着扎营的山谷一直往下爬，找到丘山的时候太阳已经快下山了，丘山被摄影师和一个导演抬着艰难地往山上走。原来丘山下河抓鱼的时候，不小心被河底的东西扎了脚，脚被扎了个很深的口子，一时无法止血，下水后没有及时擦干身体导致的寒冷，加之丘山一天没吃东西，丘山开始发烧，然后失去了知觉。王紫嫣确认了一下丘山的情况，冷静地安排大家，她留下了三个工作人员，请他们轮流背着丘山往镇上的医院走。

“那你呢？”工作人员问。

“我会比你们快，你们一直往东走就会看到公路，现在通信设备都失灵了，我回大部队给你们叫车，顺便去给丘山拿药，我有急救箱，我们到大路上再上来跟你们会合。”

“可是你一个人怎么能行？这太危险了。”工作人员劝阻王紫嫣。

“来不及了。”王紫嫣向远处看了看，乌云在天边压得很低，这场暴雨绝不是随便说说的玩笑，万一河水突然暴涨，那么他们将面临更大的危险，“是我自己要去的，出事了不要你们负责人，但如果丘山出事了你们谁也负不起这个责任！”王紫嫣故意威胁，她必须马上去找大部队，说完转身往回跑，蹚过一条小河，回头又确认了一下丘山一行人的行动方向才继续往前跑。

等她气喘吁吁回到山腰时，大部队已经收拾好，所有人都在心急地等待他们。王紫嫣来不及解释那么多，让大家先下山，然后从随身携带的包中，掏出了一瓶黄桃罐头，拎着急救箱和一条干毛巾跨上车，开车顺着公路的方向下山。她一路急行，仿佛在和山头的乌云赛跑，把大部队的车都落下很远。

王紫嫣开车到公路上，看到不远处几个身影，她认出了是丘山他们。车越开越近，丘山被人背在背上，看不清表情。王紫嫣迫不及待地开过去，把车停到一旁，下车去看丘山。丘山嘴唇发白，浑身发抖，嘴一张一合，好像有话要说。王紫嫣和工作人员一起扶着丘山上车，王紫嫣让导演开车往医院走，她刚才蹚河的时候裤子湿了一大半，小心翼翼地找了一个包垫在丘山头下面，把丘山的脚包好，然后擦干头发，从包里掏出一瓶黄桃罐头，用刀撬开，一手扶着丘山，一点一点地把黄桃糖水灌了进去。

还好节目组及时通知了医院，赶到医院后，丘山的伤口得到了及时处理，没有大碍，他换上了干净的衣服睡了过去。

不知过了多久。

“紫嫣……紫嫣……”微弱的声音传来。

王紫嫣猛然睁眼，这一天她实在是太累了，几乎崩溃，还好——还好是在病房里，而不是刚才的噩梦，什么都没有变，她睡前握住的那一双手，依旧被她温热的体温包裹着，而唤她的，正是那一双手的主人。

也许一直以来他们都太过清醒，精心地经营着属于自己的一分一毫，却忘了属于两个人的最单纯的喜欢和在乎。

“紫嫣……紫嫣……你怎么了？”

王紫嫣的眼眶微红，逐渐醒过来的丘山努力想抬起手给王紫嫣擦眼泪，却被石膏限制住了动作。

“我……我没事……你不要乱动……”她隐忍了一天的眼泪，在这一刻才终于落下来。

“每次吵架你都骂我去死，这次真的快死了，你怎么又舍不得了？”丘山慢慢地说。

“别胡说！”王紫嫣用手擦了擦眼泪，“你安心养好身体，等你痊愈了我再跟你算账！”

接下来的一段日子，王紫嫣一直陪在丘山身边，直到丘山痊愈。

随着丘山的住院、出院，节目临时改了剧本，没有剧本比现实的故事更好，谁也写不过老天。真人秀的录制也差不多结束了。意料之外地，他们夫妇二人居然邀请我单独去他们的别墅吃饭，说是小聚一次。第一次去明星家做客，搞得我心里七上八下的。

王紫嫣和丘山的别墅位于北京的北边，离市中心毕竟远，远处环山，空气清新，比较安静。

丘山热情地带我参观了他收藏的雪茄和红酒，然后挑了一瓶酒，把我领到后院，饭菜已经准备好了。

“我们今天请你来做客，是想谢谢你。”王紫嫣开口。

我一边放下手里的刀叉，一边谦虚地笑笑：“不敢当，不敢当……”

“其实在录这个节目之前，我们俩……”丘山看了一眼王紫嫣，继续说了下去，“感情上出现了一些不愉快。”

哦，我知道的，你们俩快要离婚了嘛，不过我还是要装出一副深沉又做作的样子。

“本来这个节目结束之后，我们俩想分开一段时间冷静一下。但是这期间，你也知道，发生了大大小小很多事情，这些事情让我们开始考虑之前是不是太过冲动、鲁莽，以至于我们……”

“以至于我们忘了很多美好的开始。”王紫嫣接过话，默默把手搭在了丘山的手背上。

“对，我们都是白手起家，在娱乐圈都是从底层拼上来的，当年吃苦的时候一起住过地下室，每天都盼着能有戏拍，有戏拍就有免费的盒饭。那时候除了梦想，能让我们坚持下来的就是彼此的支持。后来我们一起考上了表演学校，紫嫣机会慢慢比我多，每次有副导演找她拍戏她都极力推荐我，但经常被拒绝，有几次差点自己也没拍成，但她还是有任何机会都会为我着想，哪怕自己不行了也要为我争取机会。我没戏拍的时候，就当她的助理，帮她对词，自己还拍广告，尽管艰难但我们都感到充实和温暖。再后来我们终于慢慢地有了名气，有了曾经想要的一切，却没有时间照顾对方了。”

丘山感慨。

“是啊，我们的工作环境不是一般人可以理解的，外人看着热闹，其实枯燥又浮躁，有时候一觉醒来都不知道自己在哪儿，没有信念就完蛋了，不论工作还是感情。”王紫嫣轻声感叹，“我们都不是贪图名利的人，但在鱼龙混杂的地方难免会发生误会，误会对方也误会了自己，要不是参加这次节目，我们可能也没时间静下来好好想想这些。”王紫嫣继续说。

“误会，您是指外界的传闻吗？”我忍不住问。

王紫嫣听完笑了，半开玩笑地说：“传闻就是传闻，真实的故事比传闻要精彩，比如现在刚火的那个谁原来也是我的情敌，刚闹离婚的那个谁拍戏的时候总找他吃饭。”

“咯咯，这些就不要讲了，刚有点温馨的气氛不要破坏嘛。”丘山打断。

“是我冒失了。”我连忙道歉。

“没事的，这点心胸我还是有的，我也相信丘山，不然早抑郁了。”王紫嫣笑着说。

丘山转头，他的目光里全是温柔。王紫嫣靠在丘山肩上，泪光闪闪，像是在对我说，也像是在对自己说：“所以我们很感谢你，因为你的剧本很真实，就是普通情侣会做的事情，也是我们刚开始就会为彼此做的事情，才让我们想起了当年在一起很快乐的日子，有些回忆是永远不应该忘记的。”

最后一句话我非常认同，也非常感动，真的没有想到自己的剧本可以发挥作用，高兴地举杯祝贺。丘山放下酒杯，递过来两张请柬，“当年我俩上午领证下午我们就进组拍戏了，匆匆忙忙的，一点都没有仪式感。所以，我和紫嫣决定下个月补办一次典礼酒会，弥补小小的遗憾。现在诚挚地邀请你携伴出席，一定要来啊。”

“感谢邀请，我一定出席。”我激动地双手接过请柬。

我真想替他们开心，但问题随之而来，因为每个人都要携带家属或者朋友。我首先想到的当然是贾冰，这姐们儿条顺，只要不开口，特别长脸，我回家后尝试打通了她的电话，却被她一句“忙着恋爱呢，没时间”给打发了，我那句“跟谁啊”甚至还没来得及问出口。

真是莫名其妙，没办法，只能把魔爪伸向张默淏了。这小子一脸人畜无害的样子，要不是实在没人了，我真不想冒这个风险。这么多年了，站在他身边我就是一片绿叶，他永远是那朵红花，我还能不知道吗？

酒会上熙熙攘攘，大家人模狗样、文质彬彬，我和张默淏并排坐好。谁知道，李澜妃竟然出现在了典礼上。这个小姑娘本来就很漂亮，跟贾冰是截然不同的美，叫人不注意也难，相互问了声好就过去了。后来我给贾冰和胡蝶讲这场“意义重大”的酒会时，在她俩一个六线超模、一个十八线演员的点拨下，我才知道那晚李澜妃所有的服装都是精心搭配、设计过的，从发尾的弧度到衣领的高度，再到鞋带的金属扣子，妥帖熨合，既能展现她的完美，又丝毫没有盖过主角的风头，因为王紫嫣跟她打招呼的时候，我就站在他们身后。

酒会上不能空手，来之前我思来想去，送什么东西才能让这对大明星看得上眼。这事不比当初为他们俩写剧本难。末了，还是张默淏提醒了我：“他们俩录制节目的时候不是有很多花絮照片吗？你打印出来，每一张旁边配上煽情的话，等他们俩下次再想分手的时候拿出来看看，哈哈哈！”

“你这乌鸦嘴！”我痛骂他，但这确实是个省钱走心的好主意。

虽然张默淏这小子大多时候都很不靠谱，不过他给我出的这个主意却很让王紫嫣和丘山惊喜。

典礼开始，王紫嫣和丘山站在台中央，王紫嫣感谢大家一番之后，转向丘山，一手拿着话筒，一手握着丘山的手，郑重地说："亲爱的，从前，你是王紫嫣的丘山，以后你是王紫嫣和宝宝的丘山！"丘山愣住了。

我还在想谁是宝宝，就听王紫嫣正式宣布："没错，我怀孕了！"

随着丘山兴奋地恍惚，将王紫嫣抱起，大家纷纷起立鼓掌，我鼓得手都红了。我虽然不知道他们两个人以前的爱情故事，可是这三个月来跟他们从崩溃到和好到皆大欢喜，说起来，连我这种母胎solo都要感动得落泪。爱情本来就是一件很难得的事情，遇上了，就要好好珍惜。

煽情过后，主角把舞台交给嘉宾们上台唱歌跳舞，我和丘山还有制片人轮番去敬酒，这会儿我被香槟灌得有点蒙了，心里还在念叨着张默淏那小子去哪儿了，怎么感觉好久没见着他了。没办法，爱之深，责之切。然而这位没良心的兄弟，在我担心他别是喝多被拐卖了的时候，正在同全场最佳——李澜妃女士跳舞。

灯光闪耀，音乐悠扬，一对璧人在舞池中翩翩起舞，穿梭在其他嘉宾里实在是惹眼。世界仿佛静止，我的醉意有些散去，忍不住揉揉眼睛，注视着他们。张默淏这舞步一看就是在学校的时候学的，很像那么回事。

我也不知道他们是怎么勾搭上的，一首曲子很快放完了，张默淏回来我就审问他："你心咋就那么大呢？她为什么过来找你跳舞，不是找的别人吗？"我实在是不能理解。

"可能是因为颜值这一块儿吧？！"张默淏一挑眉毛一眨眼，今天的晚饭我要吐了。

“你知道她是谁吗？”我问。

“不是你朋友吗？她说要上台送首歌，等她唱完我再去请她喝一杯。”张默淏冲我挤眉弄眼。

这时候音乐再次响起，大家看向舞台，李澜妃在台上拿起话筒，亲切地说：“这首歌送给紫嫣姐和丘山哥，感谢他们对我的提携，祝福他们白头偕老。”

《亲密爱人》的旋律响起，这首歌我不知道听了多少遍，小时候听梅艳芳唱，长大了听王若琳唱，所以我一听就知道是这首。

“今夜还吹着风，想起你好温柔，这样的日子分外的轻松。也不是无影踪，只是想你太浓，怎么会无时无刻把你梦……”李澜妃的声音没有梅艳芳低沉，也没有王若琳磁性，但就是有一种温柔的甜蜜，好像在你耳边吟唱。不得不说，别有一番风味，去参加《中国好声音》至少有两个导师会转身吧。

李澜妃一曲作罢，鞠躬，随即就转身离开了，再也没看到她。

李澜妃没给张默淏请她喝酒的机会。张默淏妄自尊大的臭脾气，最受不了的就是被别人无视，刚被撩拨起来的心跳还没得到安抚，始作俑者就消失了。

回家的路上，张默淏把这首歌无限单曲循环，一边把手肘撑在窗户上，忧伤地看向窗外，一边问我：“你说，我该怎么给她发消息？你好，我是张默淏，今晚跟你跳舞的那个？还是开门见山一点，我是张默淏，可以跟你交个朋友吗？”

我翻着白眼，把刚刚被他抢过去看号码的手机拿回来，心里啧啧称奇，真想跪下来把膝盖交给李澜妃，请她开一个恋爱补习班，应该会发家吧。毕竟我认识张默淏这么久，他头一回这么正经地打草稿。

上一次他这么正经地打草稿，还是因为竞选学生会主席。

“施主，请自重！”我不理他。

北京秋天的晚风徐徐吹过，打闹过后，我俩疲惫地靠在椅背上。

“对了，我跟你说……”我转过头，看见张默淏握着手机认真思考的样子。

“什么？”他头也没抬。

其实我想告诉他，前两天在这个节目的见面会上，我遇见了胡蝶。

“该交电费了。”

我把头扭向窗外，这世上人能安排的事情太有限了，把握不住的，都是命中注定。

第四章

你痴情的样子像条狗

心动和嫉妒

这段时间我特别想把张默溟赶出去，他每天为了妹子魂不守舍，常常看着人家的微博发出痴汉的笑声，我无法直视。

“喂，吃不吃？”我撕开一包薯片问他。

不知道他什么时候买的，从上大学的时候他就一直很喜欢这个味道。从吃的角度来说，张默溟还是很专一的。我把薯片放在桌子上就去浴室洗澡了，等我出来的时候，他还在看人家的微博，薯片一动未动。

“没救了，没救了。”我摇头把整包薯片拿走。

回到屋里，我刚打开电脑，张默溟又像跟屁虫一样从客厅进来，四十五度忧伤地问我。

“我越看她的微博，越喜欢这姑娘。你看看这脸蛋，这身材，还这么勤奋，这么正能量。她演的戏我还看过，你说多有缘分，跟我简直是绝配啊！”

我心想这不是废话，好歹她也算是一个女演员，总有粉丝去看她的微博，难道还能天天在微博上诉苦？

“你哪里正能量了？我怎么没看出来啊？”我怼他。

张默淏对自己不利的话语总是能自动屏蔽掉，他接着问我：“你说，我第一句应该说什么？在吗？在干吗？忙吗？”

“在哪？还能干吗？忙就不回你了。”我最烦谁微信问我“在吗？”。

“呃，是有点傻，你别净说没用的，你不是编剧吗？你给我来段开场白啊。”张默淏死皮赖脸，直接一屁股躺在了我的床上。

“起来，起来！你裤子脏不脏啊？”我赶紧把他拉起来，一脸嫌弃，“我没你那么没羞没臊，我不会跟人家套近乎。”

“嘿，这孩子怎么说话呢？什么没羞没臊啊，我这是在交朋友好吗？”张默淏一本正经。

“你动机不纯啊。”我试图把他拉下床。

“那么漂亮的姑娘，我跟人跳完舞无动于衷才是对人家的不尊重！你快帮我想想啊，你是我的狗头军师啊！”张默淏又想躺下，被我及时拦住了。

“滚、滚，你才是狗头呢！我不会跟人家套近乎！”我真的很想动手打他。

“也是，你要会套近乎也不至于一直单身，哈哈哈哈！”张默淏竟然嘲笑我。

“呵呵，都说饱暖思淫欲，你工作怎么样了就开始想着天鹅肉？你连工作都没有就想人家，这才是对人家不尊重吧？”我这话等于往张默淏伤口上撒盐。

“我心里有数，你退下吧。等会儿，你说谁是癞蛤蟆呢？”张默淏瞪着我。

“谁搭茬儿我说谁！你，出去，这是我的房间！”我终于忍不住了赶他出去。

张默溟显然被爱情冲昏了头脑，段位跟我不在一个等级上，他不好再反驳什么，默默走出了房间，还顺走了那包薯片。

几天之后，张默溟起了个大早，又跑到我屋里把我叫醒。

“我说大哥，现在才几点啊？”我摸索着去看手机。

“不早了，”他一边说，一边“咻”的一下拉开了窗帘，早晨的阳光跃进了房间，差点没亮瞎我，“都六点了。”

“你到底想干吗？”我真的是无语了，昨晚他睡得倒是香，呼噜声响满了整个屋子。而我呢，直到凌晨两点写完剧本才睡下。

“我今天面试，我需要你这位狗头军师来给我参谋参谋。”张默溟已经在我的床上摊开了几套西装，指着问我，“你觉得哪一件好？”

我还处于蒙圈的状态中没有清醒，这个场景似曾相识。眯着眼问了句：“西装？你不是没有西装吗？我记得隔壁宿舍那个谁谁谁借给你……”

“你清醒一点啊！”张默溟冲我咆哮了一声，吓得我以为他下一步就是学马景涛过来摇我的肩膀。

这一吼，彻底让我清醒了，指着那一套条纹西装，扔下句“这件还不错”就又躺下了。

为什么是这件？因为这件离我最近，我没戴眼镜，只看得清这一件。

“嗯，我也觉得。”张默溟在镜子前搔首弄姿了一小时才舍得出来，跟我比了一个“耶”的手势，仿佛他的面试已经成功了一样。我摆摆手，赶紧把这尊大神送出门外。

这是早晨六点的事情。

等到了晚上六点，我饿得饥肠辘辘，去张默淏那里找回我的零食的时候，才想起来他已经消失一天了，既没给我发消息，也没有发朋友圈。别是被人拐卖了吧？虽然张默淏是个大老爷们儿，不过还算是个有点姿色的大老爷们儿，这年头只看脸，不看性别。我还是有点担心他，刚预备给他发微信，门口就传来了钥匙开锁的声音。我走到门口去迎他，与早晨那个光鲜亮丽的张默淏截然相反。早上搞出来的花蜡头也塌了，领带也被扯开，整个人都垮了，赵四一般在风中凌乱，可凌乱中还有一丝帅气是怎么回事？

“你怎么这副德行回来了？”我问。

“别提了，我要累死了。家里有吃的吗？”张默淏气若游丝。

“没有。”我一摊手，“我也饿一天了，咱俩点外卖吧。”我拿起手机。

“你在家一天，怎么连饭都不做呢，你说我容易吗？”张默淏栽倒在沙发上，把猫咪“小鱼”吓一跳。

这话听得我别扭，转头就要问他什么意思。他倒好，抓起我的可乐，咕嘟咕嘟灌下去，打了一个嗝。

“我跟你说，我今天可太惨了。北京的早高峰也太可怕了，排着队呢，后头的小姑娘硬生生给我挤上了地铁。”

我听完笑了，原来是公子哥第一次体会民间疾苦：“你这还算好的，我上次去挤早高峰，站在车厢门口，一车人下去，顺带着把我也带下了车。”

张默淏接着说：“还有一姑娘下车，高跟鞋被挤掉了，人在外面，鞋在车上，冲着我大喊：‘帅哥，下一站把我的鞋扔下去，我去下一站找！’”

我嘴里的零食喷了张默淏一身，笑死我了。

张默淏瞪了我一眼："下地铁之后我就开启导航找面试的地址，我找呀找呀，公司没找到，什么破地方啊，我都不想去了。也不知道怎么回事，我突然流鼻血了，我这套西装是新的，你说我要是沾了血去面试，太扣形象分了。我又折回去，去地铁站前面的便利店买水和纸。"

想象着他的惨状，我有一些窃喜，努力不表现出来，假装关心地问："那你赶上面试了吗？"

"当然没有。我去的时候已经迟到了，只能等其他人都面试完再进去，要不我早就结束了，哪儿能饿到现在啊？"他边说，边从公文包里掏出一沓厚厚的简历、证书、实习作品，虽然我俩天天住在同一个屋檐下，但我根本不知道他是什么时候准备的这些，这小子关键时候还有点正事。

我随意拿起一张来看："他们都问你什么了？有没有问你的大学舍友对你人生的重要影响？"

"没有。"看都不用看他，我觉得他一定对我翻了一个白眼，"他们问我从社会角度出发，有没有什么希望？"

这是什么公司啊，还问这种问题？

"你怎么回答的啊？"

"我、希望世界、和平。"张默淏把手捂在心口，郑重其事地说道。

完了，估计他还得在这儿跟我住一段时间，这么抓马地回答面试官的问题，能找到工作才怪。

一周之后，张默淏接到了录用短信。在一家杂志社当采访记者，主要是一些关于生态和社会问题的报道，报社逼格很高，上班需要穿正装。而且单位还有员工宿舍，杂志社的司机也住那儿，可以早上一起上班，他能坐顺风车，不用挤地铁了。我一方面觉得欣慰，另一方面又觉得老天不公，他来北京之后的一切，相比于我来说，顺利得过头，想想自己刚来那会儿，没有人可以投靠，没有地方住，连工作也是拖了好久才勉强糊口。想到这里，我立马恶狠狠敲诈张默淏一顿饭，就决定找一家五星级大酒店。

“你看，吃完这顿饭，咱们就可以散伙了。平时没事再叫我出来聚啊。”我为我的敲诈找了一个完美理由。

“散什么伙啊？我没要去住宿舍，让公司给我换成补贴了。宿舍那么多人，哪有你这儿好啊？”

“什么？”我黑人问号脸盯着他看。

“苟富贵勿相忘，以前学的你怎么都忘了？咱们两个同甘共苦，你看北京这么大，能有一个说话的人多不容易啊，我是对朋友很负责任的……”

我已经听不下去了，拿起包就往外走，我决定今天晚上必须吃四只澳洲大鲍鱼才行。

张默淏的工作步入正轨，整个人仿佛也有了底气一样，他缠着我去打听了一下李澜妃的爱好、兴趣，给她发消息又重新提上日程。我对李澜妃没什么偏见，小姑娘给我的印象还不错，很努力，倒是张默淏，他是什么人我太熟悉了，就怕他们俩不是一个圈子的。所以他每次来问我怎么开口的时候，我要么避而不听，要么一直打击他。

好景不长，那天我俩在家里吃炸鸡，手机响了，我手上还拿着一个大鸡腿，踹了踹张默淏，叫他给我把电话拿过来。

“给你。”张默淏满腹狐疑地看了我一眼，他皮相生得好看，像只狐狸，突然露出狐狸尾巴，吓得我差点把鸡腿掉地下。

我擦擦手，接过来一看备注，又差点把手机掉地下。

是胡蝶打来的。

我没敢看张默淏，拿起手机回屋接了。

“喂？”

“喂，我是胡蝶啊，好久不见，你最近有空吗？”曾经熟悉的声音从电话那头传来。

“有啊……怎么了？”我有点慌，上次因为工作算是联系上了，但久别重逢的情绪有些激动。

“也没什么事，就是想叫你出来吃个饭，毕业这么久了，也没好好聊聊。对了，我听说贾冰现在也在北京，要不叫上她一起吧？”

“行啊，张默淏也在呢。”

“……”

哎呀，我真是哪壶不开提哪壶，恨不得咬掉自己的舌头，说这么多干什么，明显感到电话那头的人顿了一下。

“也好，那我把地址发给你。”

寒暄了几句之后挂了电话，我拉开门，冲着外面的他喊了一句：“明晚胡蝶邀请我们吃饭。”

我以为他会冲过来质问我一顿，所以我趴在门框上害怕挨揍，然而出乎意料地，他大喊了一声：“啊哈！”随后他补了一句，“正巧我在发愁明天晚上吃什么？”

第二天，我去张默淏的公司等他下班一起走，一路上，我俩在车上没说话。各自捧着手机在看胡蝶的微博、新闻等。上次见面实在太匆忙，加之我没有从震惊中恢复过来，我还没有完全接受她的变化。张默淏在毕业之后一次都没见胡蝶，尽管从小一起长大，两个人再熟悉不过了，但面对现在如此美艳的胡蝶，张默淏心里着实紧张，唉声叹气的。

下车后在门口遇见了贾冰，并排站着一个帅哥，自然是她嘴里说的“忙着谈恋爱”的那个。贾冰大大咧咧地跟我们打招呼，给我一个眼色，指了指身边的帅哥：“陆明禹，不用客气啊，都是自己人。”说完贾冰自顾自地大步走进饭店，陆明禹客气地冲我和张默淏打了个招呼紧随其后。我和张默淏会心一笑，跟着进去。

远远地看见一个姑娘独自坐在角落，纤细的手臂支撑侧脸，歪着头看菜单。

贾冰：“人在哪呢？”

我指了指远处的姑娘，小声问：“是那个吧？”

张默淏在后面没出声，我和贾冰都回头看他，问：“你觉得呢？”

张默淏若有所思，像个柱子。

这时候远处的姑娘抬起头，可能感受到了我们这团诡异的气氛，望向我们，于是笑了起来，朝我们招手：“嗨，在这边！”

老友久别重逢，贾冰热情地扑过去，叽叽喳喳地问个不停，我们三个男的在一边静静地看着。贾冰问题都问完了，胡蝶才有机会跟我们打招呼：“好久不见啊，你们最近好吗？”

这时候从后面走过来一个男生，一屁股坐在了胡蝶另一边，嘴里说着：“亲爱的，我来了。”

万万没想到，胡蝶也带了男朋友来。

于是，胡蝶和“小狼狗”男友，贾冰和“健身教练”，我和张默淏组合诡异地坐在海底捞。连服务员都感觉出气氛略尴尬，放下果盘就闪到了角落。

我也好久没见贾冰了，她不仅一如既往的活泼，更一如既往的大条。没觉出一点尴尬来。左手一块西瓜，右手一粒葡萄往嘴里塞，还招呼着我们别客气。

“你们不知道，我们副团长也太不是人了，说我们演员最近都胖了，特意嘱咐食堂，中午的饭菜少做一点，饿死我了。来、来、来，你们快吃啊。”

“你多吃点吧，以后登台专门演胖女人。”我实在是觉得尴尬，顺着贾冰的话，试图缓和一下气氛，不用我献殷勤，贾冰身边那位很自觉又拿了两块西瓜给她。

“吃吧，吃完我再去拿。”陆明禹笑得春风和善。

“团里要开除我早就开除了，哪是一两块西瓜的事儿。”贾冰说着，把那块西瓜拿起来啃。

对面的胡蝶忍不住笑了起来：“他逗你玩儿呢，我觉得你比大学那会儿还瘦呢。”以前没觉得，现在倒是发现胡蝶笑起来也很好看。

“是吧！因为大学那会儿想吃什么就吃，有一次大半夜三点，我跟舍友说饿了，立马翻墙出去撮了一顿火锅，但现在凌晨三点，就算是地震我也起不来。真的，现在不行了，在舞台上一排练就是一天，还只给我们吃青菜，把我们当兔子虐待！”

“那你就别浪费这么好的身材啊。”胡蝶清脆地说。

“对啊，我可以去给你淘宝店当模特啊，我不要钱，你管我饭就行了，四菜一汤，三荤一素最好。”

我真是哭笑不得：“你这样，人家还以为你连饭都吃不上呢。”

胡蝶也笑，然后问我最近在忙什么。

“都是瞎忙，往好听了说又接了几个本子，实际上呢，上次那个真人秀节目的尾款，还没发给我呢。对了，你怎么想起来去接真人秀节目了？”不只我，张默涰也很好奇，胡蝶虽然以前大大咧咧的，但也绝对没大方到在镜头前展现自己的生活。

“一提起来我就后悔，当时脑子一抽，想着说不定能给工作室打个广告，我就接了。结果节目播出那两天，我都不敢打开手机，微博底下全都是骂我的。”

“为什么啊？”贾冰问了一句。

“唉，我不适合这种节目，我以为真人秀嘛，就是展现真实的自己就行了，谁知道还有剧本，怎么做都有人不喜欢。我以后还是做个普通人，也挺好的。”

我点点头，也是，胡蝶可是女侠，不会为了一个节目就伪装自己。仔细观察发现，没见面的这几年，胡蝶的变化不仅表现在外貌，整个人的气质也变了。她现在有自己的事业和生活圈，她想要的生活是凭借自己的努力得来的，所以自信和安全感无法替代，喜怒也不依附别人。对比坐在她对面的贾冰同学，自信自然不用说，她从来不为任何人而改变自己，生下来就这样，永远做自己。真好，这个社会无论是男人还是女人，都应该这么活着。我边涮肉边想，也没忘记照顾张大公子，夹给他好几片。

不是我心地善良，只是因为我们这两条单身狗坐在一起太可怜了。你看对面贾冰和“健身教练”那对就不必提了，一边配合贾冰抛出来的段子，一边时不时把贾冰喜欢吃的鱼丸轻轻放进她盘子里，同时还能兼顾为大家添水倒茶。看看，我刚才说什么来着，这哥们儿我觉得不错。

但是胡蝶那位男朋友就热心过头了，甭管是锅里的毛肚还是菠菜，一样样蘸好了麻酱，再夹给胡蝶。胡蝶动左手，他递纸；胡蝶动右手，他倒水，这架势差点就没把饭嚼碎喂给胡蝶了！不过是人家的男朋友，我又不能说什么，开心吃好自己的就行。

吃完饭，几个人在地下车库告别。

“你记着平时回我消息，要么你朋友圈屏蔽我行不行？”我很认真地嘱咐贾冰了，她如果再不给我回消息，我可能就要打人了。

“知道了，知道了，你没看我正忙着呢。”她朝旁边的陆明禹眨了眨眼。我这一天到晚交的都是什么朋友啊，张默湨为了妹子茶饭不思，她呢，沉溺爱情长河无法自拔，行吧，都是重色轻友的人。

“贾冰，咱们有时间再聚啊，别忘了给我当模特的事，我天天请你吃饭。”胡蝶摇下车窗，伸出头来。

“OK！我要吃章鱼小丸子炸臭豆腐上校鸡块烤面筋麻辣鸭脖酸辣粉鳕鱼盖浇饭手抓饼瘦肉丸布丁巧克力奶茶寿司森永水果糖不二家棒棒糖悠哈烤肉汉堡冰淇淋黑森林奶昔慕……”

我惊讶于贾冰的脑子什么时候能记得这么一长串话，不加标点地说出来，张默湨早就摆摆手，叫陆明禹把她塞进车里。看着他们扬长而去的身影，终于，他发出了今晚最诚挚的一声感叹：“唉！”

“怎么了？”我故意不解地问他。

“你说怎么了？当然是没吃饱啊！”

“怎么会没吃饱？我可是吃狗粮撑得很，要不要我吐出来分给你点？”

“滚！”

张默湨可能是真的没吃饱，半夜我听见他起床打开冰箱的动静，吓得我以为他梦游，谁知道他打开一瓶易拉罐，还吃光了我明早的早饭。

还能吃东西，说明不是梦游，我翻身睡了。

第二天一早，当我对着冰箱里空空的饭盒发呆时，张默湨说他决定了，今天给李澜妃发第一条微信。

二 记忆是照片，总不停拿出来翻阅

我揉着眼睛起床，被客厅地上的酒瓶、易拉罐和脏衣服绊倒，忍痛站起来打开冰箱，冰箱里简直像进了贼一样，所有能直接吃的东西全部被掏空，只有角落里孤零零的三个鸡蛋幸存。我想怒吼谴责张默淏这个罪魁祸首，话到嘴边想起了他昨天受到了不可估量的刺激，想想算了，万一惹怒他遭殃的可能还是我。我怎么这么倒霉？

我拿出两个鸡蛋，“啪”的一声，鸡蛋被我敲碎，在碗中细细搅拌了，锅中放油，油热了，再把金黄的蛋液下入锅里。其实我很会做饭，没有特意去学，就是小时候看爸爸做饭自然就记下了，做饭也是触类旁通的，只要不是特殊食材，基本都可以。大一的时候学生会聚会，张默淏非拉着我一起去，要每个人做道菜，大家各显神通，热门菜是西红柿炒鸡蛋，高端一点的是麻辣香锅。我一时不知道做什么，就让张默淏跟我去楼下买了一条鲫鱼，我顺手买了一块豆腐。先把鲫鱼煎黄，鱼肚里放葱、姜、蒜，和豆腐一起做了一锅汤。从此张默淏对鲫鱼豆腐汤念念不忘，只要喝汤或吃鱼就想起来，逼着我做，但那之后我从来没做过，一是张默淏日常表现太差，根本不可能有这种奖励，如果他像猫咪“小鱼”一样乖，我肯定会酌情考虑；二是我几乎不做饭，会也不做，张默淏没来的时候我都是叫外卖，一个人的饭太难做，做多了浪费，做少了辛酸，索性就不做了。张默淏来了之后大多都是他张罗吃的，我也就省了这顿工夫。

我刚把煎蛋放到餐桌上，张默淏闻声而来，两个黑眼圈占了半张脸。

我看不下去，问：“你跟我说实话，你是不是因为昨晚受了胡蝶男朋友的刺激，所以才给李澜妃发消息？”

“咝——你想烫死我啊，谋杀亲！”张默淏趁我不备偷吃煎蛋被烫了。

“谋杀什么，还亲？包邮吗？”我嘲笑他，“你老实交代问题，不然连个鸡蛋壳都不给你！”我把煎蛋夺走。

“我又不喜欢胡蝶，受什么刺激啊？再说了，你看看胡蝶她男朋友那个样子，干干瘦瘦的，跟个火柴人似的，还那么白，一看就虚、虚伪！连你都比不上。”

“你给我好好说话！什么叫连我都比不上？”我怒视他。明明心里介意，非要拿出一副玩世不恭的态度，活该他难受。

“我倒觉得贾冰那个男朋友不错，有时间可以叫他出来一起喝酒，你说是不是？”他一边说，一边趁我不注意，把煎蛋端走。

“贾冰宝贝着呢，不会让他跟你这种人鬼混的，你别给人家带坏了。”我低头一看，煎蛋已经进了狗嘴。

“嘿，你这话说的，我成什么人了？”他一边吞一边抗议。

“反正不是正面角色，‘斯文败类’这种词都是用来形容你的。跟李澜妃你说说就算了吧，别瞎琢磨了。”我赶紧把另一个煎蛋夹走。

“嘁，我现在就觉得李澜妃好，没有外界因素，就是想认识交个朋友。”他把筷子往桌子上一扔，大摇大摆地走了。

气得我真想朝他后脑勺扔一个鸡蛋。

但是冰箱里只剩一个了，我心疼鸡蛋。

想到我正在写的新剧本今天交稿也是紧张，没时间理张默淏那点破事儿，想他一个大老爷们儿不至于被骗财骗色，他也没钱，每个月那点工资月月光；色勉强还算有吧，但李澜妃也算见多识广，骗色概率也不高，人家看不看得上还是一回儿事呢。琢磨了一下没多大问题，我也就没再问。

按下葫芦起了瓢，张默淏上班了，我自己在家，我家的大铁门被一顿狂砸，差点被敲碎。我以为是张默淏在外面借了高利贷被人追债。一开门，看到小狮子一样的贾冰冒着烟钻进了屋。

“祖宗啊，你干啥这么敲门啊？我家门招你了啊？”狮子座一向风风火火我习惯了，但还是心疼我家门。

“张默淏在吗？”她在门口贼眉鼠眼问了一句。

“他上班了，要去采访柳州食人鱼，这几天收集资料呢。”我告诉贾冰。

“你说他一个怕水的，去河边采访什么食人鱼啊？我不找他，找你！”一听张默淏不在，贾冰长出一口气，一屁股坐在沙发上。刚被一阵敲门声吓得藏在门后的猫咪“小鱼”露出小脑袋好奇地看着贾冰。

“找我什么事啊，还得先问他在不在？”我看她先往厨房溜，喊了一句，“不用看了，什么吃的都没了，你凑合着喝口水吧。张默淏走过的地方，寸草不生的。”

“行吧。”贾冰也不嫌弃，拿起一个杯子咕嘟咕嘟喝了一大口水，用手抹抹嘴，“啪”的一声放在吧台上，“老铁，我的感情出现了点问题！”

“哟，难得啊，我们校花感情还能出问题，那真是祖坟冒青烟啊。” 我打趣她。

“少来！我都郁闷好几天了，郁闷的时候差点拨打情感热线咨询，但自己又说不清楚事情的来龙去脉，一向最了解我的人是你啊，只要张默淏不在你还是最靠谱的！”贾冰说得诚恳。

“都是什么鬼啊？张默淏在不在我都很靠谱好吗？说吧，这位听友，您遇到什么情感困惑了？晓峰老师为您倾听。”我学着广播里的声音字正腔圆地说。

贾冰清了清嗓子，说：“那天看完电影我和陆明禹回家，在路上他突然神秘兮兮地说喜欢我，但是在确定关系之前要跟我交代一件事。”

“呃……”

“你别打断我，听我讲。”贾冰用手捂住我的嘴。

好吧，其实我是想说，用“诡异”来形容浪漫氛围太合适了。

贾冰接着说：“我想估计也就是关于家庭背景、工作条件之类的吧，我能感觉出来他跟我在一起表面上很绅士得体，但其实他很小心，我怕他敏感一直不提他是健身教练的事情，也从不敢跟他说我演出多受欢迎、是我们剧院的台柱子、红透半个海淀，就怕他自卑。”

“这位听友你等一下，谁允许你说自己红透半个海淀了，你把音乐剧都演成喜剧了，还台柱子？你就快去后台抬桌子了吧？”我实在听不下去了。

“你听人说话能听重点吗？”贾冰不乐意。

“重点是……”我摊手。

“重点来了！然后他说，他的情况跟我想的不太一样，他说——他家有点钱。”贾冰说到这里，眼睛里充满问号。

“你好好想想这句话重音在哪？中国汉字博大精深，重音不同表达的意思截然相反啊。”此时我很快进入角色，显得非常专业。

“我也有点理解不上去啊，光顾着感动了，你说陆明禹一个健身教练，踏踏实实靠汗水和身体吃饭，能攒下钱多不容易，还能在表白的时候一五一十地跟我报备，那他一定是真的喜欢我的，对不对？”

“嗯，你这么说也有道理，连张默淏这个破嘴，都评价陆明禹不错。”我表示肯定。

“所以我就跟他说，他的钱自己留着，和我没什么关系，和我们在一起也没什么关系，我也能赚钱，我们不和别人攀比，自己开心就好。”贾冰语重心长。

“这不挺好的吗？这句人话有点新时代都市女性的风范。”我说着拍拍手。

“问题不在于这个啦。”她有点苦恼地甩了甩自己的头发，“然后晚上他给我发微信，说自己要回一趟老家处理点事情。结果到现在，十天了……一直没跟我联系……这是什么套路啊？”贾冰说完喝酒一样地干了一杯凉白开。

这个剧情反转有点超出了我的想象，我一时不知道该怎么分析，也不敢乱说徒增这位“台柱子”的烦恼，只能去厨房找点吃的，安慰不了她受伤的心，只能安抚一下她受伤的胃。

张默淏从外地出差回来的第二天，刚刚给主编交上一篇关于食人鱼的调查采访，标题叫什么《外来物种入侵》，我正嘲笑他呢，他就收到了李澜妃发来的消息，约张默淏陪她搬家。我和张默淏只是一个星期没见，没想到他跟李澜妃已经进展到了这种程度。

北京很大，刚来的时候觉得去哪都很远，慢慢熟悉了觉得其实去哪都一样，坐上地铁，在城市的地下来来回回穿梭，也不知道头顶上经过了哪一座地标。

从百子湾到青年路，一个纸箱一个行李箱，简单得不能再简单，李澜妃的新家是一室一厅，有一个大飘窗，张默淏帮她简单布置，再去宜家买家具。李澜妃认真地挑家具和生活用品，贤良淑德，看见喜欢的玩具和物件又俏皮又可爱，就像邻家的小姑娘一样。张默淏看在眼里心里滋生了爱意，后来他跟我说，那是第一次，特别想跟一个人在一起，说不出原因，就是觉得应该和这个人在一起，她需要自己。去取货时，人特别多，李澜妃走不动，张默淏让她坐在推车里，张默淏推着她，好不亲密。周围人看着俊男美女以为他们真的是一对情侣。

张默淏回家的时候已经很晚了，我还在和剧本鏖战，乏得不行，他回来我倒是精神了。

不一会儿张默淏洗完澡从浴室湿漉漉地走出来，从冰箱里拿出一瓶可乐递给我。

“你们……”我弱弱地问。

“闭嘴！”张默淏干脆地答。

史上最短的对话，我闭了嘴，其实我不是那么八卦的人，没有那么好奇他们俩这一天的约会怎么样，我只有一点点好奇。

不知道张默淏在害羞什么，真是见鬼了。可能他今天真的累坏了，不一会儿，就听到了张默淏的呼噜声。

我写完稿，却睡不着，随手打开微信，看到李澜妃发了一条朋友圈，只有一个晚安月亮的表情，配图是一个新的床头灯，暖光照着一只小猫的毛绒玩具。接着我的手机振动，是ins上发来一条提醒，李澜妃发了她和张默渂在宜家的自拍，她坐在推车里手里拿着小猫玩具。我想了想，点了个赞。猫咪“小鱼”这会儿睡醒了，这个小主子在我电脑屏幕上蹭来蹭去，我去摸它的头，软软的一团，还是真猫手感好。

我打完这集最后几个字，用力点几下保存，关了电脑。打开抽屉，想找一本书，翻困了就去睡觉，随意找到高中时候看的一本小说《圈里圈外》。我喜欢把喜欢的书一直带着，从高中背到大学，从老家带到北京，从来不嫌麻烦。上大学的时候张默渂喜欢翻我的书架，曾经看过这本书，乐成猪叫。我打开一页，书里却掉出一张照片，拾起来一看，是我们大三时候集体拍的。也是我被张默渂坑得最惨的一次，没有之一！

那是全国高校的文艺演出，那一年在西安举办，我们学校H大选送的舞蹈节目被选中参加。学校领导非常重视，几位舞蹈老师带领三十二位同学编排了一支带有地域特色的舞蹈，贾冰历来是领舞，这次再挑大梁，被寄予厚望。张默渂因为是学生会主席，被要求全力配合艺术团的工作。

“我要去食堂吃饭了，你去不去？”我和张默渂一起走出教室。

“不去，”张默渂摇摇头，难得拒绝我，“我要去排练厅排练。”

“说得好像你也要上去跳舞一样。”我一口水差点没喷出来，“你四肢僵硬，一看就不懂舞蹈，你去管什么用啊。”我嘲笑他。

“你去肯定没用，我就不一样，姑娘们排练多辛苦啊，累的时候想起这么帅的我在背后看着她们，心中就又充满了力量！”他骄傲地冲我挑眉，我真想揍他。

他看我不理他，又白了我一眼："还有我也是为了你啊，你这母胎单身狗，一直跟着哥混，周围圈子太窄了，我要不带你见见世面，你哪有机会认识姑娘啊？艺术团可是集结了学校最好看的姑娘。"张默淏伸手来搂我的脖子，"为了你的终身大事，我特地批准你也来看她们排练，没准就能促成一段姻缘，我这可都是为了你啊。"

我躲开他的猪蹄，反驳道："为了谁你自己心里有数，别老把我扯进去，我才不去帮你干活儿，我回寝室喂猫了，再见！"

我刚回寝室，电话就响了，张默淏让我给他送钱包，他这个马屁精要请大家喝水，没带钱，声称我要不去他就在小卖部挂账写我的名字。我丢不起那人，无奈从寝室找到他的钱包给他送去。

有了第一次就会有第二次，张默淏总有各种借口威胁我陪他去，我迫于他的淫威，常去排练厅，一来二去好不情愿地开始帮忙抬水、搬道具、拿服装，变成了专业打杂的。

还好贾冰也在团里，排练的气氛特别好，我在角落看着她们排练也不会尴尬。

不得不说贾冰天生就是跳舞的好苗子，用选秀节目评委的说法：是用生命在跳舞。舒缓的节奏里每一个动作都特别舒展，牵着你的目光，快节奏里又强劲有力，表情都在状态里，我一个完全不懂舞蹈的人看了也赏心悦目。除了舞蹈动作优美，贾冰能当领舞还有一个原因，就是她太不像一个女生，在一群出类拔萃的女孩里，她对谁都一样豪迈，让人挑不出毛病，大家都喜欢她，所以选她当领舞可以少很多争风吃醋的。再有就是她舞蹈技巧好，各种翻跟头、各种旋转跳跃全都行，谁的动作做不好她都能替上，舞蹈老师最喜欢的也是她。

有一天正在排练特别紧张，眼看活动导演组来检查节目的日子就要到了，还有一些动作不整齐，姑娘们连续跳了几小时，都非常疲惫。贾冰完成一段音乐的规定动作，连续折前桥之后突然应声倒地。身边的人冲过去，贾冰神志不清，浑身缩成一团。

我跟张默淏跑到跟前试图把贾冰扶起来。

“快送医务室，我背她！”我冲张默淏说。

“你没有劲儿，我来！周末医务室休息，直接奔医院！”张默淏说着把贾冰的胳膊往自己肩上搭，把贾冰从地上抱了起来，由我和老师一起护送着上了老师的车。

张默淏钻进前排：“你们坐稳了……”话还没说完，车“噌”的一声开了出去。张默淏开着双闪一路把车飙到医院，晕得我都要吐了。

到医院送急诊，医生说没事，低血糖，疲劳过度，挂水休息一下就好了。我们一直在医院等贾冰醒来才一起离开。

我本来以为这事儿就这么过去了，可我忘了张默淏是学校风云人物，还是小网红，“英雄救美”的照片又被发到网上，张默淏和贾冰这对金童玉女再次成为焦点，两人关系暧昧的这种谣言传遍学校。直接导致我不停被骚扰求证，更严重的是隔天再次排练的时候——胡蝶来了。

当时我和张默淏对着排练厅的门口并排坐着，一道似曾相识的黑影遮住了从门口透进来的夕阳，我和张默淏随着黑影抬头，看见了胡蝶一脸严肃地盯着张默淏，吓得我瑟瑟发抖。

“告诉我，这是幻觉。”张默淏跟我说。

“我不想被打得没知觉，冤有头债有主，我先走了。”我说完起身就要逃，张默淏伸手拽住我的裤腰带把我拉回来。

“你去打发她走，告诉她打篮球在楼上，她走错了！”张默淏使唤我。

“为啥你不自己去？”我抗议。

“呃……你听，有人叫我了，我先过去看看。”说着，他就溜了。

我硬着头皮过去，正好老师也在，热情地招呼我，告诉我胡蝶从今天起也来排练室帮忙，有女孩子在，更方便一些。

我心想胡蝶哪是一般的女孩子啊？我冲胡蝶露出尴尬而不失礼貌的微笑，她的眼睛一直盯着张默渠移动的方向。

我脚底抹油，溜到一边看热闹，我才不要和张默渠站在一起，万一胡蝶动起手来我还要拍照呢。而不远处的张默渠正在休息室和几个小姐姐谈笑风生，他这简直实在玩火，我的天！

我拨通了张默渠的电话：“喂，你老实一点，不要拈花惹草，胡蝶还没走呢！”

张默渠环顾一圈找到了角落里的我，刚要往我这边走。

“你别动，别过来，不要殃及无辜！我们就打电话说！”我几乎吼出来。

“你有病啊，在一个屋里还打电话，你别动我这就过来！”张默渠边说边朝我这边跑来。

我实在没处躲，让他抓个正着。

“还想跟我划清界限，晚了点吧，兄弟！”张默渠一只胳膊锁住我的脖子，“什么情况？如实汇报！”

“你松开我，疼，白痴！”我推开他的手，“胡蝶她肯定是知道了你送贾冰去医院吃醋才来的，目的就是为了看住你！”

“我这助人为乐很正面的一件事现在怎么变成犯罪嫌疑人了？还要被她看住？”张默渠无奈。

我当然明白他的意思，但是跟女人讲道理，恐怕一辈子也讲不清。何况对面还是虎视眈眈的胡蝶，谁敢去讲道理，解铃还须系铃人啊。我看着张默淏崩溃的表情，幸灾乐祸地拍了拍他的肩膀，想不到你也有今天啊。

“所以现在我该怎么办？怎么才能让胡蝶放弃这个愚蠢的想法？她在这儿我怎么工作啊？”张默淏事到临头还不忘道貌岸然。

我两手一摊：“要不你去跟她说，你跟贾冰只是朋友，让她把心思好好花在打篮球上，别在你这儿浪费时间了。把窗户纸捅破得了。”

“捅破你个头啊，再说我跟她说要是有用的话，我至于一直躲着她吗？”张默淏急了。

也是，我很可怜他地点点头，提步刚要走出门，又被张默淏一把拦住。

“要不，兄弟你去帮我说吧？”

“你有病啊！我都躲到这儿了你还要我怎么样？！”我高声拒绝，心里一万个不可能。

我还是清醒的，我是见过胡蝶一己之力逼退流氓的，上次女侠给我的印象实在太深刻，要是万一我被她误会是张默淏的掩护，以后可就再也洗不清了。我拼命摇头。

“请你吃一星期的饭。”张默淏虔诚地看着我，开了口。

我拼命摇头。

“两星期？”

我用力摇头。

“三星期，请你吃饭，不吃你零食，不用你上课帮我点到！”张默淏下了硬成本啊。

“外加帮我洗衣服！”我趁机敲他竹杠！

“成交！”张默溟咬牙说出两个字。

第二天，胡蝶按时出现在了排练室，休息的空当，我去找胡蝶“摊牌”。其实劝她走我是一百个胆子也不敢的，毕竟我身体弱不抗揍，只能委婉地告诉她，贾冰和张默溟之间没什么。胡蝶沉默了几分钟，然后捏着拳头说：“不怕一万就怕万一，我要把希望扼杀在摇篮里。”

听着手指嘎巴嘎巴的脆响，我一阵头皮发麻，怂得闭了嘴。

就这样，在胡蝶的监督下，排练有序进行。离正式演出不到两周，学校领导来看彩排情况，发现了队形的一些问题，希望再加入几个男生，使节目更丰富。我也没在意，我一个打杂的也帮不上忙，事实证明，是我太年轻了。

下午我和张默溟去舞蹈老师办公室取道具，指导老师急得像热锅上的蚂蚁团团转，这么临时上哪儿去凑人呢？真是天上掉下黏豆包，还是俩黏豆包。老师看着我和张默溟两眼发光，我瞬间有种不好的预感。

“你们俩看了这么长时间节目，看明白了吗？”她这么直接地问，我心想完了——老师肯定是想让我俩上台凑数，我刚想开口否认自己啥都不会，张默溟快人快语。

“明白，非常明白。先这样，再这样，然后再这样，最后再那样，对吧老师？”张默溟边说边伸手抬腿比画，生怕老师不相信自己会。

明白你个大头鬼！张默溟啊张默溟，你可真是在不该明白的时候瞎明白啊。

“太好了！太好了！”老师果然很高兴，“你身高正好合适，形象也好，怎么没早点加入啊？！正好领导说要男生来补队形，我看就你上吧。”

这下张默淏傻眼了，手还停在半空中，一时说不出话来。活该，叫你嘚瑟。继而老师转头问我会不会。

“老师我不……”我还没说完，张默淏在一边吵吵。

“他会、他会，老师，他学过健美操，还会蹦迪，他早就想加入舞蹈队了！”

“老师，你别听他瞎……”我正急着辩解，老师激动地拍着我的肩。

“真看不出来，你还多才多艺啊！”

这是什么话，怎么这么别扭？我来不及和老师掰扯，狠狠瞪了他一眼，连声否认：“不、不、不，老师，我只会打军体拳，您别听他胡说，我真的不会。”

老师这会儿怎么还可能相信我，立马把贾冰叫过来，让她给我们开小灶。

贾冰看着我和张默淏无辜而又纯真的眼神，想都没想就跟老师打包票说能教会我们俩，笑着说：“哎呀，你们俩一看就是一身的文艺细胞，贾老师包教包会，学不会不收费！”

贾冰落井下石也太快了，我一口老血差点没吐出来。

舞蹈老师很高兴，现在只需要再找一个男生就行了。这时胡蝶从门口站了出来，不知道她在门口听了多久，自告奋勇：“老师，我行！”

“托举女生……你能行吗？毕竟……你也是个女孩子……”老师还是很委婉地问了一句。

胡蝶二话没说，从地上抄起了大桶水：“老师，你看我这样行吗？”

我和张默淏估量了一下自己的臂力，交换了一个眼神，自叹不如。

就这样我们仨糊里糊涂地和贾冰一起成了舞蹈演员，要和队伍一起奔赴西安参加演出。

老师为我们仨加急做了三套舞蹈服装，第一次换上衣服，张默淏衣服架子不用说，依旧帅气；胡蝶人高马大也不输给其他人；而我呢，我瘦弱无力，跟打杂的没什么两样。张默淏笑得合不拢嘴，气得我想杀他。演出结束后，学校组织大家一起合照，贾冰自然是C位，张默淏凑热闹站在她身边，胡蝶想要站在张默淏身边，张默淏为了躲开胡蝶，硬是把我拉到他旁边，这么一来，我整个人站在人群里不知所措，显得十分搞笑。这样才有了这张夹在书里的照片。

三 要不要煮面给你吃

贾冰跟陆明禹失联的第十天，相思成疾。从团里下班的时候已经下了雷阵雨，她这个人一向心大，没个人在身边提醒，总是不知道身边带把伞，也不知道找个地儿躲躲。非要赶在大雨头上走，就这么淋了一路，回到家之后，终于熬不住了，烧得迷迷糊糊，开门后直接倒在了沙发上。

贾冰家的家具都是我和张默淏陪她在二手市场挑的，但这个绿皮沙发是新的，她一眼就看中了。我们都是租房，都很少会买自己的家具，因为很难带走，但贾冰执意要这个沙发，说写了她的名字。她看书、吃饭、睡觉、压腿都可以在这个沙发上，困了也可以睡在上面。她不喜欢特别软的沙发，这种沙发硬度正好。我和张默淏费了九牛二虎之力才给她扛回来。

睡到半夜，贾冰被一阵“砰砰”的敲门声叫醒。她勉强起身，披了一件衣服，打着喷嚏去开门。门开的一瞬间她像触电了一样，陆明禹站在门口。贾冰看到陆明禹，心里这几天的委屈一下涌上心头，但看到陆明禹浑身湿透、一身酒气、狼狈不堪的样子，又一下泄了底，除了心疼没有脾气。

外面的雨声越来越大。

“你怎么淋着雨就来了？也不知道打把伞？”贾冰立刻转身，去浴室拿了两条毛巾给他，“快擦擦，你等我把空调暖风打开，吹一吹。”

她手忙脚乱，空调遥控器还停留在去年夏天的冷气上，一打开，两个人都打了个喷嚏，面面相觑，然后又相视一笑。贾冰这才想起自己发着烧，不能传染给陆明禹，立马闪到一旁去，摆摆手：“你离我远点，我生病了，别传染给你。”

“你发烧了？”陆明禹紧张地看着贾冰的脸，红红的像一个大苹果，陆明禹用衣服蹭了蹭湿的手背，伸出手来摸了摸她的脑门儿，烫得像个煮熟的地瓜。

这下陆明禹彻底酒醒了。

“你都发烧了，还赤着脚？跟你说过多少次，你家的地砖凉，要记得穿拖鞋。”陆明禹有点生气，既生贾冰的气，气她不好好照顾自己；也生自己的气，不该离开这么多天。不等贾冰回答，直接把她横抱起，扔到了床上，给她盖上被子。

然而贾冰怎么会是这么听话的人？她一个鲤鱼打挺准备起来，可是头疼得要命，又是一阵晕厥，翻倒在床上，陆明禹赶紧去扶。

“别乱动，怎么又严重了？”

“可能是没吃饭，没力气了。”贾冰不折腾了，揉了揉咕咕叫的肚子，像只小猫乖乖躺好。

“要不要我煮面给你吃？” 陆明禹关切地看着贾冰。这一刻贾冰感觉好熟悉，好像经常在TVB的电视剧里看过，凡是主角遇到什么不开心的事情，就会有一个人温柔地说出这句台词——“要不要我煮面给你吃？”，这句话也被列为TVB最经典台词之一。的确，这个时候太需要一碗带荷包蛋的汤面来治愈。

贾冰殷勤地点头。陆明禹站起身，把贴在身上湿透了的衬衫一脱，用毛巾擦了擦身上的水，贾冰看着他还有点不好意思，穿衣显瘦脱衣有肉就是这样，按理说贾冰跳舞多年，见过身材好的男生也不少，但唯独看到陆明禹，哪怕只有一点棱角，心都会扑通跳，很是没见过世面的样子，还好她发着烧，不然肯定被发现她脸红了。

陆明禹一头扎进了厨房，轻车熟路地打开冰箱，拿出食材，开火。不一会儿工夫，端了两碗鸡蛋面出来。没等冲卧室里喊，贾冰这狗鼻子，闻着味儿先出来了。

鸡蛋面香气四溢，上面还卧着两棵绿油油的青菜，贾冰食欲大开，根本顾不上跟陆明禹说什么，哧溜哧溜就开始吸面条。

吃到一半，贾冰低头一看，陆明禹还穿着淋湿的裤子：“你也淋湿了，这样会生病。我家没有你能穿的裤子啊。”

陆明禹完全没有听进去，突然站起来：“贾冰，如果我跟你表白，你会同意吗？”

贾冰愣了一下：“表白啊，那你先表白我听听吧。”能在这种情况下说出这种话来的女的，也就只有贾冰了。

“如果……我是说如果，我们家不同意我们在一起，但是我喜欢你，你愿意和我在一起吗？”

“他们为什么不想我们在一起啊？”贾冰侧着头问。

“因为……我们家情况特殊。”陆明禹的眼神黯淡了些。

“那和我们在一起有什么关系啊？是你跟我谈恋爱，也不是你们家跟我谈恋爱。”贾冰不解。

陆明禹沉默片刻：“我们家很早就给我指定了一桩婚事。”

婚事？贾冰咳嗽着把一口水吞了下去，现在都什么年代了，还包办婚姻？

“我相信你，只要你勇敢，我就比你更勇敢。”贾冰几乎用尽了毕生才华说出一句惊天动地的情话，虽然此刻稍显狼狈，可她不顾一切认真的样子，也特别迷人。

陆明禹眼眶红红的：“谢谢你！”

“谢什么啊，傻不傻？”贾冰难得小女生一回，站起来伸出手，摸了摸陆明禹的头。

陆明禹握住贾冰的手，放进自己的手心里，再三犹豫之后说：“即使是这样，我还是要跟你说一下，你好有个心理准备。”

“你说！”贾冰侧耳倾听。

“我爸是陆盛华。”陆明禹看着贾冰，认真地观察贾冰每一个表情。

“哦、哦，我爸叫贾一鸣。”贾冰虽然有点摸不着头脑，但出于礼貌，恭恭敬敬地报上了自己父亲大人的名字。

陆明禹听完愣了一下，然后笑着揉了揉贾冰的头。

贾冰把陆明禹的这些话告诉我之后，我总觉得“陆盛华”这名字有点耳熟，顺手百度了一下。出来一条百度百科和无数条新闻：陆盛华，盛华集团董事长，实业起家，后做贸易，去年某杂志做的富翁排行，他排在首位。

我神色凝重地问贾冰：“所以你现在还不知道他爸是谁？”

“我知道啊，叫陆盛华嘛！”贾冰对答如流，“不是，是……是陆振华。”

她这个“知道”，跟我说的“知道”，就不是一个意思。

"这么说吧，如果……他家庭条件很好，你怎么想？"

"那挺好的啊，我家也还行。"贾冰挠挠头。

我被贾冰的天真打败了，纠结着要不要告诉她。

正在犹豫时贾冰语重心长地说："其实现在这样也挺好的，我又不嫌弃他。"

"你嫌弃他？"我一字一句地问，我对贾冰彻底服气了，"不是，你可能对他有点误会。这么说吧，假设有一天，假设……他妈妈来找你，给你五千万……不对，一个亿，让你离开他儿子，你会怎么办？"

贾冰捧腹大笑："你写剧本写傻了吧，我哪值一个亿啊？"

我脸上的黑线更粗了："万一，他们家不同意，威逼利诱，甚至威胁到你父母那里，让你交人，放过他儿子，你怎么办？"

"为啥一定不同意啊？"贾冰提高了一个声调，眉头皱得越来越深，这个问题她真的想不明白，"我喜欢他，他喜欢我，这世上多一个除了他们之外真心对待陆明禹的人不好吗？怎么我谈个恋爱这么难的，非得有人不同意？！"

听完贾冰一席话我陷入了沉思，对于感情这件事我没什么悟性，对于"喜欢"这个词有很多迷思，我忍不住问："你到底喜欢陆明禹什么呢？"

没想到这个问题却让贾冰打开了话匣子一般滔滔不绝："这个还真不好说，我给你捋一捋啊。我俩第一次见面他喝多了，醉醺醺地就往我身上倒，我都不知道他是谁，姐们儿我一向好助人为乐，看他睡着了又酒醉，不能就这么把人扔在大街上吧，就打车送他去酒店，想给他找个地儿凑合一晚。你能想到一个看着西装笔挺的人儿，在车上睡着了好像做了很委屈的梦，嘴里嘟囔着什么，也听不清。这就是人在这座城市奋斗的代价，不管你穿什么、做什么，总是有一刻显得特别渺小，特别委屈，我低头看他的样子觉得有点亲切了。然后过了几天，我们俩又机缘巧合地遇见了。他一边骑着单车一边发宣传单，看见我就追过来，没等红绿灯转换完，在马路那头立刻骑车冲了过来。”

回忆起往事，贾冰双眼里冒着星星，就像动漫里的星星眼一样。

“后来逐渐熟悉了，我抛出一个话题他全都懂，他发来的表情包我也能接住，两个人像是有说不完的话一样，我就忍不住很想见到他。”贾冰竟然有些脸红了。

“后来呢？”我问。

“后来，跟这个人深入了解之后，不仅不会觉得无聊，而且比以前更有意思。因为我们俩现在可以一起做彼此都喜欢的事情，比如一起做饭、一起健身、一起玩游戏、一起看电影、一起去看稀奇古怪的展览、一起看我偶像的演唱会，总之有无数可以一起干的事。”

“那他对你是什么感觉，你知道吗？”

“肯定觉得你姐们儿我好呗！他只说我是个很特别的姑娘，至于哪里特别也不告诉我，我也很好奇。”

“那肯定是太特别，特别得无法用言语形容！”我忍不住说。

贾冰长着一张倾国倾城的脸，看着像红颜祸水，但身边朋友都知道，她其实感情经历寥寥，即使上学有人为她打架，也都是形式主义，她神经大条，心思单纯，几乎没怎么谈过恋爱。所以对于陆明禹对她的这个评价我一点也不意外，永远是我心中特别的人的No.1，永远不按套路出牌，是停辆车都能被说成段子的人——

“你好，女士！您的车不能停在这里？”保安比了个手势，让她停下来。

“为什么啊？这不挺大一块空地吗？”贾冰摇下车窗。

“你停在出口这里，别的车出来的时候可能会蹭到您的车。”保安很有耐心地解释。

我以为贾冰听进去了，就说：“要不算了吧，咱们找别的地儿停车去。”

“不！”贾冰斩钉截铁地拒绝了保安，“如果别人的车开出来会蹭到我的车，那他的车不也得刮花吗？”她伸出脑袋去跟保安交涉。

保安怔了一会儿，很明显对贾冰的这个观点折服了，挠头说：“你说得对啊！”

贾冰一脚油门下去，稳稳当当停进了车位。

“走吧！”贾冰晃着钥匙跟我说。

所以说，贾冰有时候简直是个天才。

聊完贾冰的感情生活后，我坐上了贾冰的车，她跟胡蝶约好了，要去给胡蝶当模特。我俩七拐八拐，才到了东五环边上的一个摄影棚，我俩蹑手蹑脚走进去，胡蝶正在迅速变换造型疯狂地拍照，摄影师的快门声音一直就没停下。直到胡蝶看到我和贾冰，示意摄影师休息一下，开心地走过来。

“真棒，原来淘宝模特都是这么拍出来的啊，我还以为跟拍写真一样，摄影师要给你设计动作什么的呢。”我竖起大拇指。

“哪儿能啊？”胡蝶摇摇头，“照着写真的工夫，店铺早就倒闭了，动作不重要，买衣服是靠脸的。”

万万想不到“靠脸”这句话有一天能从胡蝶嘴里说出来，她原来的女英雄形象再次浮现在我脑海，这就是为什么人都不爱见到老街坊的原因吧，我点头：“也是够辛苦的。”

贾冰迫不及待，抓起衣架里最鲜艳的一件衣服，比量着：“快来给我找衣服啊，我要全身心地投入工作了。”

“哈哈哈，你真有眼光，这套是最贵的，你快去试衣间换上，然后让化妆师给你化化妆。” 胡蝶指了化妆间的方向。

贾冰屁颠屁颠地钻进去换衣服了，我跟胡蝶聊了两句。

“你看我现在能帮你干点啥？既然来了，我也不能做个闲人。”我问胡蝶。

“这多不好意思啊……”胡蝶说。

“这有什么不好意思的？”贾冰掀开试衣间的帘子，她换好衣服出来了，今天她跟胡蝶拍了几件闺密装。非常奇怪的是，胡蝶和贾冰的眉眼完全不同，气质风格也完全不同，但站在一起有一种莫名的混搭，说是一个偶像组合也差不多。

“让他干就行。”贾冰一边照镜子一边说。

“你怎么把我当陆明禹使唤啊？”我有点不服。

“你别瞎说，你哪能跟他比？”贾冰傲娇地说。

“嘿，重色轻友啊！女人啊！”我叹气。

“你品位好，帮我挑照片吧。”胡蝶笑着说。我往身后一看，那一排排架子上挂满了衣服，一看我就头大了，这么多衣服，她一个人得收拾到什么时候啊？

“你男朋友呢？”贾冰问了一句。

“他啊，野去了吧。”胡蝶语气很淡。

贾冰完全没有感受到胡蝶语气的异样，此刻她对自己的装扮非常满意，对着镜子模仿杂志上超模的样子搔首弄姿一番：“胡蝶啊，你是不是从来没想过，毕业之后我们俩还能在一块儿拍这种大片呢？”

“是啊，上次咱们一起拍照，还是大学一起去西安演出吧？”

胡蝶笑着回答。

“可不嘛，时间真可怕啊，一晃都好几年了。”

大学的集体活动很多，但是集体出行到外地比赛的活动，也就那么一次了。想起书中夹着的我那张惨不忍睹的照片，明明是宝贵的青春回忆，却有种复杂的情绪。我拿起手机，想拍几张照片，抬头看着她俩，不禁再次感叹，有气质的人，真的有先天优势，几十块钱的东西，穿在身上跟几千块钱的一样。其实穿什么牌子、多少钱的衣服并不重要，除了你自己，没有人知道你几斤几两，关键还是自己要有自信。

“其实胡蝶一直都挺好看的，以前我就发现了，只是瘦下来了你们这些臭男人才看出来。”贾冰把手搭在胡蝶肩膀上。

“去，你可别捎上我，要骂，就骂……”我一时没留神，发现失言赶紧住嘴。

“对了，张默淏在忙什么呢？”胡蝶倒是风轻云淡，而我还是胆小如鼠，总不能回答他忙着恋爱，随口编了一句：“他啊，他最近工作可忙了呢。”

真是说曹操曹操就到，说话的时候收到张默淏的微信：“下周李澜妃过生日，我送点什么好？”紧接着，张默淏又问了我这么一个问题。

“送上祝福。”我发出四个字。

他回了我一个“滚”的表情，这个人就是这么恩将仇报。

四 “给你五千万，离开我儿子”

到目前为止，我人生所有的惊心动魄都是和张默淏、贾冰有关。这一次贾冰又给了我一个超级大的惊吓，只有在台湾八点档里看过，但打死我也不敢编的剧情。

白天，贾冰演出状态异常，是异常的好，超常发挥，居然一个动作、台词都没有错，惨遭领导大力表扬，差点就没把她的照片放大挂在墙上表彰了。

贾冰这个狮子座人生最经不住的就是两个事，一个是经不住批评，一批评就翻脸；另一个就是经不住表扬，一表扬就得意忘形。贾冰入团以来第一次被团长拉着手赞许，心里自然是已经飘了，迫不及待地来张自拍发到朋友圈。没等看到留言和点赞呢，就被人从后台叫出去，一个身材高挑、妆容精致的女人站在她面前。贾冰还以为是自己的演出太成功了，终于有伯乐来发现她这匹千里马，要被某家影视公司签走了呢。结果那个女人上上下下、从头到脚把贾冰打量了一番，冷着脸，没什么语气开了口：“贾冰，你好！我是为陆明禹的事情来找你的，我需要和你谈谈。”

贾冰没来得及卸妆，脸上花里胡哨的，双手托着裙角跟在女人后面，像童话里后妈身后的灰姑娘，一路小跑到了二楼咖啡厅。

边走贾冰边琢磨，陆明禹会有什么事需要派出这么气派的女人来找自己。被三儿了？不太像啊。欠钱了？这个倒是可以想想办法，要是高利贷可以报警。一边想着，她一边攥紧自己的手机，准备关键时刻录像或报警。上台阶时，那女人穿的高跟鞋嗒嗒地敲在地上，贾冰亦步亦趋跟在她后头，眼风甚至没扫过贾冰，自觉拉开二楼咖啡馆的门，示意贾冰进去。

贾冰更觉得眼前这个女人是狠角色，更加警惕了。

坐下之后，女人把墨镜摘了下来，抬起下巴，看着贾冰，缓缓地说："你好，我是陆明禹的母亲。"

"噗……"贾冰一口果汁喷了出来，还好坐得够远，没有喷到对方的真丝衬衫上。

"对不起、对不起，不好意思……我实在是没、没想到，您……太年轻了。"就算给贾冰一百个脑袋，她也想不到这么年轻的女人会是陆明禹的妈妈。

要不是氛围微妙，贾冰下一句可能就会问："你是不是去微整形了？拉皮、打针是少不了的吧？"好在她及时收住，把话咽下去，擦了擦嘴角的果汁。

"姐姐，不是。阿姨……不，那个……伯母啊，您好……"贾冰说出来"伯母"两个字，自己都觉得很不舒服。

陆明禹的母亲连眼睛也没眨一下，"伯母"这称呼，她认为贾冰是担不起的。

见陆母没有说话，贾冰继续说："那个……虽然有点冒昧，但我实在是好奇，您看您这么的……"贾冰是想说衣冠禽兽来着，但是想了想平时我告诉她慎用成语，或是用之前仔细斟酌一下，才换了一个词。

“这么的光鲜亮丽，一点不像是长辈，特别是不太像陆明禹的妈妈。”

陆母脸上没用任何异样，冷静地说：“不用怀疑了，我是陆明禹的母亲，我喜欢开门见山、直截了当，客套的话就不必了。”

贾冰心想，我没跟你客套啊，我是真实地在发问，为什么你看着这么光鲜，却能让自己儿子在健身房打工呢？这和一般的家庭父母对孩子的要求不太一样啊。于是贾冰继续发问：“我的意思是……你为什么让陆明禹做这个啊？”

陆母一下被贾冰问蒙了：“他做哪个？”

“噢噢，对不起，个人隐私，我不该问的，也没有职业歧视，不好意思。您今天来找我，是有什么事吗？”贾冰看到陆母的反应似乎有点明白了——离异家庭，一定是，离异之后母亲改嫁，很多小说都是这么写的。

“这不重要，我今天找你是我希望你离开我儿子。”陆母单刀直入，干脆利落。高手出招，总是这么一击毙命。其实陆母能让贾冰说这么多废话，已经是足够容忍她了。

贾冰被陆母的直白噎得说不出话来，和男生的家长打交道贾冰一共经历过两次，第一次是铁汉的事情，她当然心有愧疚，但铁汉毕竟跟她当初什么事情都没有，跟现在不一样。贾冰理了理心绪，对陆明禹妈妈说了句：“伯母，您稍等。”

然后贾冰默默拨通了我的电话，打开蓝牙耳机。

彼时我正沉浸在疯狂打字中无法自拔，从上午一坐就是一整天，思路来了谁都挡不住。一看是贾冰，有点奇怪，大家平时能在微信上联系的从不打电话，今天怎么想起来使用原始通信方式了？

“怎么了，台柱子？”我接起来。

“您说您是陆明禹的妈妈，您希望……我……离开您的儿子，是吗？”出乎意料地，电话那头没有贾冰往日活泼的声音，她一字一句格外礼貌小心，还故意加重地咬字，很明显是说给不在场的第三个人听，难道是跟我说吗？我竖起耳朵，迅速分析这句话。

其实那天查了陆明禹爸爸的身份之后，我就一直悬着心，但是没想到预言来得这么快。贾冰的这句话，实际上是在告诉我她现在面临什么样的处境。可奈何我也没经历过这样的事，我换了只手，把眼睛从电脑屏幕上离开，站起身去了阳台。

我深吸一口气，像特工电影里的指挥官一样，指导特工在迷宫中拿到线索然后找到出口，放低声音：“明白，继续。”

“和陆明禹在一起这么长时间，你对他和我们家一定有了了解。我们早就安排了他的婚事，换句话说，不只是他的婚事，是我们整个家族的大事。陆明禹今后的道路我们已经铺好了，说实话，在你之前也出现过一些插曲，这孩子都可以悬崖勒马，不过这次从时间上看，你是他谈得比较久的，不得不承认，你还是很特别的。”

“贾冰很特别”这件事全世界都知道了，陆明禹也是这么形容她的。此刻陆明禹的母亲一定也和贾冰内心一样焦虑吧。是不是母亲都会把儿子的女朋友当成假想敌，好像会夺走自己的儿子？陆母这么强势也一定这么想，另一方面又不确定对面坐着的小丫头到底有什么本事，要是一般的丫头也就好打发了，根本不需要她本人兴师动众地跑一趟，可偏偏这是个特别的丫头。但陆明禹的妈妈毕竟是盛华集团的董事，是个精明算计的商人，能稳稳地把握操持陆家内外，也绝对不是一般的女人。想到这儿，我后背一阵发凉。

“小姑娘，一个女人‘特别’不是最重要的，‘特别’只能一时得到注意，但没办法长久，他总有一天厌倦，我希望你明白，可以在最大价值的时候买定离手。”

陆明禹妈妈显然是有备而来，但这话怎么似曾相识啊？天哪，我知道了，是道明寺妈妈的台词。我有点慌乱，一时间想不到对策，不知道该让贾冰怎么回答。不等我回话，贾冰自己先开了口。

“伯母，从目前来看，我觉得你们家的情况有点复杂，你这样，陆明禹那样，但我从来没有问过，他也没有跟我直接说过，因为我不想给陆明禹太大的压力，我用我的最大能力在维护他的自尊和隐私。如果他有什么想法，大家都是成年人了，他准备好了一定会告诉我，哪怕遇到问题我希望他能自己亲自来和我说，而不是……”

而不是由你出面。

贾冰这两年的戏也不是白演的，非常沉得住气，输人不输阵。

然而对方却并不领情，直接打断了贾冰的话：“你这样的小姑娘我见得多了，看似不染尘世，实则待价而沽。我直说吧，我有一套公寓，我可以送给你，但你必须离开陆明禹，立刻！”

贾冰又一口果汁喷了出来。我想她一定是想起来那天我们俩的聊天了，因为我也想起来了。

“给你五千万，或者一个亿，让你离开他，你会怎么做？”

一套公寓值多少钱像我这种穷光蛋一时也算不明白值不值五千万元，不过对于一个北漂的人来说，已经是完全足够的诱惑了。

话是这么说，但是气场不能输啊！贾冰同学总喷果汁真的太不利于谈判了，我见面得说说她这个毛病。

这时候贾冰又来了一句：“什么情况啊，你们是不是在拍真人秀？人呢？摄像机在哪啊？别跟我玩儿这个行不行？我弄不了。”

完蛋，彻底垮掉。

我摸了摸额头上的汗，仿佛是我如临大敌。贾冰，贾冰，你能争点气吗？！

陆明禹的母亲完全理解不了贾冰的脱线：“不要表演了，我今天来，足够有诚意了。你想通了就给我打电话，这是我的名片，希望我们不会再见了。”

“伯母，您先别走，我也有话说。”贾冰突然满血复活，“刚刚您说的什么待价而沽、什么不染红尘我也不能完全明白意思，但我知道肯定不是什么好话，还有你的那套房我也不在乎，因为感情不是你想买就能买，不是所有事情都能用钱能解决的，如果你真的关心陆明禹，希望你能理解他现在工作的辛苦，我们都是普通人，不会整电视剧的那一套。”这一席话，掷地有声，我听完都要鼓掌了。

“小姑娘，你经历的事情还少，在社会上历练历练就会后悔你刚才说的这番豪言壮语。小姑娘，你不必急着回答，好好想清楚再来找我。”能听出陆明禹母亲语气里的不屑和嘲讽。

这时陆明禹从天而降。

贾冰给他发微信说演出结束的时候，他就问贾冰要不要来接她，但是一直没收到贾冰的回复，心里着急，就从家往剧团来了一趟。巧得很，多日不见的母亲，在这儿碰上了。

陆明禹的出现多多少少让贾冰有些意外，也见到了点靠谱的指望，她认真地问陆明禹：“这到底是怎么回事啊？”

陆明禹没有回答，转头对他母亲说：“妈，你怎么找到这儿来了？”

“你说我为什么来？”陆母十分严肃。

“我已经答应你和爸了，家里的事情我会处理，我的事情我也会处理，贾冰还不知道那么多，她也不在乎这些，你就不能让我们有一个单纯安静的未来吗？……”陆明禹故意压低了声音，后面有些听不清了。

“什么单纯安静的未来，我们给你的未来怎么了？你觉得难堪吗？别忘了你的身份和家里的状态，不要把整个家族都赌进你那不值得一提的欲望里！”陆明禹母亲算计好了一切，但是她很显然没有算计到自己的儿子会突然出现，并且当面和自己顶撞。

我刚想提醒贾冰，让他们俩冷静一些，场面别失控了，结果听到陆明禹一声惊天大爆料。

“妈，我不想跟你讨论这些。我告诉你吧，”陆明禹一顿，“贾冰已经有了我的孩子。”

“我去。”电话这头的我和贾冰异口同声发出了一句感叹。

“你知道你在说什么吗？”陆母此刻一定恼羞成怒了，应该很久没有人这样忤逆过她了，尤其是当着一个外人的面。

“我知道。”陆明禹回答得很肯定。

“希望你知道你现在在做什么！”陆母放了句狠话，应该是生气地走了。

电话那头沉默了好一阵，我在太阳底下晒得不行，从阳台走回了屋子，搬了个板凳坐下，小声问了句：“你到底怎么回事啊？你真有了？”

贾冰如梦初醒，这才反应过来，转过头问陆明禹：“这是怎么回事啊？我都不知道我有了？是下雨那晚吗？”

陆明禹无语了：“你傻啊！我们啥情况你自己还不知道吗？”

“我本来以为我知道，但刚刚这种情况让我有点蒙了。我突然觉得我好像不知道，可你为什么要说我有了啊？”

“我要不那么说，我妈能走吗？”

“哦……陆明禹，我头都大了，你们家的事情你自己去解决好不好？我虽然是个演员，但我不想下了台比上台演出还紧张。”

“对不起！”陆明禹微微低下了头，“让你受委屈了，是我不好。”

“好了，没事了，我饿了，先去吃饭吧。”她冲电话里的我喊了一句，“回头再跟你说。”

“你在跟谁说话？”陆明禹以为自己出现了幻听。

“没事，一不小心又给大编剧提供了素材。”

电话“嘟嘟”被挂断了，我有点恍惚，刚刚这件事情发生得太快，但是又很熟悉，仿佛自己在八点档的肥皂剧中看过，又仿佛我亲临现场观摩。我最后一句“你问清楚到底怎么回事”还没说出口，她那边就已经开始盘算今晚吃什么了。要碰上别的姑娘，这事怎么着也得聊上一宿，把陆明禹的祖宗八辈拉出来问个明白。她倒好，心大这事是不是也会遗传啊？我突然想起来上大学那会儿贾冰跟我们讲的发生在他们家的一件真人真事，当时笑得张默淏不顾形象捂着肚子趴在地上打滚儿。

贾冰上中学的时候，家里面曾经遭过贼，月黑风高夜，伸手不见五指，贾冰和她父母在家，但是根本没有睡觉。贾冰在书房，她父母在卧室，两个屋子之间隔着一个大客厅。妈妈最早听见客厅有动静，朝着外头喊了一声。

“冰冰啊，你在客厅找什么呢？作业做完了吗？”

“我没有啊，不是我爸在客厅吗？妈，昨天我买的那包零食放哪儿了？”

“胡说，大晚上的都几点了，还想着吃零食，赶紧睡吧，明天还得上学呢。”

“噢——你们也早点睡，晚安！”贾冰把房门一锁，上床睡觉了。

第二天一早，贾冰是被她妈妈的吼叫声吵醒的：“啊——家里遭贼了！”

贾冰在睡梦中突然惊醒，想想书房里也没什么武器，就拿着商务印书馆的那本比砖头还厚的汉语词典冲了出去，刘海儿还朝天向上。结果贾冰只看见客厅满屋狼藉，好好一个家被搬得精光，连她爸的外套都没放过，盗贼装了个盆满钵满，高兴地跳窗跑走了。

父母报了警，通过监控录像看到，那贼晚上十点翻进了客厅，不到十一点就满载而归。贾冰妈妈还有点好奇，当时家里三个人都在呢，怎么会不知道？在警察的提醒下，贾冰妈妈这才幡然醒悟，从派出所的椅子上跳起来，然后大喊了一声：“我知道了！”贾冰和父母昨天晚上听见客厅的声音，其实就是小偷放肆偷东西的声音，他们都以为是彼此在客厅，都懒得出去看一下，隔空喊话了很久，就是没人发现是小偷。

片警听了贾冰妈妈的分析，满腹狐疑地问了又问：“您确定吗？”我估计警察以后再发安全教育手册的时候，还要补充上一条：不要懒，如果听见家中有声响，请自行查看，不要误以为是某个家庭成员！

这小偷的心理素质也是过硬，内心无比强大，本来入室偷盗就够刺激了，以为没人的屋子突然传出对话，不知道下一秒什么时候就会有人出来。

遭贼之后有了教训，贾冰爸爸提议在家里装上一个可以报警的防狼器，但贾冰妈妈根本不知道上哪儿买，就一直拖着。直到有一天她和贾冰逛集市，那种“大猩猩”玩偶正在处理，里面有感应装置的那种。店家把它放在门口，只要有人进来就会喊话“欢迎光临”。

贾冰妈妈在门口端详了半天，觉得这个不错，跟家里整体的装修风格也很搭，一下采购了五个带回家。

“你觉得怎么样啊？”她问贾冰。

“我觉得很棒啊！妈，我带走一个，我要放在我寝室门口！”贾冰有她自己的小九九，这样再有寝室突击检查，她就有了准备。

“行！”贾冰妈妈一口答应。

在家门口安装完毕，每次回家的时候，都会诡异地响起“欢迎光临”。贾冰家就是这样防贼的，估计贼再也不会去了，这家有毒，万一偷东西时笑出声来就不好了。

“你们……就没觉得回家有点奇怪？”我忍不住采访贾冰。

贾冰看了一眼笑得东倒西歪的我和张默渓，极其不屑：“这有什么好笑的，那大猩猩质量可好了呢，现在我回家它还叫‘欢迎光临’呢，宾至如归，懂不懂？！”

“哈哈哈哈哈哈哈！”张默渓笑得脸比衬衫还皱，“大姐，‘宾至如归’不是这么用的！”

不过也正是因为贾冰这样的性格，才会和陆明禹在一起吧。陆明禹从小生活在那样一个家庭里，贾冰这种性格反倒给了他安全感，两个人在一起没有束缚，没有利益，可以开开心心地简单地生活。所以，不说破，也好。

第五章

友谊地久天长，
我们都是你的伴娘

一 寻找世上唯一契合的灵魂

我时常在想，如果大学我没有遇见张默淏和贾冰，我的生活现在会是什么样子？是不是依然是人群里的大多数，普通到不能再普通，朝九晚五，在城市底下、在拥挤的地铁里穿梭，慢慢发福，渐渐不再热爱运动，日复一日，循规蹈矩，把旁人的生活当作坐标，娶妻生子，彻底没了脾气，直到午夜梦回想起自己年少未完成的梦想，几杯酒精下肚，老泪纵横？但因为认识了他们，等红灯的时候可以肆无忌惮地笑；喝醉酒后可以你追我赶地跑，在撑不住快要窒息的时候，掏出手机还有他们发来的沙雕表情包。因为他们的存在，我的生活变得五颜六色，内心也不再是自怨自艾，每一天都充满了斗志和能量。

托了他们的福，我见了很多自己不曾想过的世面，正如此时此刻，我被贾冰拖着来到了大型婚礼博览会的现场。我原来只是在电梯里看过这个广告，“团购婚礼、幸福加倍”，我在电梯里差点笑出声，婚礼也能团购，新郎能不能共享啊？

等我真的踏进婚博会的大门，我彻底被热烈的氛围从头到尾感染了。所谓婚博会，其实就是全国超大型婚礼集市，百家婚庆公司聚集于此，提供全套的婚庆服务。如果有预备结婚的朋友，一定要来这里看看，有单打独斗的，有全家出动的，有心满意足的，也有一言不合当场闹分手的，幸运的没准还能捡个新郎或新娘。因为是在体育场里举办的，所以场地非常非常大，我俩从头走到尾，我手里被塞满了宣传单和各种赠品，喜糖、毛绒玩具、鲜花等。我看着宣传单上的指南地图，好家伙，我这简直是万里长征的开头。这不行，这要是全逛下来，我这条命今天可能就搭在这儿了。我坐在更衣室门口，一手用宣传单不停扇风，一手擦汗，这儿人多又没有空调，能坚持一套又一套换婚纱的姑娘都是真的有诚意结婚的。

相比之下，贾冰要结婚显得不够有诚意，简直太有她的个人色彩，也难怪，她的整个人生都是乌龙。上周贾冰过生日，这姐们儿把自己生日忘得一干二净。我也是只记得大概就在这几天，还好张默淏这个双鱼座细心，朋友生日张默淏都用手机记事本记下，并且准时送出生日祝福，把人家感动了一把，顺便自己也被感动了，双鱼男就是这么浪漫，天生的。张默淏命令我组织大家到一家私房菜给贾冰庆祝，贾冰以为单纯蹭饭，压根儿没多想。

服务员可能是看张默淏长得帅，殷勤地跑前跑后，不一会儿一桌子菜都上齐了，隔壁桌的人嗓子都喊哑了也不见一份咸菜。饭桌上张默淏的手机不停振动，震得我脑袋疼。一开始我还好奇，他平常工作没这么忙，趁着他没注意瞥了一眼，一看备注立马明白了，是在和李澜妃发微信，我就没好意思多看。

“我说你能不能不看手机了，主席也得与民同乐啊。”贾冰实在忍不住了，向张默淏抱怨。

张默淏面不改色心不跳地说：“我这不是怕我动筷你不够吃嘛。”

其实张默淏是一个特别注意餐桌礼仪的人，他认为吃饭的时候玩手机非常不礼貌。上学的时候我吃饭的时候总玩儿手机，他一直说我，受不了的时候还动手抢我手机。后来我也养成了吃饭的时候专心吃饭不玩手机的好习惯，倒不是因为张默淏抢我手机，而是因为我一旦注意力不集中，张默淏真的会把我的饭都吃掉，连一粒米都不剩，亏吃得多自然就长了记性。

要不是李澜妃，估计换一个人的信息他也不会这么急着回。我见红烧肉见底了，顺手夹了一块到他碗里。

张默淏心虚地看了我一眼，又很快把目光躲开，我知道他不是因为一直看手机这事心虚，肯定是做了别的亏心事，或者是正在预谋做什么亏心事。我看大家吃得差不多了，假装上厕所，去门口嘱咐了一下，叫服务员把蛋糕放上来。

“女士您好，这是送您的蛋糕。”服务员绕过我们几个人，径直走到了贾冰面前。

贾冰正在埋头和自己碗里的红烧肉大战，被服务员吓了一跳，挠了挠头：“不是，你们为啥要送给我蛋糕啊？什么活动啊？”

服务员满腹狐疑地看着我，糟了，千算万算，忘了这姐们儿压根儿没想起来自己过生日这茬儿。服务员一脸蒙，只能保持职业假笑，硬着头皮说：“祝您生日快乐！”

谁知道贾冰比服务员更蒙：“我生日？是吗？你们怎么知道我生日啊？我自己都不记得，我是不是在你们家办过会员卡登记过个人信息？”

话音刚落，一桌人实在憋不住了，一阵爆笑。胡蝶捂着肚子起身把灯打开：“行啦，这都是我们为你准备的，你不要再为难人家服务员了。”

“也不要再暴露你的智商了！”张默淏语重心长。

贾冰这会儿才反应过来，笑嘻嘻把蛋糕端过来：“你们怎么不早说啊？真是的！”然后双手合十，闭上眼睛，认认真真许了愿望。

“哇哦！许了什么愿望？”胡蝶问她。

“不告诉你！说出来就不灵了。”但是贾冰瞥向陆明禹的眼神亮晶晶的。

大家都没有像往常一样扑向蛋糕，而是彼此心照不宣地静坐着。张默淏甚至还放了一首结婚进行曲，我个人认为不太合适。但是气氛已经营造出来了，这时候只能把主角陆明禹推上场了。

陆明禹从坐到这儿就一直很紧张，我看吃饭期间一直在不停擦汗，我们设想的是贾冰看到蛋糕惊喜之后顺势直接求婚，但是经过刚才那么一闹，浪漫偶像剧变成了无厘头喜剧。但走都走到这一步了，也只能迎难而上。

陆明禹穿黑色衬衫，胸口的扣子绷得特别紧，他努力地深吸一口气，轻轻吐出来，做好了准备，我们用手机手电筒帮他打了参差不齐的光柱，伴着音乐的节奏他起身款款走向贾冰。我们都很自觉躲开了，成为名副其实的吃瓜群众。陆明禹猛然间单膝跪地，手心摊开亮出一个戒指盒，缓缓打开之后没有想象中的钻戒，而是一个狗尾巴草编成的圆环。

“贾冰，我喜欢你，迫不及待想娶你回家，我怕让你一个人太久，你会把自己搞丢了、弄坏了，我实在放心不下，想早点名正言顺地在你身边保护你。这是咱们俩第一次去植物园的时候，你用草丛里的狗尾巴草编的一个戒指，你说自己的手好看，戴什么都好看，然后我就把这个狗尾巴草偷偷收了起来。只要你愿意，贾冰，往后余生，你不必奔波，我随时可以投喂你各种美食，带你去看想看的风景，我想做任何事情都跟你在一起。”

我们几个屏气凝神，大气也不敢出，生怕破坏了这个美好场景。贾冰显然被吓到了，怔了好一会儿，以她跳脱的性子，能吓住她并不容易。没有回答，直接把陆明禹拉起来，立刻亲了上去。真正相互喜欢的两个人，不是因为这个人说了多么动听的情话才心生眷恋，即使他什么也没说，站在那儿，你就会开心地冒泡。爱就是天时地利的迷信，一切都对了，你自然会惊叹：原来那个人也在这里。

“哇哦！！！”张默淏带头鼓掌，我们几个也纷纷鼓掌起哄。

听到我们起哄，贾冰立刻故意娇嗔起来，拍了拍陆明禹的肩膀说：“真讨厌，这种话怎么能当着他们的面儿说啊，多刺激他们啊！”

“我说你这个人怎么还过河拆桥呢？！待会儿你自己买单吧！”张默淏愤愤不平。

贾冰这命可真是不平凡，我边鼓掌边想，估计她现在还不知道陆明禹的身家，手里拿着的是狗尾巴草，即将得到的是总裁的实力宠爱啊。之前陆明禹已经再三提醒她了，如果她知道了，会是什么反应？但不管怎么样，我都替她感到开心，这个“瞎猫”一不小心真碰上了“死耗子”。

我还在婚博会这里想求婚的事呢，贾冰已经换好了一套纯白鱼尾婚纱出来了。我定睛一看，一口水喷了出来，脑子里就剩下《武林外传》里佟掌柜那句“真是个沉鱼落雁、闭月羞花的美人儿”。紧身的婚纱把贾冰本来就曼妙的身材衬托得更加完美，加之上天给的一张俊脸，舞蹈演员的气质，端庄又性感。就算我们俩认识这么多年了，也没有见过她这么好看的一面，难免有点惊讶。贾冰看着我这张合不拢嘴的脸，急忙拿过镜子问我：“怎么样啊？好不好看啊？”

我拿出手机，“咔嚓、咔嚓”先拍了两张。

“哎呀，怎么办啊，我好胖啊。你看我的胳膊，这么粗，真是瘦于忧患、胖于安乐。”

果然减肥是女人一生的事业，贾冰这种非常匀称的人遇到人生大事也会嫌弃自己不够瘦。我打趣她：“你这成语积累可以啊，再送你一句——书到用时方恨少，肉到露时方知多。”

即使嘴上说不够满意，贾冰还是冲动消费，三分钟不到刷卡买了一套婚纱，她说高跟鞋是女人的战靴，口红是女人的标签，婚纱则是女人胜利的旗帜。她虽然风风火火了二十四年，但婚礼这一刻会给她新的使命，宣告她要走上另一个人生巅峰。

确实是巅峰。

从婚博会拎着大包小包出来，我饿得前胸贴后背，她说要请我吃顿大餐，顺手招了辆出租车。在车上我问贾冰：“你真的想好要和陆明禹闪婚了？你连他的家庭状况都没了解清楚。”

“你说谈恋爱为了什么？”贾冰反问我。

“为了什么？”我一单身狗回答不了这种送分题。

“我上高中时看过一本杂志，里面说，我们都是世界上最平凡的，但也是最特别的，在世界上一定还有另一个和我们一样的人，他会懂我们的喜怒哀乐，懂我们的悲欢离合，这就是世上唯一契合的灵魂。我之前也不明白是什么意思，直到遇到了陆明禹，我惊喜地意识到我已经找到了，他就是这个世上和我唯一契合的灵魂。”贾冰激动地说。

“都上升到灵魂这个高度了啊！那也不至于马上结婚吧？”我问。

“既然找到了，就不用再找了啊，为什么不能结婚？”贾冰一脸疑惑。

“灵魂是灵魂，但结婚是很现实的事儿，你想好两个人在一起之后的生活了吗？想好他家的问题了吗？”我不得不提醒她。

“结婚是我这一刻要做的事情，怎么开始两个人的生活是以后要解决的问题，至于怎么解决两个家庭，是我们两个人要一起面对的，就算我自己搞清楚了，有用吗？就算不闪婚也不代表这个事情就会解决，我喜欢先上车，因为老娘坐得稳。”

尽管这种无畏似乎伴随着一点无知，但我还是被她的“闪婚宣言”震慑到了：“那你就这么确定陆明禹能跟你一起又稳又浪？”

“我确定啊，”贾冰的回答毫不犹豫，“从他骗他妈妈说我怀孕了的时候我就相信了，虽然主意不好，但是态度坚定。我们两个人从小生长环境不同，成长经历不同，工作也相差十万八千里，但我们就是懂彼此，一个眼神就够了。”

我结结巴巴地问出了下一个问题：“你确定，你们聊天是真的懂彼此吗？你们之前聊的那些在正常人眼里可不太一样。比如，大猩猩和天上的星星是不一样的。”

“你是蓝猫淘气三千问啊，这么啰唆，我们就是开心，不服你咬我。”

“不是，”我有点着急，”人是不可能一辈子都开心的，你现在就是被开心冲昏了头脑，冲动的爱情。”

“那你告诉我，什么是冲动？冲动的前提是心动，就说明我喜欢这个人，喜欢他喜欢得不得了才会这么冲动。我怕等自己不冲动了，心就冷静了，看什么都没意思了，跟你一样。”

“我什么样啊，你怎么说得跟骂人似的。”我有点哑口无言，不知道怎么接这个话题。只能闷闷说了句，“教育你呢，态度端正啊！你喜欢轰轰烈烈，我喜欢细水长流，这是两回事啊。”

“所以啊，萝卜青菜各有所爱，每个人和每个人都是不一样的，这事没有对错，感情的事情自己做主就好。”

我一方面被贾冰的逻辑洗脑了，一时说不出什么反驳的话来；

另一方面又怀疑自己是不是太过保守了，规规矩矩活了二十几年，什么事都先讲计划目标，似乎就没什么事真的轰轰烈烈过，突然还有点羡慕她。

贾冰伸手揽过我的脖子来：“哎呀，我知道你是关心我，我都记在这儿呢！”她拍拍胸膛，“下车，到了！”

我以为是什么网红店，下车一看我傻了眼，就一小面馆，店面破破烂烂，就用木板写了一个“面”字，还得在门口搬个马扎。

“你别看店不怎么样，我敢说，这是北京最好吃的面馆，要不是我跟老板认识，你都得排队到晚上。”她说完跟炉灶前忙活的老板打了个招呼，“四哥，两份啊，多加汤。”

“你怎么还知道这地儿啊？”我好奇。

“我刚来北京的时候就住这旁边的地下室，后来考进了剧院才搬走，所以这里我都熟。”贾冰伸手抓了两瓣蒜。

“你今天来这儿算忆苦思甜？”我问。

贾冰从兜里掏出一把喜糖：“我是来给照顾过我的老街坊送几块糖，高兴高兴！”

这疯丫头还真是有心。

贾冰对婚礼的概念仅限于自己穿的婚纱好看，和只要陆明禹能来，其他的什么也不想管。她也不想请太多人，给人家添麻烦，但有一些对自己很好的朋友，还是要请一请的，就当是寻个场合感谢大家的照顾。于是婚礼筹备委员会就在我家成立了。选喜帖、选酒店、选司仪，安排外地朋友的住宿等一切大小事宜都交到我手上，我是没什么异议，反正人也不多。正好我上一个剧本刚刚写完，也很痛快地拿到了报酬，够我花一阵了。正好趁替她准备婚礼的这段时间放松一下，和贾冰共同的朋友很多，顺便看看大家的近况。张默淏白天上班，晚上跟我一起忙活，出谋划策什么的，除了周末神神秘秘地去和李澜妃约会，基本上也都是他在帮忙。

贾冰在婚礼日子一个月之前告诉了爸妈自己要结婚的消息。她妈妈听完就在电话那头哭了，说祖上积德烧高香了，没想到自己没费什么劲儿就能把女儿嫁出去了，一时高兴忘了问新郎是谁。贾冰爸爸相对冷静了许多，反复确认电话这头是不是自己的闺女，确认不是诈骗团伙才开始说正事。在贾冰的一再提醒之下，贾冰妈妈收敛了一下，说和她爸爸立刻结束旅行从国外回来见一下新郎，要不太草率了，显得失礼。

贾冰把地点约在了父母住的酒店楼下餐厅，见面之前她先给父母打了预防针，告诉他们陆明禹身世可怜，父母离异，母亲改嫁了一个非常有钱的人家，也不管陆明禹。陆明禹自食其力，在健身房当教练，但是对自己很好，两人很合拍。当然这都是贾冰根据自己掌握的信息非常自信地总结出来的，陆明禹要是知道估计得气死。贾冰爸妈倒是开明，觉得家庭背景无所谓，只要孩子靠谱，能自己挣钱就行，如果实在觉得在北京有压力，两个人一起回东北老家也是可以的，爸妈还能帮上忙。

陆明禹一下班，提了一袋水果，还给贾冰爸妈买了些保健品。贾冰嗔怪道："不是说人来了就行吗，花这些钱干吗？"陆明禹微笑，说第一次见面基本礼貌是必须的。

贾冰妈妈非常高兴："哎呀，从来没见过真人这么好看的男孩子，这身材也好。"说到激动处，忍不住伸手想摸一摸陆明禹胳膊上的肌肉，"怪不得是健身教练，身材管理得可真好。"

"健身教练？"陆明禹一脸雾水地看着贾冰，贾冰把妈妈架到一边，"是啊，他那个健身房特别好，24 小时的。"

陆明禹隐约猜到，原来贾冰一直把他当成健身教练。回忆起两个人第一次见面的时候，陆明禹穿一身运动服拿着宣传单。每一次贾冰在他公司底下等他的时候，总是有意无意望向公司上面那个健身房，他还以为贾冰想去健身。谁能想到，贾冰搞了这么大的一个乌龙出来。碍于自己的家世复杂和贾冰父母在场，陆明禹只得尴尬地笑了两声，没好意思当众解释。看着贾冰一脸幸福的样子，搞笑之余，陆明禹还是觉得感动，他终于遇上了一个不是看中他的家庭、背景、物质而跟自己在一起的人，终于也有人真心将他视若珍宝。陆明禹到嘴边的"不是"压了下去，算了，回头找个时间再跟贾冰解释也行。

贾冰妈妈笑眯眯地从包里拿出一块贵重的手表，说："小陆啊，阿姨第一次见你，你就要当我女婿了，还是有些突然，阿姨都没时间准备。贾冰第一次结婚，阿姨也是第一次当丈母娘，实在没有经验，不知道按照习俗第一次见女婿应该准备什么，听贾冰二姨说要给女婿送份礼物，代表长辈对晚辈的关心，据说手表最合适，就给你买了一块，你叔叔挑的牌子、我挑的款式，你快戴上试试。"

陆明禹受宠若惊："阿姨，您太客气了，这款手表很贵，我也是第一次结婚当女婿，没经验，准备的东西太薄了，您多包涵啊。"

贾冰实在听不下去了："行了，都别假客气了，不就是结婚嘛，搞得这么麻烦。"

贾冰妈妈伸手拍贾冰的后背："这孩子，什么叫假客气，这不是为你好吗？"

陆明禹识大体："叔叔、阿姨，你们放心，我肯定会对贾冰好的！"

听完陆明禹的表态，贾冰爸爸激动得差点落泪，拍着陆明禹的肩膀说："小陆啊，今后受累了，有委屈了自己多担待，我和你阿姨也帮不了你。"

陆明禹听完一愣，贾冰凑过来坏笑地小声说："是不是有点上了贼船的感觉？"

送走爸妈，贾冰和陆明禹商量，两人先办婚礼，由贾冰在北京这边准备，陆明禹回深圳拿户口本，然后再去登记。反正结婚这是板上钉钉的事情，贾冰也一向不太上心，怎么着都成，交给陆明禹去办了。安排完这一切贾冰心情大好，决定来我家玩。

"起开，给我腾点地方。"贾冰拿着喜糖，一屁股坐在了我和张默淏的中间。张默淏抱着电脑在看一个摄影师的作品，看得走火入魔，我勉强往旁边挪了挪。

"你不是早就要开始减肥了吗？怎么还是这么胖啊？挤死了。"张默淏多了一句嘴。

"看你的小黄图吧！"贾冰把刚要剥开的喜糖放下了。

"亏你还是演员，懂不懂艺术啊？！"

张默淏关掉照片坐起来，我们就婚礼流程开始讨论。

"我觉得先这样，然后这样，接着这样，最后呢……再深情拥吻。"张默淏打开熬夜做好的婚礼流程PPT，在电脑屏幕上指指点点，说得口干舌燥，我和贾冰认真听完，表情虔诚。

"我觉得可以！但是现在还有一个最大的问题就是，主持人谁来做？"贾冰提问。

"这不废话吗？当然是我了！我大学四年的主持功力是白费的吗？"张默淏主动请缨。

"不行，不可以，婚礼那天不允许出现和陆明禹一样帅的人。"

谁知却被贾冰一票否决。

“为什么啊？你这也太重色轻友了，什么人嘛，唉，不去了、不去了。”张默淏佯装失望，站起身来预备离开。

谁知被贾冰一把拽过，又陷进了沙发里。她一手搭着一个：“不行！这么重要的时刻，我们一定要在一起才行！你们可是我的好兄弟啊。在我心里，你俩就是舒克和贝塔、海尔兄弟、‘没头脑’和‘不高兴’、大头儿子和小头爸爸、金刚葫芦娃、喜羊羊和灰太狼，一直陪伴我成长啊！”

“都是动画片啊！”我大惊！

“大姐，你从舒克和贝塔开始就已经暴露年纪了！”张默淏怒视贾冰。

贾冰毫不理会张默淏：“哎呀，不要在意这些细节。”一拍脑门儿，“有了！这样吧，你俩当我的伴娘！”

“什么？！”我和张默淏异口同声，这不只是疑问句，还是惊叹句。

“两全其美，这不是很好吗？”贾冰语气十分得意自己搜肠刮肚想出的好主意。

“好个鬼啊，我这么帅的一个人，玉树临风了二十多年，不想让你一场婚礼毁掉从此不能做人啊。你可知道人言可畏？”

“我辛辛苦苦瞻前顾后付出最多，为啥我要受到这种待遇啊？！”我也很愤怒。

“你们变了，变得这么陌生！你们难道忘了我们当初一起去西安演出的时候了？”贾冰开始给自己加戏了，眼看就要回忆过去了，我和张默淏一脸冷漠地等她出招，异口同声：“请开始你的表演！”

当年演出条件艰苦得很，学校经费有限，一行三十五人乘坐绿皮火车前往西安。我们占了整整一个车厢，大家三五成群凑在一起叽叽喳喳个没完，愣是把火车坐出了赶集的效果。最不能闲着的就是嘴，零食、水果、泡面样样都有。途经秦皇岛，秦皇岛的同学爸妈还把吃的直接送到火车站来，一箱洗好的黄瓜和西红柿，一箱热气腾腾的驴肉火烧，迅速取代了泡面在大家心中坚固的美食地位，没几分钟就被一扫而空。不得不说那驴肉火烧真是美味啊，张默淏一人吃了仨，撑得目光呆滞后，又吃了个西红柿解腻。

一路吵吵闹闹很快就到了西安，彩排了这么长时间，又是难得去外地演出，大家对演出格外认真，满心期待，想大放异彩为校争光。

正式演出前，大家都身穿演出服、化好妆在后台等待。女生表演民族舞，紫色纱裙飘逸，宛如仙子，所到之处必引人侧目，姑娘们也十分争气，平均身高 1 米 65，各个标致，正在心里得意的时候，贾冰在人群中一声尖叫，众人纷纷回头。只听贾冰大喊："哎呀妈呀，我的衣服扯坏了。"

老师和我们紧张地围过去，问："怎么弄的？"

"西安伙食太好，我腰粗了一圈，刚才拉筋，一抬腿就把裙子的腰身撑开了。"贾冰说着还理直气壮地示范了一下拉筋，老师一把拦住："知道了，别丢人了！"

这时候胡蝶站出来，看了看裙子裂开的口子，冷静地说："别针是别不住了，看来得用针线补。"

"离演出开始还有 10 分钟 28 秒。"张默淏掐着手表算了一下。

胡蝶不知从哪翻出一个包，从里面拿出针线，用线比了一下口子的长度，缓缓说："贾冰同学，你是这几天偷偷地胖了多少？口子有点大啊，得截一块一样颜色的布才行啊。"

"去哪找一样颜色的布料啊，衣服都是定做的。"我弱弱地问。

张默淏愣了一会儿，突然站起来扒我的衣服，我双手扯住衣服问："禽兽，你要干吗？"

张默淏："快，给我剪刀。"

胡蝶递来一把剪刀，张默淏冲着我的袖子中间就是一剪刀，我嘴上骂他身体却不敢动，生怕他手滑剪到我的胳膊。我的袖子被他剪掉一截，他拿着剪掉的袖子问胡蝶："这么长够了吧？"

我目瞪口呆，问："大哥，你为什么不剪自己的袖子？"

张默淏："我下不去手！"

我真的是要被他气死。

"快、快点……缝上。"张默淏把布递给胡蝶，然后又指挥大家把自己衣服上的小花、小亮片剪下来一些给了贾冰。胡蝶蹲在贾冰身边，帮她把材料缝到衣服上。

胡蝶上下穿针引线，麻利程度不亚于刚才的裁缝。胡蝶给我的印象还是那个女汉子啊，两句话吓跑社会人的大哥，居然还会针线活儿？令我刮目相看。

缝完之后，大家站起来对比贾冰的衣服，几乎和原版一模一样，大家终于松了一口气。张默淏冲胡蝶点头，胡蝶瞬间脸红，一激动手里的针扎手了。

“好了、好了，虚惊一场，到咱们了，快上台。”老师气冲冲来后台催贾冰。

音乐响起，我们排好队形跳着舞步上场，虽然我和张默淏在最后一排，但毕竟人生正儿八经上台跳舞可只有这么一回，我的心脏怦怦怦一直在狂跳，手心里全是汗。尤其在黑暗里，又看不清张默淏和同学们的脸，心里没底。余光看见贾冰从后台旋转跳跃单独登台亮相，加上干冰和满身的花朵，仿佛一个花仙子从天而降。张默淏和我在后面又跑又跳，本来就不是跳舞的人，体力根本跟不上她们。胡蝶毕竟是专业篮球运动员，体力倒是还行，就总是忘记动作是什么。张默淏趁着音乐声音大，一边跳一边不断偷偷提醒动作。

“往左，转圈，向右，走。”

鬼知道我在这段音乐里经历了什么，排练的动作几乎不记得，全靠身体的记忆和张默淏的提醒撑了下来，但有一点我还记得，老师说要表情好，我用力咧开嘴，露出两排牙。一场五分钟的舞蹈跳下来，我感觉像是过去了一个世纪一样，音乐终于结束，我们摆好最后的定点动作，整齐划一，耳边响起老师说的：过程都不重要，最后一个动作一定要整齐。

谢幕，退场，走到后台，我的腿就软了，一屁股坐下来。

“这是怎么了？来，起来。”张默淏满头大汗地走过来扶我。

“你看看你现在丑的，待会儿人家小姑娘要来找你合影了。”我看着他脸上两坨腮红，实在没办法夸他。

“你先看看你自己吧。”他把我拖到梳妆台前，我一笑，比他还丑。

老师招呼着我们合照留念，来不及擦脸，“咔嚓”一声，就是那张后来一直夹在我书里劫后余生的照片。

全部演出结束，主办学校宴请所有参加演出的同学，大家欢声笑语，终于有机会小酌一点，大家都放开了，这几个月的汗水和苦乐终于变成了大家茶余饭后的谈资。贾冰说自己第一次因为训练晕倒，张默渼打趣她是不是第一次撑坏衣服。胡蝶说从来没想过自己可以上台跳舞，贾冰说她步伐稳健很有天赋。也有同学说再也不用担心去排练厅迟到了，每次迟到见到指导老师的车就害怕，说那是“黯然销魂”车。也有同学说再也不用害怕男老师吹胡子瞪眼，说老师的声音是“魂飞魄散”吼。大家纷纷同意，说再也不用害怕压胯、拉筋了，再也不着急去排练厅排练了，说到这儿张默渼还不忘嘲笑我四肢僵硬——“压胯的时候，胯下能爬过一只狗”，听完大家哄堂大笑，说笑着，眼里竟然开始有了泪花，于是有人开始哭起来。张默渼劝大家不要哭，都在学校会经常见面的，以后相互照应，谁需要帮助大家都会及时出现。豪言壮语之后，大家备受鼓舞，举杯同饮。

如今回忆大学生涯能有这么一次集体在一起吃苦流汗的日子，非常宝贵。我们三个在我家的沙发上都陷入了沉思，我看看张默渼，他也抬头看了看我，心照不宣地叹了口气。

贾冰感叹：“一起跳舞的时光真好，希望我们还有机会一起跳舞！”

“怕了，怕了，等我们老了，如果还能在一起，相约广场舞吧！”

听到跳舞我仍心有余悸。

“靠谱！”贾冰很激动。

张默涄也被温馨的气氛感染：“行啦，那再帮你最后一次，本少爷破例当一次伴娘，等结了婚，我们可就都不管了。”就遂了贾冰的心意，风风光光让她出嫁，像当时演出的时候一样风光，“但是，穿什么衣服还是要我自己来挑！”张默涄强调。

“一言为定！你们都是我最铁的哥们儿！”贾冰开心地站起来。

张默涄都发话了，我也只能同意，谁让我交友不慎！

三 为兄弟两肋插刀还是捅他一刀

我最近总是眼皮跳，心里隐隐总有一种不安的情绪。张默淏最近也一直忙得见不到人影，安静得可怕，我早晨没起床他就已经走了，我准备睡觉的时候他刚刚回来，总感觉他很累的样子。

我实在忍不住了问他：“你最近到底在忙什么？每天早出晚归，回来倒头就睡，不会是为了赚钱出卖肉体吧？”

“我还出卖灵魂呢？”张默淏没好气地说，“不过我最近也确实和出卖灵魂差不多了。”说完他拿起浴巾走进浴室。

什么嘛，说话说一半。

我只能在客厅等他，不一会儿水龙头关了，声音透过水汽传出来。

“杂志社受到新媒体的竞争，正准备裁员，所以大家都很紧张，上周又新换了社长，准备开设新媒体部，前期准备工作还都是我们这些人完成。”

“嘀，这也忒不地道了，你们一边提心吊胆要被炒鱿鱼，一边还要加班加点。”

“没办法，干得好才不会被炒，想走的早就自谋出路了，不想走的才忍气吞声。”张默淏擦干头发出来。

我把热好的一杯牛奶递给张默淏，拍了拍他的肩：“你也别担心，凭借你的样貌……不对，凭借你的才艺双全，一定可以留下来。”

“借您吉言！你最近忙吗？”

“不忙啊，”我又转过身来，“完全没活儿干。”

“得了，我这儿有两篇稿子，你没事的话帮我看看排版或者想个更好的标题，我急着交。”

“行，你放茶几上吧，我喂完猫就给你看。”我这真是又当爹又当妈。

“优秀！”张默淏匆匆忙忙把牛奶喝完，回屋倒头就睡。我拿起茶几上他写的稿子看了一会儿，不得不说，张默淏工作之后和上学的态度很不一样，不再玩世不恭，认真又负责，那几年专业课的功底还是有的。有些我觉得不妥当的地方，用笔圈出来，在旁边贴张字条，免得他回家太晚没时间交流。上学那会儿也没少帮他写什么报告和通知，话说回来，我的这点文笔也是在他的鼓励下越来越自信。

修改完，我悄悄走进他房间把稿子放在他的床头柜上，他睡得像头猪，我偶然看见了那时他跟李澜妃去宜家，两个人买了一样的闹钟，还非要跟我犟不是情侣的，只是觉得好看罢了。我这才意识到好像有很久没从张默淏那里听到关于李澜妃的事情了。

“夜黑风高，你闯进我卧室，有何居心？！”他突然说话吓我一跳。

“你不是睡着了吗？”我说。

“我怕你嫉妒我颜值谋害我！”他换了个姿势。

“去死，那篇稿子我改好了，你明早记得看一下再交。”我转身要走。

“这么快，下次多给你点！”他得寸进尺。

“你想得美，我是看你可怜才帮你，万一你失业交不起房租我还得养你。”真是不刺激他一下，他都能上天。说罢我还是忍不住弱弱地问，“那个……最近你和李澜妃怎么样了？”

他听过后坐了起来，开了台灯：“很开心啊，和漂亮姑娘在一起很美好啊。”

“呃……我觉得吧……”我吞吞吐吐。

“你觉得什么？”他认真地看着我。

“我觉得你特别的棒！告辞。”

我先溜回了卧室，其实我也不知道我要说什么，但我总有一种不安的感觉。

人真的是不能念叨，天刚亮就迷迷糊糊接到李澜妃的电话，我还以为是在做梦呢。李澜妃在电话里绕来绕去，我也没听明白她到底在说什么，实在困得不行，就说下午约咖啡馆见面再谈吧。我把手机一扔，又睡了过去。

等下午我收拾好准备出门的时候，仔细琢磨了一下李澜妃电话里的内容，总结起来就几个关键词——剧本、导演、合作，一边想着一边匆匆忙忙往咖啡馆走。

走进“快咖啡”，迎面感受到一种压力，周围的人人手一台电脑，经过几张桌子，隐约听到的都是互联网、融资啊什么的，很高级的样子。我远远看到李澜妃在角落里向我招手，赶紧过去。

“不好意思，我迟到了，好久不见。”

“没有，我也刚来不久，给你点了美式。”李澜妃笑靥如花。

“谢谢。”我端起我的咖啡来，尴尬地抿了一口，“那个，上午你给我打电话的时候没听清，你是问我哪个剧本来着？”我想了想还是不太会绕弯子，干脆直奔主题。

“对，我听说你刚写的那个剧本，马上就要开拍了，导演是张子帅？他可是现在最有潜力的年轻导演呢。”

“啊，好像是吧。”我有点纳闷，本来这部戏是另外一个导演的，前两天才临时决定换的，她怎么这么快就知道消息了？

“我看过剧本大纲了，女主角的设定太有趣了，真是好故事。现在定了谁演吗？”李澜妃笑着问我。

“这个要导演和片方说了算，我还真不知道呢。”我如实回答。

“听说很多人都去试镜了，这部戏要是火了，你就是更著名的编剧了啊。”李澜妃笑着说。

“都是奔着导演去的，我也是幸运。”我又心虚地喝了一口咖啡。

“张导这两年的作品口碑也很好的，一定会成功的，提前恭喜你啊。”李澜妃继续说。

李澜妃今天的表现和之前很不一样，今天客气得过于刻意，我有些不适应。她也看出我微微的尴尬，说：“晓峰啊，你看……一转眼，我干这一行也好几年了，一直也没公司、没背景、没经纪人，都是朋友之间相互帮忙才慢慢有机会，你看能不能跟导演和片方推荐推荐我，给我个机会？”李澜妃不好意思地把一缕碎发绾到耳后，“只要提一句肯定就比一般人去送资料要强。”

编剧是很幕后的工作，特别是我这种小编剧，人微言轻，谁能听我的呢？一般这种情况我肯定会直接拒绝，但现在的情况有点不一样，我最先和李澜妃认识，她现在又在和张默淏交往，也算是身边的朋友，按道理还是应该帮，但我也不知道该怎么帮，能不能帮得上。

“这个……”我正在想怎么办。

“你们俩怎么找了个这么远的咖啡馆啊？让我好找。”就在我低头犹豫的时候，张默淏不知道怎么找到这里来了？我有点诧异地看着李澜妃，她也诧异地看着我。

“走吧，你不是一直想看那部电影吗？我今天提前下班了。”张默淏甚至没有坐下喝口水，拉起李澜妃就往外走，转头跟我说了句，“走了晓峰，你赶紧回家喂猫。”说完两个人就真的走了。

我想他可能是知道李澜妃单独约我见面是为了什么，不想叫我为难吧。

接下来的几天，张默淏都像故意躲着我一样，我不找他，他也不找我。终于有一天他提早下了班，我问他：“你跟李澜妃没事吧？”

“没事，能有什么事啊。”张默淏回答得很爽快，然而他越是这么爽快，我便越觉得这里面肯定有事。别人不知道，我能不知道吗？一定和李澜妃找我帮忙有关。

我想了一夜，第二天一早，我决定为了兄弟两肋插刀，硬着头皮给这部戏的制片人方本打了一个电话，也是我不善于言辞，和他们见面总是有些紧张，除了正常的工作沟通，平时很少见面。偶尔被拉出来应酬，他们一开口就是几千万元、几个亿的投资，动不动就是哪个大腕、哪个节目，饭桌上听点明显八卦都害怕自己哪天说漏嘴，还是当好小编剧过好自己的日子吧。

但这次是我求人家，哥长哥短地叫了半天，方本听见我这么热情还有些意外，一口答应和我见面，也把约定的时间、地址发给我了。

我偷偷打电话给李澜妃告诉她这件事，并且嘱咐她："这件事只有天知地知、你知我知就行了，其他人就先不要告诉了。"她一口答应，哪有什么其他人，心知肚明说的就是张默淏。

方本约我们到一个酒局上去，很多圈内的导演和制片人都在，我说了我很少参加这样的活动，怯场得不行，比让我上台跳舞还紧张，但我想既然来了，无论如何都要把李澜妃介绍给方本，让她说得上话。我跟李澜妃在酒店门口会合，她穿着在丘山婚礼上的那一套衣服，涂了大红色的口红。对不起，如果在平常，我会觉得像是刚吃了小孩一样的颜色，不过我又想起贾冰说的话，口红是一个女人的保护色，涂什么样的口红就代表上什么样的战场，现在我表示认同，看得出李澜妃的决心。

进了酒会，大家西装革履，有人在台上致谢。李澜妃大方得体，跟着大家一起微笑鼓掌，我们一路穿过重重人群去找方本。

方本正在应酬，见我来了就过来跟我握手："晓峰，你真的来了啊！"

我笑着说："是啊，方总，好久不见，这是我上次跟你提到的李澜妃。"

"方总，你好！我是李澜妃。"李澜妃伸出手来，热情地与方本握了握手。

"坐吧，都坐下聊。"方本把我们引到附近的沙发。

"李澜妃，气质很好，听晓峰说你也是演员？"方本问。

"是，这几年一直在拍戏，但都是小角色，不值得一提，还要靠方总多提携。"李澜妃笑着回答。

"晓峰还是第一次给我推荐演员呢，所以你们是……"方本笑眯眯地指着我们俩。

“我们俩是同学！”还没等我开口，李澜妃先开腔，并且亲切地挽了挽我的胳膊。行吧，我跟张默淏是同学，四舍五入跟她也算是吧。

方本叫人递过两杯红酒：“哈哈，我还以为你们是男女朋友呢。是同学就是自己人，来，很高兴认识！”

三人碰杯，我瞄着方本和李澜妃的酒，两人都豪爽地干了，我也一饮而尽。

方本：“爽快！来，再给李小姐一杯。”

李澜妃欣然接受，几杯酒下肚，两人进行了多轮商业吹捧，越聊越开心。这酒很烈，我平时很少喝这么烈的酒，我已经不行了，表面上附和着他们俩说的话不停点头，内心实际上早就飞到了十万八千里之外，恨不得立马趴到自己的床上大睡一觉，就像上学那会儿明明在课堂上已经困得上下眼皮打架，也要苦苦支撑着不能倒下一样。

我只能看到两个人嘴皮子上下飞速转动，拿起手机来看了一眼，故意对李澜妃说：“哟，这都十一点多了，你明天不是还有工作吗？”

李澜妃似乎没有领会我话里的意思，笑着摇摇头，说自己没事，跟方本继续聊着。我是实在受不了了，站起身来去洗手间，胃里翻江倒海，又吐不出来，只好用清水把自己拍醒一点，早知道来之前就该吃点东西垫垫肚子。我看这洗手间收拾得挺干净，索性站在门口吹吹风。等我再回去的时候，方本已经松口，这部戏可以让李澜妃来试一试，李澜妃自然很高兴，激动得又干了一杯。酒局到这儿才结束。

我和李澜妃从酒店出来的时候已经快凌晨一点了，本来想打个车，睁大眼睛一看，张默淏居然在门口等我们。

我摇摇晃晃，用手擦擦眼镜，确定自己没有看错，他这才朝我们大步走来。我心想，完了！酒一下子全醒了，嘴里结结巴巴还在想找个借口。张默淏没问我别的，冲我点头说："走吧，都上车吧。"

他给我们叫了辆车来，我坐在副驾座上，留他和李澜妃坐后排。从后视镜上看见李澜妃靠在张默淏肩膀上，像只小鸟一样，红着眼，跟张默淏呢喃着自己难受。非礼勿视，非礼勿听，我赶紧低下头，假装睡了过去。

"醒醒，醒醒，我先把你送回家去。"

张默淏在后排叫我，其实我只是脑袋疼，并不想睡觉，也没有睡着："不用，你找个地儿把我放下来就行，我走回去。"

"这都几点了还走回去，先开到家。"

"真没事，你看路灯这么亮，我下去正好吹吹风，头疼。"

张默淏拗不过我，只好把我放在路边，我自己走回去。今晚的月光很亮，还有凉风阵阵，一路上又静悄悄的，如果不是生活节奏太快，我是很愿意自己多走走路的。

我背着手，一个人走在凌晨一点北京的大街上，却一点也不觉得寂寞，就是担心张默淏会不会生气，会不会跟李澜妃吵架，他这个人平常看起来对感情吊儿郎当，然而真正遇到了心动的人，却比谁都视若珍宝，我到底怎么和张默淏解释呢？

然而这些思考只到回家之前，回家之后脱了衣服，脸都没洗我就倒头睡下。第二天起来的时候还是头疼，叫了一声张默淏，没有答应，看来是一宿未归。做了一锅鸡蛋汤，就着剩下的一点馒头，大汗淋漓喝了两大碗，这才觉得好一点，心里盘算着等张默淏回来。

半个上午过去了，张默淏没有等到，却等来了胡蝶的电话。

“喂，晓峰，你现在忙吗？”胡蝶声音清脆。

“不忙，怎么了？”

“那你能来帮我搬家吗？我和男朋友分手了。”胡蝶电话里的声音非常平静，不像一般的小打小闹，我赶紧穿件外套出门。

我挂了电话，跟着导航赶去胡蝶家，摁响了胡蝶家的门铃，她已经把大部分自己的东西收拾进了几个行李箱里，整整齐齐。

“嚯，你这是来真的啊。”我感叹。

“还好，东西不多，主要是有两箱打样的衣服，我实在拿不动。”胡蝶指着里面的两个箱子。

“这是怎么回事啊？怎么这么……突然？”我问。

“他昨天晚上去 KTV 唱歌，骗我说去基友家打游戏，被我们公司的模特看见了告诉我的。”

“就因为这个？”我好奇。

“我一开始没当回事，或许是看错了人，或许他不想告诉我觉得解释麻烦，而且当时我在处理昨天的订单，等忙完了一看他微博，他刚刚关注了一个女模特。”胡蝶把一包衣服放在沙发上，仔细叠好了，最大程度上节省空间，再放进收纳袋里，“然后我打电话问他在哪，他要是跟我说了也就算了，结果他就说在朋友家，还把手机递给朋友让朋友跟我说话，我问背景音乐哪来的，他朋友说是自己家放的。呵呵，他这朋友是摇滚青年，会在家里放《北京欢迎你》？”

“这个……也许是突然想换个口味……”我自己说出来都不信。

“什么啊，《北京欢迎你》是我们常去 KTV 玩的游戏，大家按顺序轮流唱，唱到超女快男的人就喝酒！”胡蝶说完擦了擦额头上的汗。

“还有这种操作？”我惊讶。

“来，再给你看这个。”胡蝶拿起手机，给我看了一个视频。视频上一个女孩正在直播，背后的人有点眼熟，仔细看发现是“小狼狗”搂着一个姑娘正在高唱“北京欢迎你，有梦想谁都了不起，有勇气就会有奇迹”。

“都被人直播了，还不承认！”胡蝶已经无语了，“我秉承坦白从宽、抗拒从严的心态又给他打了一次电话，他到死不认，我直接挂断电话，立马开始收拾行李。”

“你怎么就能立刻认定他是出轨啊？”

“这里——”胡蝶指着自己的脑袋，“女人的直觉。再说都这样了，我还有什么不能认定的啊？”

“万一是误会呢？”我无可奈何地耸耸肩。

胡蝶收起手机说：“他太爱玩了，早晚会出事，不如趁早分手。”

“那你们俩的店怎么办？”胡蝶已经收拾好了最后一个箱子，我俩一起拽到门口，我问。

“我把生意一半的收入都打给他了，核算了一下剩下的货，货和房租抵掉了。我先搬出来，东西能不能放你家寄存一下啊？”

“没事，你随时来取。”我把箱子扛到肩膀上。

“走吧。”“咔嗒”一声，身后的门永远关上了。

胡蝶做这一切的时候非常镇定，有条不紊，全然不像电视剧里那些发现男朋友出轨哭哭唧唧、寻死觅活的女孩子。

我仔细回想了一下，上次带贾冰去给胡蝶拍照那次，问起她男朋友的时候，胡蝶的神色就不太对，我只当他们俩吵架了，现在想想，可能那个时候就已有端倪，冰冻三尺非一日之寒。

为了庆祝自己恢复单身，胡蝶去了一趟三元里菜市场，买了好多菜还有小龙虾，说叫上贾冰一起来吃。贾冰一口答应，还把张默淏叫了来，张默淏说要把李澜妃也带来。我望着胡蝶和贾冰没心没肺地笑着，不知道待会儿这三个女人将是什么诡异的场面，想到这儿我不禁起一身鸡皮疙瘩。

贾冰倒是对李澜妃的到来异常兴奋，自己忍不住想跟我讨论李澜妃，但又碍于胡蝶在场，把自己憋得脸通红，急得在地上直转圈。

不一会儿，张默淏也捧着一袋小龙虾回来了，说是今天晚上亲自下厨。身后的李澜妃微笑着跟大家打招呼，大家客套了几句，贾冰看热闹不嫌事大，突然吆喝："哎，胡蝶也买了小龙虾回来！不然你们俩下厨比赛吧，看谁做得好吃！"

"怎么算赢？"张默淏问。

"投票吧，我支持胡蝶！你们没吃过胡蝶做的菜吧？可好吃了！"贾冰站到胡蝶旁边，给胡蝶抛了一个媚眼。

"那我……支持他。"李澜妃站在张默淏旁边，指了指他。

"你呢？必须选一个！"贾冰看着我。

"对，你选一个，好好想想啊！"张默淏也威胁我。

"你不做就算了，出什么选择题啊？"我最讨厌做选择了，"如果你爸妈离婚你跟谁？""谁和谁同时掉水里你救谁？"这种问题简直就是我的死穴。实在两难，我气急败坏："我不吃了还不行吗？！"

很快地，厨房里端出来两盆小龙虾，为了公平起见，谁也不知道谁做的是哪盆。大家轮流品尝，我剥开一个小龙虾，肉质鲜美，麻辣入味，再喝一口啤酒下肚，怎一个"爽"字了得。

"我选这个！"我指着左边的那盆，其实我也不知道那是张默淏还是胡蝶做的，外形确实像张默淏的处理，但他原来不是从不会加那几味调料的吗？一时间我也分辨不出，只好跟随自己的内心走。

“我也选这个！”李澜妃指向另一盆。

局面 1 ∶ 1 打平，剩下的贾冰正在呼哧呼哧吃了一个又一个。

“别吃了！你到底选哪个？”

“我要说我还没尝出来味道，你信吗？”说着，贾冰满手流油抹了抹嘴边。张默淏佯装要把小龙虾端走，不然待会儿贾冰可能会一个人吃完所有的。

“唉，等等，我选，我选，选这个吧！”她闭着眼，指着右边那一盆。

“哈哈，我赢了，耶！”张默淏抱着自己的作品十分得意。

“好，你赢了，奖励你每周给我们做一顿。”贾冰吃得满嘴流油。

“就知道吃，你不怕胖得把婚纱撑破吗？”张默淏嘲笑贾冰。

“嘁，又不是没撑破过，大不了再让胡蝶给我缝一块，哈哈哈！”贾冰毫无负担。

四 新郎中途退场的婚礼

贾冰的婚礼如期而至，陆明禹按照她唯一的要求，找了一家带院子的酒庄举办婚礼，专门宴请北京的朋友，邀请的客人也不多，都是贾冰剧团里的同事和几个朋友。贾冰嘴上说着绝对不给我们婚礼委员会找麻烦，但我知道其实她是怕那么多传统婚礼的烦琐步骤。用她自己的话来说，就是跟大家说一声“我结婚了，长大了，以前没少麻烦大家，跟大家说声感谢，结婚以后就绝不给大家添麻烦了”。

小小的院子里摆了几排白色的餐桌和椅子，院子前面搭了一个很小的舞台，周围用鲜花和气球点缀着。婚礼现场摆了一张陆明禹和贾冰的合照，贾冰站在前面，笑得没心没肺，陆明禹转过头去看着贾冰，连嘴角的笑容都带着宠溺。这张照片就是前天张默淏去她家给他们拍的，贾冰说不喜欢去照相馆，千篇一律，打算等蜜月旅行的时候多拍一些记录真实的状态最好。我看着照片上的两个人，贾冰肆无忌惮地笑着，被陆明禹搂在怀里，甜到齁，真是郎才女貌的一对儿。

但我着实还是有些困倦，本来这几天忙前忙后，睡不踏实，今早张默淏不到五点就起来了，连带着把我也轰了起来。那会儿天还没亮，我打开手机屏幕刺眼的光，忍不住想打他。

他把我吵醒自己却溜到浴室：“我要好好打扮一下，你也赶紧起来收拾收拾。”

“我收拾个鬼啊？又不是你结婚，你至于这么大动干戈吗？”说着，我又倒在了床上。

“什么鬼不鬼的，今天是大喜的日子，呸！你快点，还要去给贾冰送饺子呢！”他打开了水龙头，趁着他洗澡的时间，我又昏迷了半个多小时。再一看表，快六点了，这下真的不能睡下去了，这要是今天迟到了，贾冰非当场卸了我不可，连忙翻身下地把张默淏赶出浴室。

我一进浴室就被浓烈的发胶香味呛到了：“哎哟喂，这是什么味儿啊？你是不是把整瓶发胶都用了？楼下 Kevin 老师都没你喷得这么多啊，你这是喷发胶还是给果树喷农药啊？”我一边开窗，一边用手捂着鼻子。

“我给你留了点，你头发少，够用了。”张默淏边说边往厨房走。

我拿起瓶子来摇了摇，好嘛，只剩了个底，这还真是给我留了“点”。

“你赶紧在厨房下饺子，待会儿人都来了，在冰箱第二层，我昨晚冻的！”我督促张默淏，因为我们是北方人的缘故，任何节日庆典都要吃饺子，结婚这样的大日子也不例外，早晨要吃点饺子才算安心，嫌弃外面买的不好吃，昨晚张默淏亲自下厨拌馅，我揉面擀皮，两人包了五十个饺子，准备一早煮好，给贾冰带去。

张默淏下完饺子吃了两个就立马去换了一件白色西装出来。别人的岁月都是杀猪刀，可偏偏对张默淏手下留情，张默淏毕业这两年不仅身材没走样，越发玉树临风，仔细看还能发现成熟男人的气质初显。他这么争气，我也实在没什么好吐槽的，只能忍着不满情绪，让他差不多得了，我也要照镜子。

我换好一身蓝色西装走出来，这件也是张默淏挑的，他挑眉打量我，笑着说："不错，不再是那个偷穿大人衣服的三胖子了。你过来让我看看，你的领带是不是太紧了？"

我确实不会打领带，只能走过去任他宰割，他搞了半天也没弄完，我着急地催他："你到底会不会打领带啊？"

"别动，怎么不听话呢？！"张默淏佯装数落我，最后两下把领带系好了，指着镜子说："你看，是不是我打的领带特别帅？"

"言外之意人丑呗，我听出来了！"我看着镜子里的自己，确实和平时差距很大，整个人都变了。

"行了，别美了，快走吧！"他推我往外走。

这怎么还成我臭美了？

很快我们到了酒店，好在贾冰的婚礼没有迎亲环节，也没有伴娘堵门口要红包的环节，张默淏嘴上嚷嚷着没趣，我倒觉得挺开心，不然我们两个大老爷们当伴娘多尴尬啊，他不要脸我还要呢。倒是胡蝶作为唯一的女伴娘忙前忙后的，贾冰换衣服、化妆什么的都是她跟着去，我俩也不太懂。胡蝶今天也穿了一身小纱裙，在腰间系了一个大大的蝴蝶结，跟她名字一样，既得体可爱，又不会抢了女主角的风头，引得一些男嘉宾频频注目。也许是我太敏感了，我总觉得自从我们第一次在海底捞相遇的时候，张默淏就一直在躲着胡蝶，当然这种模式习以为常，以前他就是这样的。但是以胡蝶现在的状态和气场，不得不承认她实在太难被忽略了。

终于，伴着音乐，贾冰挽着陆明禹的胳膊大步流星地走上台，完全没有新娘子该有的矜持娇羞。我、张默淏、胡蝶三人一排站在他们两人的身后紧紧跟着。

走到舞台中间，贾冰拿起麦克风，轻咳了一声，开口说：“大家好，感谢大家百忙之中来参加我和陆先生的婚礼！邀请大家来，是为了当着大家的面正式宣布，老娘出嫁啦！”

台下一阵欢呼。

贾冰冲台下挥挥手，接着说：“我经常给观众表演，那是我的工作，但今天我也想给我亲爱的陆先生送一份礼物，我想为你唱一首歌，表达我对你的爱。”

这个环节是昨晚临时加的，贾冰说自己要唱歌，我还有些顾虑，哪有结婚典礼上新娘主动要给新郎唱歌的，张默淏宽慰我说不弄点幺蛾子都不是贾冰的婚礼，于是我俩连夜剪辑伴奏。

音乐前奏响起，贾冰深情地唱出：

我从春天走来
你在我们永不分开
说好不为你忧伤
你心情也会无恙
为何总是这样
在我心中深藏着你
想要问你想不想
陪我到地老天荒
如果爱情这样忧伤
为何不让我分享
你也不问你也不回答
怎么你会变这样

想要问问你敢不敢
像你说过那样的爱我
想要问问你敢不敢
像我这样为爱痴狂
想要问问你敢不敢
像你说过那样的爱我
像我这样为爱痴狂
到底你会怎么想

这是刘若英的《为爱痴狂》，贾冰上学的时候经常哼唱，为了能在婚礼上唱，昨晚特意改了歌词，唱到“想要问问你敢不敢，像你说过那样的爱我”时，特别勇敢和坚定，陆明禹身体微微颤抖，眼泪在眼眶里打转。

一曲作罢，贾冰期待地看着陆明禹，陆明禹举起话筒，牢牢握着贾冰的手，大声地说：“敢！”又是一阵欢呼。

趁着热闹，还不到喝交杯酒的时候，台下就开始起哄：“亲一个！亲一个！”

陆明禹还沉浸在感动中，贾冰一把抢过话筒，豪爽地说：“我给你们亲两个！”然后照着陆明禹的脸就来了两口，底下一片叫好，鼓掌声、口哨声不断。这么一闹，两个人觉得说什么话都是多余，讲了两句便让大家开始喝酒吃肉。我和张默淏默默给她包了两个很大的红包，不敢说毕生积蓄吧，也足够我俩攒上一年了。但没关系，钱可以再赚，婚礼只有一次，应该只有一次吧。

大家吃吃喝喝很开心，张默淏一转身不见了，留我和胡蝶周旋在新人和宾客之间。我们再找到他时，他已经拿起麦克风站上了舞台：“大家稍微安静一下，我有一个惊喜要送给今天的新娘贾冰。”

大家都被他突如其来的发言吸引，所有人都放下手里的筷子和酒杯，看向他。

“我是贾冰的大学同学，看她一路从女神经变成女神，从懵懂到勇敢，我准备了一个视频，记录了她最美好的青春时光，请看大屏幕。”

大屏幕开始播放，一开始是贾冰小时候的照片，然后是小学、中学，到大学时候的视频，是我们一起演出贾冰跳舞的片段，贾冰跳得神采飞扬，一转眼是进了剧团演出的画面，每个时期的贾冰都很美。我突然想起了很多过去我们在一起的瞬间，快乐的、伤心的，紧张的、懒散的，充满斗志的、抱头痛哭的……这些日子仿佛火车一样，“咻”的一声从记忆里开始倒退、斑驳，直到消失不见，留下的只有年少最美的样子。

视频结束，大家纷纷鼓掌，贾冰也被感动得不行，问我：“这是什么时候弄的？”

“他偷偷准备了很久呢，就是要给你惊喜，喜欢吗？”

“给他加鸡腿！”新娘赏赐。

正说着，突然听见门口的骚动，我赶紧跑出去看看怎么回事。两帮人正在交涉什么，我定睛一看，是保安和警察，好好的婚礼现场怎么把警察引来了？我硬着头皮上前问了句怎么回事，那警察一掏证件，问我：“陆明禹是不是在现场？”

我突然心头一惊，不知道怎么回答，没等反应过来，警察说：“我们有些事情需要他跟我们走一趟，麻烦你们配合一下，谢谢！”说完，带着人就往里面进。

张默渠从台上下来见到此刻情景也愣住了，我俩不知道陆明禹究竟遇上了什么事，警察很客气，把陆明禹叫到一边说了几句，只见陆明禹脸色大变，立马起身去拿手机，发现很多消息和未接来电。我一看架势不好，让胡蝶把贾冰叫过来。

贾冰完全在状况外，陆明禹回身抱住贾冰："对不起，我有些事情要处理，现在一两句解释不清，等我回来再告诉你。"

说完，陆明禹跟警察从后面走了。贾冰完全不知道这是什么情况，想要去追，被我们拦住了，她惊慌失措地望着我们，一言不发，眼睛湿漉漉的，像一只受惊的小鹿一样。

新郎走了，这婚礼实在没办法继续下去了，我让胡蝶带贾冰去休息室，自己和张默淏跟嘉宾们解释，婚礼有些状况，不得不先暂停，现在新娘也马上要去，不如就到这儿算了，回头让新郎、新娘再给大家赔礼道歉。话说得委婉，大家都表示理解，陆续散了，留下我和张默淏收拾残局。

我越想这事越觉得不对劲，怎么平日里好好的一个人，会在婚礼上被警察带走？张默淏收拾好烂摊子过来坐下，我自己拿不定主意，哑着嗓子开口说："我跟你说件事。"

"什么？"今天遭遇的大起大落已经够多了，他看起来也有点疲惫。

"陆明禹的父亲，是陆盛华。"

"谁？陆盛华？"

我盯着他，缓缓点了点头。

"是……盛华集团的那个陆盛华吗？"张默淏问。

"你也知道他啊？"

"看过财经新闻的都知道吧。"张默淏用手按了按太阳穴，"你的意思是……"

"我猜会不会和他家有关？你快上网看看有没有什么关于他家

企业的消息！”我说。

张默淏赶快拿出手机搜索新闻，果然盛华集团出事了，最新消息：盛华集团旗下的子公司涉及走私，三名涉嫌的总经理卷钱跑路，现在盛华集团财务被冻结，正接受调查，陆氏夫妇人还在国外。

“陆明禹怎么会不知道家里出事？”他看完新闻，非常纳闷。

“听贾冰说他这几天为了避开家里的阻拦，断了和家里的任何联系，所以才不知道发生这么大的事吧。”我说。

“那贾冰一直不知道陆明禹的家世？”张默淏继续疑惑。

“看样子，她还不知道。”我坐在凳子上，哭丧着脸对张默淏说。

我、张默淏、胡蝶这几天轮番陪在贾冰身边，我上午负责来做午饭，张默淏下午来，胡蝶晚上陪着。平时越开朗的人遇到事情打击就会越重，更何况是终身大事，我们都怕她出事。两个人的结婚照现在看着格外扎眼，为了不让她伤心，张默淏偷偷把结婚照藏在了储物间里。我们都劝她，现在还不知道事情到底是什么情况，担心也是多余的，但她根本听不进去，整个人行将就木，整日呆坐在沙发上，叫她吃饭也不吃，睡觉也不睡。再这样下去，可能要叫心理医生来了。

我们天天去公安局问情况，也找了律师朋友帮忙，看什么时候可以见到当事人一面。终于在出事第五天，公安局同意探视，我们把贾冰带到了看守所。仅仅五天的时间，陆明禹整个人瘦了一圈，胡子的青楂也长了出来，眼眶更深邃了些。看着贾冰的眼神很复杂，贾冰本来带着满腹疑虑要去向陆明禹问个明白，直到看见陆明禹的那一刻，她忽然觉得什么都不重要了。只要这个人完完整整地站在自己面前，还能冲她微笑，什么问题都不是问题，所有疑问都会解开，不解开也没关系，她不在乎。

“你是不是没有好好吃饭？都瘦了。”陆明禹指指贾冰的脸，一句话，贾冰的眼泪夺眶而出。

贾冰含着泪拼命摇头：“我没事，你怎么样？”

陆明禹笑了笑，这半小时里，他向贾冰讲述了自己所有的家事。

陆明禹说自己从来没想过要向贾冰隐瞒自己的事情，但是当贾冰误会了之后，他又不知道怎么解释，怕贾冰吓到，也不确定贾冰知道之后会有什么反应。另一方面，陆明禹这三十五年遇到的女人不少，可大多数都是奔着他的钱去的。他觉得自己遇到了贾冰才找到了最纯真的感情，不掺杂任何物质、利欲的感情，陆明禹是何等幸运，从未像现在这样珍惜一段感情。跟贾冰在一起的每个瞬间，陆明禹心想自己如果真的是个健身教练就好了。但现在为时已晚，再说什么、做什么都是徒劳，他已经失去了和贾冰在一起的权利，陆明禹在看守所这几天搞清了家里公司的来龙去脉，走私不是一件小事情，按照情节轻重，判几年到几十年都有可能，他不能连累贾冰。

贾冰的眼泪顺着脸颊流下来，先是一滴，一滴，到后来贾冰捧着电话撕心裂肺地哭，耸着肩，哭得上气不接下气，几乎要晕过去，原来一个人可以伤心到这种程度。陆明禹在玻璃的那一边，强忍着眼泪，叫贾冰回家以后好好生活，然后起身离开。贾冰蹿起来，用力拍打着玻璃，几乎要冲到那一头去抱一抱陆明禹。她挣扎的力气太大了，我们几个人合力才把她抱了出来，赶紧把她塞进车里送回家去。

贾冰从看守所到家一句话也没说，也许是哭累了，径直走进去就倒在了床上。胡蝶走进卧室，帮贾冰把外套、鞋子脱下来，帮她拉上窗帘，盖好被子。

“让她好好睡一觉吧，或许一觉起来就好了。”

贾冰整整昏迷了三天， 到了第四天，贾冰终于起来了。

张默淏拎着两大瓶黄桃罐头走进门来，看见贾冰正埋头于胡蝶做的小米粥里，看见我们俩，努力地挤出一个微笑。

我跟张默淏面面相觑，张默淏把黄桃罐头打开了一瓶，问：“你要不要来点？”

贾冰看到黄桃罐头，声音沙哑地说：“黄桃罐头，小时候每次生病我爸都给我买一瓶，后来每次馋了想吃罐头，就假装自己生病，还把热水袋放在自己额头上，骗我爸说自己发烧。”

我知道，贾冰这是想爸妈了，我问贾冰有什么打算：“要不要告诉叔叔阿姨？”

贾冰一听爸妈，忍不住，又往碗里落了两滴眼泪。张默淏上来打我头：“你怎么哪壶不开提哪壶？”

贾冰说：“还是先不要了，如果这时候告诉他们，他们除了怨我，还会更担心。”

我们托几个朋友到处打听了一下，律师告诉我们，陆家的案子有点严重，陆明禹以前是在盛华集团担任过部门经理的，这次出问题的合同都是经由他的手签的字。况且陆盛华夫妇现在依然在国外，审讯、拘留他们基本是不可能的。原来事情比我们想象中的严重多了。后来这几个经商的朋友又告诉我们，听说盛华集团这两年因为受到电商的冲击，早就大不如前，因为改革的事情，陆明禹和家里长辈也闹得不愉快，才有了自立门户的打算。可是陆家依然把希望寄托在陆明禹和另一个家族的联姻上，这对盛华集团十分重要，基本算是力挽狂澜吧。但陆明禹坚决反对和家里指定的未婚妻结婚，反而去退了亲，对方家族十分不悦，因此再次被同行利用，盛华集团栽了这么大的跟头和陆明禹退婚的事一定脱不了干系。我和张默淏知道了这些更是目瞪口呆，商场如战场，错综复杂，不是一般人能体会的。而陆明禹为了贾冰愿意抛开自己的身家，更是常人无法承受的代价，这场爱情实在是太疼了。

我现在有点理解陆明禹说的那句话了："希望自己是平常人家的孩子，过平常人的生活。"

第六章

我要的幸福，在不远处

一 被锁在箱子里的男孩

贾冰的事情还是没有瞒过父母，正在跟团旅游的二老提前飞回国，风风火火地冲进了女儿在北京的家。本来两人是想把贾冰数落一顿的，但是看到她失魂落魄的模样后，贾冰爸爸竟先忍不住落下老泪。可怜天下父母心，贾冰从小没心没肺没烦恼惯了，二老何曾见过自己的傻闺女如此愁云惨雾搞得跟林黛玉似的，差把铁镐就能去葬花了。结果贾冰爸爸一哭，贾冰妈妈也跟着哭了，当妈的心疼女儿太不容易，本来临门一脚就要嫁进好人家的，没想到却落得如此凄凄惨惨戚戚。二老边哭着边念叨，陆明禹那样模样好、人品好的孩子怎么就进去了，但对陆家的事也丝毫没过问。

贾冰看着伤心的父母，连忙反过来安慰了一番：“爸，妈，别哭了，没事的！就您闺女这闪婚的速度，离下一次嫁人也不远了。”

此话一出，贾冰爸妈的脸色顿时变得更难看，一时间竟无言以对。

贾冰妈伸手想打自己这不靠谱的女儿的后脑勺，手停在空中又放下了，这个从小到大放养了二十几年的野蛮公主，尽管没少跟着操心，但也从未动手打过，现在遇到了人生大事，还这么皮，二老估计在心里嘀咕，不知道女儿的脑回路究竟是怎么长的……但总算因此都止住了眼泪。陪着贾冰住了几天后，贾冰爸妈在贾冰的强烈要求下，留下一长串的嘱咐便打道回府了。我心里担心贾冰一个人在家憋着胡思乱想，于是就把她约出来逛街，买买衣服、包包、化妆品什么的，总之喜欢什么买什么，希望“买买买”能不负盛名地发挥神奇的功效让贾冰早点恢复神采，走出阴霾。

开会时偶尔听到李澜妃的消息，听说为了达到片方的要求，她正在努力减肥，根本就不肥的一个人现在已经快瘦成纸片了，照张默溴的话说，李澜妃基本是靠光合作用活着，再这么下去估计很快能得道成仙。可是李澜妃自己却还不满意，身上虽然瘦得没有二两肉了，一张鹅蛋脸在镜头下却还是显得有点圆润。所以，不顾张默溴的反对，她默默地找了一家整形医院在自己的下巴上打了两针玻尿酸，把鹅蛋脸填充成了瓜子脸。对于这件事情，张默溴和我吐苦水的时候是这样说的：“晓峰，虽然你审美不如我，但你说句公道话！”

啧，这话什么意思……

张默溴不管我理不理他，接着自顾自叨叨：“她觉得自己的脸上镜是圆的不好看，我不能不同意吗？明明就很好看啊，非要变成蛇精脸上镜才好看？人家赵丽颖、石原里美不都是圆脸也照样红吗？”

我擦了一下张默溴因为慷慨陈词而飙到我脸上的两滴唾沫星子：“那你干吗不阻止她？冲我嚷嚷有用吗？又不是我让她去的。”

张默溴闻言立即耷拉了脑袋，一声叹息：“她说我要是反对就是不支持她的事业……”

我拍拍张默淏的肩膀："又没往你脸上打，再说那么贵的脸，你还受益呢！"

张默淏听完回手就要对我施暴，幸亏我反应快躲进了房间。

李澜妃带着全新的瓜子脸继续试镜，还好几次试镜都挺顺利，过五关斩六将，胜利的曙光就在眼前……可惜，现实总是很残酷，试镜的结果要么在最后一刻出局，喜欢的角色被关系户抢走，要么出局了给个安慰奖，特约演出个丫鬟什么的。李澜妃从信心满满渐渐被磨到沮丧万分……委屈的她在张默淏怀里哭得梨花带雨，我见犹怜。张默淏自然还是心疼女朋友的，柔声细语地安抚了半天，又说了一通相信李澜妃一定能找到伯乐、一定会成功的好听话。李澜妃眨巴着含泪的杏眼看着张默淏："默淏，我只是缺一个机会对不对？"

"当然。"张默淏毫不犹豫地附和。

李澜妃："可是，机会不会平白无故掉下来……你再帮我去问问晓峰好不好？"

张默淏瞬间沉默了。

"淏？"李澜妃说着眼泪就又开始在眼眶里打转，一圈又一圈，眼看就要落下。

面对李澜妃期盼的眼神，楚楚可怜的样子，张默淏却低下头："对不起……"

李澜妃一下就变了脸色，离开张默淏的怀抱，盯他看了好一会儿："为什么？"

"我……"

张默淏支吾了半天却说不出个所以然，然后，他和李澜妃因为这件事第一次大吵了一架，之后开始冷战。一段时间之后我辗转知道了这件事，张默淏的解释是他只是觉得不想让我做这样的事，也不希望李澜妃靠走后门得到机会。我也想试着开解他，但不知道如何说出口，我总是莫名地有些心虚，也不知道是为什么，总之就是特别害怕他和李澜妃吵架与我有半点关系，此时我和张默淏有着同样的理想——希望世界和平，哪怕是暂时的表面和平。

在张默淏和李澜妃冷战期间，我跟贾冰的来往倒是变得频繁了，她的状态好了不少，不过这孩子虽然心大得没边，嘴上也老说自己没事了，但遇到了这么大的坎坷怎么可能说过去就过去？所以，为了给贾冰补补身体，我挑了个周末专门煲了盅鸡汤带去给她送温暖，顺便带猫崽子“小鱼”去宠物医院打疫苗。结果，非常倒霉的，我在贾冰家附近丢了手机……

我站在十字路口，抱着猫咪“小鱼”，周围的行人人来人往，我却感到孤立无援，都不知该向谁求助，心里兵荒马乱，一直咒骂杀千刀的小偷，我很多工作资料都还没来得及备份，而且手机里有一些演艺圈同事的联系方式，万一被利用我担当不起啊！我宁愿再买十台手机也绝不重写这些东西，不，我宁愿去跳通惠河！

猫咪“小鱼”舔我的手指，“喵喵喵”地叫，让我稍微稳定了一下情绪。为了不跳通惠河，虽然知道希望渺茫，我还是火急火燎地去派出所报了案。

当天值班的警察一看就是个很精神的小伙子，一看年纪就比我年轻，不过小伙儿处理案子的时候还挺像回事的。简单地做了记录之后，告诉我别着急，苹果手机有查找功能，然后他打开电脑，登录了苹果官网，开启手机查找功能，帮我锁定了手机的位置。真没想到竟然还是个电脑高手，接着就带我火速去了附近的一个二手手机市场。

到了手机市场，人头攒动，这位警察弟弟带着我直奔一个摊位，跟一个中年男子说了几句话，就这样，手机还没在二手贩子的手里焐热，赶在被刷机之前回到了我手里。这速度之快，效率之高，实在令我感动，简直是恩情似海。

我们从二手手机市场出来，正巧路边有一个馄饨店，我肚子不由自主地咕咕叫了两声，他回头看了我一眼，看了看手表，已经到中午了。

“确实该吃午饭了。”小伙子说。

“嗯嗯。”我用力点头，“我请你吃馄饨吧。”于是我们二话不说进了小店，麻利地点了两碗馄饨，然后一脸期待地坐下等老板上菜。

席间，我们俩有一搭没一搭地聊了不少，原来警察弟弟叫毛毛，是云南人，在北京读的警校，毕业之后考进了派出所，说来也巧，他分到现在这个局里也就没几天的事。我坐在毛毛对面，他笑起来阳光十足，让人莫名觉得一身正气，很是靠谱，和时下流行的什么阴郁美男、痞帅的坏小子之类的完全不同。

“警界就需要你这样有正义感又牢靠的人才！如果不是遇到你，我现在应该人已经在通惠河里了。”

毛毛被我夸得一脸灿烂，不好意思地挠了挠脑袋：“过奖了，应该做的，那你是做什么的？”

“我是编剧，就是写剧本的。”我尽量说得轻描淡写，因为行业相对特殊，普通人听到都会比较好奇。然而毛毛的反应比普通人更大，他瞬间放下了自己手里的筷子，睁大眼睛看着我：“真的啊？”我缓缓地点点头，他立马激动起来，“哎呀，我跟你说，我从小就特别喜欢看电视剧，我最佩服你们当编剧的，那些故事你们是怎么编出来的？太厉害了！”

我本来在心里默默地吐槽，警察弟弟是不是因为小时候警匪片看多了长大才当警察的，这会儿被他说得那么真诚，都把我说得有点不好意思了：“过奖了，艺术来源于生活、高于生活嘛，还是警察叔叔惩恶扬善比较厉害。”

“不、不、不，还是你厉害，你们编剧编的那些刑侦剧多精彩啊，惊心动魄的。”

“编剧再厉害也不如生活本身精彩，你看今天这么戏剧性的事情我就写不出来。”我是真心话。

“那你把今天的故事写进剧本吧，把我写得帅一点，哈哈！”毛毛开朗地笑道。

在找到了话题之后我们继续闲聊，巧上加巧，毛毛告诉我他特别喜欢丘山和紫嫣，我很爽快地答应有机会就帮他要一张签名。他很开心，我们两人聊得投机，还相约一起撸串，也就是这样，我交到了毛毛这个朋友，这份偶然的缘分却对他今后的人生造成了很大的影响，不过这都是后话了。

旧事未消，新茬又添，胡蝶的“小狼狗”前男友不甘心自己被踢出局，竟然使用下作的手段，找水军黑胡蝶的淘宝店。不到半个月的时间，店里多了上百条差评，等级掉得厉害，甚至连胡蝶的微博也沦陷了，淘宝店铺的营业额直线下降。

我知道之后赶紧去网上搜了一下，“卖假货”“假网红”，还有人扒出了胡蝶上学时候的照片，言之凿凿地说胡蝶整容，我看了不到两分钟就赶紧关了。之前一直不知道网络暴力有多可怕，现在算见识到了。水军只要花钱就行，但要澄清为自己辩护却要付出太大的代价。

我替胡蝶不平：“就没有办法回击吗？”

胡蝶倒也不恼：“没有直接证据，再说有证据又能怎么样？打官司花的时间更长，索性下个月干脆关掉店铺吧，早点止损。”

胡蝶关店的速度很快，过程干净利落，然后继续当她的模特，接拍广告，而且收入不菲，人还比以前轻松了不少。

奈何冤家路窄，模特圈子又不大，胡蝶在工作时偶然又碰见了“小狼狗”，明明他劈腿在先，竟然还恬不知耻地和在场的其他嫩模一起讽刺胡蝶，说什么“丑女妄想真正翻身”“应该去拍电影《猪扒大联盟》不用化妆”“网红卖假货坑粉丝”等，骂胡蝶是想当网红捞钱，结果经营品牌失败，又不要脸地回来做模特，穿谁家衣服谁掉价。本来，从“小狼狗”出轨到淘宝店关掉这段时间，胡蝶都非常冷静，情绪平淡得简直近乎冷漠，可这次“小狼狗”太过分了，胡蝶女侠终于爆发，前一秒还在涂口红，下一秒反手就给了“小狼狗”一记响亮的大嘴巴子。

“啪！”手掌扇到“小狼狗”脸上的脆响声大得吓人，“小狼狗”脸上顿时多了鲜红的五指印。在场的所有人都愣住了，刚刚还和“小狼狗”一起嘲讽胡蝶的嫩模吓得大气都不敢出，作鸟兽散。

“说够了没有？我给你留一分情面，不跟你计较你还蹦跶没完了？非想让我把你怎么劈腿、怎么吃软饭，干了什么不要脸的勾当都说给大家听才开心是吗？”胡蝶声音不大，语气冰冷，眼神里满是不屑和鄙夷。她发现自己并不是很生气，也没什么伤心的感觉，她就是看不惯这样恶心人的事，如果有怒意和难过，也是气自己瞎了眼才跟这种人浪费了这么多时间。

这一巴掌疼得“小狼狗”龇牙咧嘴，脑袋里嗡嗡作响。他捂着被胡蝶打得热辣辣的半张脸，恶狠狠地盯着胡蝶：“臭三八，你他妈有什么资格打老子？是你不要脸出轨在先的！”被打得恼羞成怒的“小狼狗”对着胡蝶怒吼。

“你说什么？”胡蝶不可置信地看着倒打一耙的“小狼狗”。

“我说什么？你一直藏着一箱子破烂，里面全是你和那个人的照片还有小人书，以为我不知道？那个男人是谁，你自己心里有数！”

胡蝶听了“小狼狗”的控诉，气势竟顿时软了下来，她愣在原地，半天都没有反驳一个字。最后，无言以对的胡蝶在所有人惊讶的目光中转身离开了。

而那个“被锁在箱子里的男人”，除了张默淏，还能是谁呢……

曾经模样小小的我们

那次去西安演出，在火车上大家都睡了，我睡不着，想去车厢尽头有灯的地方看一会儿小说，发现胡蝶也在那儿站着，静静地看着窗外黑夜中呼啸而过的影子。我们开始聊天，于是胡蝶给我讲了她和张默渓小时候的事。

胡蝶和张默渓第一次见面应该是他们五岁的时候，他们的父母是老相识，张默渓被他父母从外婆家接回来，胖乎乎的，看见胡蝶就毫不客气地抢了胡蝶的玩具，害得胡蝶哇哇大哭。张默渓看见她哭了，用手给胡蝶擦眼泪，胡蝶看着眼前这个胖小子，停止了哭泣，谁知张默渓顺手又拿走了另一样玩具，胡蝶又哭了起来。

两年后，两人一起上了小学。张默渓混世魔王的样子初显，书本、橡皮、作业本、帽子、手套，什么都丢。把张爸和张妈气得没办法，就让他在胡蝶家写作业，胡蝶答应了张爸和张妈管住张默渓。一开始张默渓还有羞耻心，在家长面前做做样子，后来开始肆无忌惮，什么都指望胡蝶帮忙。胡蝶心里一百个不愿意，可架不住张默渓爱耍赖，每天在学校门口用一瓶汽水贿赂胡蝶，顺利拿到胡蝶的作业本，开心地抄起来。

初中，张默淏疯狂地迷上了漫画书，上课看，回家看，被老师没收，他就说是胡蝶的。胡蝶学习好又听话，老师就让胡蝶拿回去，批评她不准再带到学校。胡蝶委屈，要告诉张爸和张妈，吓得张默淏不敢回家，胡蝶看他可怜就放过他一马。张默淏又迷上游戏厅，软磨硬泡让胡蝶在附近书店等他玩完了一起回家，这样家长就不会起疑心。胡蝶不同意，张默淏就承诺圣诞节送胡蝶一个发卡。很快东窗事发，张默淏去游戏厅被邻居小孩告发，回家被一顿毒打，张默淏视死如归，没有把和胡蝶的约定供出去，但胡蝶胆子小，不打自招，气得张默淏说自己白白多挨了一顿揍，两人一起受罚。

有段时间胡蝶开始疯狂长高，并且发胖，比张默淏高出一头，有男生嘲笑胡蝶，给她起外号叫“金刚”，张默淏知道了满操场追着人家打。有一次胡蝶在课余补习班，被一个淘气的男生叫“肥婆”，胡蝶哭着跑出去，正碰上在操场踢球的张默淏，张默淏知道后，带着整个球队的男生冲到兴趣班叫那个男生出来，后来校长来了才平息。

高中之后，张默淏也有了更俊朗的模样，很多女生开始偷偷给张默淏写信，张默淏都嬉皮笑脸地不去理会，让胡蝶把信都藏好。胡蝶会在张默淏的允许下，打开信看一遍，把错别字标出来，像批作业一样打分，然后还给张默淏，这成了两人的一种恶趣味。张默淏还不够成熟，心思都放在篮球上，每天下课都去打篮球，偶尔一次张默淏带球跟胡蝶显摆，被胡蝶随手拦下，张默淏惊呆了，面子上挂不住，要跟胡蝶单挑，结果意外地发现胡蝶反应很快，投球也准，手感远胜张默淏，于是在张默淏的怂恿下，胡蝶去参加了校队女篮。结果胡蝶果然有天分，身高更占优势，一发不可收拾，一路从校队打到全省冠军，顺理成章地成了体育特长生。

胡蝶忙于训练和比赛，她和张默溟开始各自忙碌。张默溟的朋友更多了，他总有办法让人家喜欢自己。后来他爸妈去外地工作了，没人管他，他就越发肆无忌惮，也不再需要胡蝶这个挡箭牌了。高二时候张默溟班里转来一个学钢琴的特长生，暗恋张默溟，知道胡蝶跟张默溟要好，故意跟老师打小报告说胡蝶为了不值日每到训练时间就走，胡蝶气不过和她理论，谁知上了她的当，她一开始还理直气壮，结果见到张默溟过来就开始哭，说胡蝶欺负她，张默溟反过来说胡蝶怎么以大欺小，胡蝶有理说不清，回家之后越想越气，哭了起来，怎么也想不通张默溟竟然为了一个外人欺负自己，难道他真的喜欢那个女孩？想到这儿胡蝶哭得更厉害了，打算再也不理这个白眼狼了。后来班级里就开始传言张默溟和那个女孩谈恋爱，为此张默溟还被老师找过家长，但张默溟这次并没有像之前一样向胡蝶求助，胡蝶也视而不见。

后来胡蝶意识到人慢慢长大，总会忘记丢掉以前的一些朋友，虽然小时候都是胡蝶护着他，但是现在不一样了，这也正常，胡蝶不怪他。但是高考那天，张默溟一早特意跑到她家，送了她一块手表，听人说戴表考试会走好运。

高考之后，胡蝶看着腕上张默溟送她的手表，心情复杂，她知道从此以后，班级里可能再也没有这个让她欢喜让她忧的张默溟了。胡蝶从床底下翻出最里面的小箱子，小心翼翼地打开，里面全是张默溟送给她的东西——汽水瓶盖、漫画书、发卡、游戏机、不干胶、大头贴，看着看着竟然哭了起来，她像着了魔一样，在张默溟妈妈那里偷看到他的志愿，想反正自己是体育专业，差不多的学校都能上，就鬼使神差地把自己的志愿也给改了。从此，她慢慢知道了自己的心，可是张默溟却一直躲着她，两个人开始了猫和老鼠的游戏。

三 “我没有温柔，唯有这点英勇”

时间匆匆，陆明禹出事之后，日子又过去了几个月。贾冰虽然不似一开始魂不附体的样子，但也像是换了个人一样。在外人面前不爱说话，除了演出一定要出现之外就窝在家里，应酬也基本都推了，偶尔到我家来，学着做饭、煲汤，生活过得无比规律。没想到，鲜活的奇女子贾冰也会一夜间改变，现在是名副其实安静的仙女了，倒是符合别人对她的第一印象。我不禁又感慨，贾冰也好，胡蝶也好，境遇和变故真的能改变一个人啊……

直到贾冰在来我家的路上目击了一个小事故，一个骑共享单车的妇女撞了一个小姑娘，被撞倒的小姑娘扭伤了腿，倒在地上，妇女却头也不回地肇事逃逸了。贾冰拎着一兜小龙虾对扬长而去的单车穷追不舍，沉睡了多天的灵魂终于被正义感唤醒，身体里的小宇宙全力爆发，足足追了两条街，妇女一边奋力骑着共享单车一边喊救命，内心极其崩溃。就这样，贾冰硬是把肇事的妇女截了下来。

贾冰喘着粗气抓住妇女的胳膊，妇女已经没力气蹬自行车了。贾冰执意要妇女回去，送被撞的小姑娘去医院并道歉，不愿意负责的妇女不仅矢口否认，还反咬贾冰是神经病碰瓷。一来二去，引来了一群路人围观。对于“碰瓷”这件事情，我国人民群众基本已经形成了条件反射一样的厌恶，再加上倒打一耙的妇女脸皮够厚，装成无辜受害者的样子，装得贾冰这个专业演员心里都自叹不如。再加上刚才整个追逐过程贾冰表现得太过强势，反倒是逃逸妇女更像弱者，围观的路人真的开始怀疑是贾冰在恶意碰瓷，有人开始用手机录像。

贾冰百口莫辩，不理会旁人的质疑，她拼命扯住想逃逸的妇女，一定要把她带回去找到受害的小姑娘理论清楚。于是乎，一群人围在路口造成了交通堵塞，还在争执不下的时候，一辆警车呼啸而来，停在了路边，围成一圈的人们立马散开为警察让出了一个口。刚刚一团乱的时候，有路人报了警，巧的是，赶到现场的居然是毛毛。

毛毛在车上就远远看见了一个长得非常好看的姑娘和一个架势非常彪悍的妇女正在争执，那个长得非常好看的姑娘不依不饶地揪着妇女，明明细胳膊、细腿的那么纤弱却一点也不胆怯。原来漂亮姑娘不都是娇滴滴的，也有这种强悍的霸王花，以至于他全然被贾冰吸引了注意，脚步竟然不自觉地放慢了。

就在毛毛走神的时候，被妇女撞了的小姑娘也被好心人搀扶着赶过来，气急败坏的妇女眼看自己要败露竟然趁机一把甩开分神的贾冰，骑上车就想跑。反应过来的贾冰立即挡在车子前面，却被躲闪不及的妇女撞倒，由于力量太强，贾冰头一下磕到了马路牙子上。

这时候，毛毛最先做出反应，一个箭步过去扶起贾冰。

“你没事吧？”毛毛看着贾冰疼得龇牙咧嘴的样子，不禁皱眉。

贾冰摇了摇头，看清眼前的人是警察后，立马拉住了毛毛的胳膊：“警察叔叔，快拦住那个大姐！”

这反应令毛毛哭笑不得，所幸那位还想逃逸的妇女已经被围观的热心路人拦住了去路。在被撞小姑娘和赶来的目击者的指证下，终于还了贾冰的清白，舆论反转，一边倒地赞扬贾冰见义勇为。

毛毛把妇女和小姑娘的纠纷交给自己的同事后，开车把贾冰送去附近的医院检查。其实磕一下后脑勺也没什么大惊小怪的，贾冰又不是蛋壳没那么脆弱，但毛毛还是因为贾冰一句“觉得有点想吐”而坚持把她送到了医院。

贾冰检查了一圈，拍了X光，结果是，脑子没震荡，精神正常一点事儿没有，但是，肚子有事。医生告诉贾冰，她怀孕了。

在医生嘱咐贾冰要去妇产科好好再检查一下之后，毛毛带着贾冰离开医院又回派出所做了协助笔录，其间她顺便把自己怀孕的消息告诉了我和张默淏。接到贾冰的电话，我和张默淏都震惊得不知道该怎么反应了，放下手头的事就火速赶去派出所。到了之后，我和毛毛很惊喜地认出了对方，边感慨着世界怎么这么小，边问了他一些贾冰的情况，确认贾冰没什么大碍，又再三感谢了毛毛之后，我和张默淏陪着贾冰打车走了。

一路上，我和张默淏一会儿偷眼看跟没事人儿一样的贾冰，一会儿面面相觑、互相使眼色却都不知道怎么开口，最后还是贾冰先开的口：“你俩别看来看去了，陪我去妇产科。”

“啊？现在啊？”张默淏问了一句。

“不然呢？等孩子生出来再去吗？”

“……那师傅，麻烦您掉头去医院。”我乖乖地点头又吩咐司机，司机的表情从听了贾冰的话之后就很是复杂，总结起来应该是因为八卦而感到有点兴奋却不能问而要憋着的样子……

我和张默淏无法解释什么，贾冰则摇下车窗专注地望着窗外也不知心里在想什么。

一路无言，我们仨默默到了医院。

到妇产科做了全面的检查之后，医生告诉贾冰，她已经有了小俩月的身孕，胎儿目前一切正常，还有就是一堆我和张默溟听不懂的东西。看我俩一头雾水连叶酸是什么都不懂的样子，医生不太高兴地问了一声："你俩谁是爸爸？"

"……"这个问题很尴尬，我和张默溟陷入了沉默，总不能告诉医生，孩子他爸其实正在监狱里蹲着吧。

贾冰看了看我，又看了看张默溟，然后果断地伸手指了指张默溟。

那一刻我多少是有点受伤的，不过脑子里还是忍不住臆想这孩子要真是张默溟的，那基因得多强大，长大后必须是个"祸水"啊！同时谴责贾冰你可真势力，用人朝前不用人朝后，以后让眼前这个"孩子爹"照顾你吧！

我胡思乱想着的时候，张默溟已经无奈地乖乖接受了医生的一通教育。一番嘱咐，又定了复检的时间后，我和张默溟又陪着贾冰离开了医院。

回去的路上，我和张默溟一左一右地搀扶贾冰，贾冰像慈禧太后一样昂首挺胸。也不知在想什么，我和张默溟也不敢开口。

经过一所学校，好多家长接孩子放学。贾冰站在路边看了一会儿，突然说："我决定了，我要把孩子生下来。"

贾冰又一个惊雷把我们炸黑。

张默溟："你生，谁养？"

贾冰："我自己养！还有你俩也帮我带一带。"

我和张默溟同时张大嘴："啊？"

贾冰："还有这段时间，就麻烦你们俩轮流陪我去产检了。"

我和张默溟："……"

贾冰："你俩不用大惊小怪的了，现在单身妈妈也不稀奇，别人行我也行。"

贾冰遇到的每件事情都不简单，但她都没有颓丧，而且还做出了比别人更大胆的决定。

看我和张默淏不说话，贾冰在我俩中间张开胳膊搭在我俩肩上："杨千嬅那首歌怎么唱的？'我没有温柔，唯有这一点英勇'，对吧？"

我和张默淏只能点头。

就这样，我和张默淏、胡蝶轮流照顾贾冰，时间又一天天过去，一转眼，贾冰的肚子开始显怀了，于是她去向剧团团长申请再演一场就休假。贾冰坐在团长办公室："我知道，团里上上下下肯定都知道了我的事，这段日子大家一直对我格外照顾，肯定也有人把我当笑话，我能理解。"

团长语重心长："小贾啊，你别胡思乱想，谁年轻时候没有冲动过呢？到了我这个年纪你就知道了，其实谁也真正影响不了你，只要你自己过得好，其他都不重要。"

贾冰："谢谢团长。"

团长："这次又是一个艰难的决定，你自己可要想好啊，有些责任不是一拍脑门儿就能承担的，你自己有多强的肩膀能扛得住？"

贾冰："团长，我明白，我其实不糊涂，这个我想好了，我会加油的。"

团长意味深长地看了贾冰一会儿，欲言又止了半天说"有困难找组织"，最后拍了拍贾冰的肩，准假了。

贾冰休假前要表演最后一场，为了表示支持，我和张默淏主动买了前排的票，而贾冰为了感谢之前帮过自己的毛毛，也送了他一张票。演出当天，我和张默淏、毛毛坐在台下看贾冰的最后一场演出。怀孕后的贾冰在台上仍是风风火火又唱又跳的，丝毫没有客气的意思，台下观众热情高涨，他们怎么会知道台上这个下腰又劈叉刚刚还表演了侧翻的人会是个孕妇，而这个孕妇已经把台下的我和张默涰吓得一身冷汗。

孩子，你妈不是一般人，你自己一定要好好挺住啊！我正祈祷着，却看到一旁的毛毛似乎看得很是开心入迷的样子，双脚都在不自觉地踩着拍子。

我恍惚想起了很多年前的铁汉。

贾冰不再演出安心养胎的这段时间，张默涰同学过得有些辛苦，情场不够得意，一不小心还失业了。

事情从上个月开始，张默涰要参加一个非常重要的国际会议，会议的主题是关于环境的。平时都定居在国外、难得能在国内接受采访的几个生态环境专家和生物学家好不容易聚在一个会议室里，张默涰打起了十二分精神，花了很多心思做采访准备，为此熬了两夜几乎把几个专家的主要学术报告都读了一遍。如果这次采访成功，张默涰的稿子一旦通过，不仅不会被裁员，年底评选优秀标兵都有希望，如果成功了还有可能拿到一笔数目很可观的奖金。所以，无论是为了生存还是发展，这次成绩对张默涰来说都非常重要，是他来北京找到第一份正经工作后要交付的最重要的成绩单。而作为一个很识大体的人，在这件事上，我一直正面地鼓励张默涰，甚至在他出发去采访之前特意下厨炖了鲫鱼豆腐汤，还叫了贾冰和毛毛一起来给他打气，把张默涰感动得一把鼻涕一把泪。

这边张默涰还感动着呢，那边厨房里的贾冰掀开了锅，表情疑惑地看着锅里的鲫鱼："鲫鱼不是催奶的吗？我这才怀了几个月啊就吃这个，早了吧？"

贾冰的话把毛毛逗笑了。

“你笑什么？”贾冰瞥了毛毛一眼。

“不是，你们演艺界说话都这么逗吗？”毛毛摆摆手表示自己没别的意思。

鲫鱼出锅，毛毛也拿出了从老家寄过来的火腿，火腿被众人迅速地一扫而空，比鲫鱼还受欢迎，大家狼吞虎咽的吃相简直丢光了“演艺界”的脸面。

隔天，做好充分准备的张默淏一早就出门了。结果，他还是很长脸的，不仅人品爆发成功采访到了每个专家，回来后还灵感爆炸，洋洋洒洒地写了两万多字的专题报道，文中针对空气环境做了非常全面具体的分析并提出了多个合理意见。交稿当天，张默淏比平时回来得晚一点，因为他跑到超市去买了满满两大袋火锅食材还抱了两打啤酒，一到家就支起了火锅，边准备开火边哼着小曲，我看他开心得像个一百多斤的孩子就知道专题稿肯定通过了，心里也挺替这小子开心的。

饭桌上，我和张默淏两人涮着火锅，推杯换盏，难得轻松。

“晓峰，我跟你说，食物对于人不只是维持生命的物质，还是一种重要的仪式。”张默淏边在锅里涮着肥牛肉，边感慨。

“哦……”我把菜塞进嘴里，“你到底想说啥？”

张默淏似乎很惆怅地轻叹了口气：“我就是想起刚到北京的那天，咱俩也是这样吃着饭喝着酒聊着过去和未来。”

就是说，那时候的我们都带着对未来的不安和憧憬，现在想想，当时定下的小目标基本都已经实现，或者也接近了。看来，努力是会有回报的，而且我们还是挺幸运的。

“晓峰，我想，等奖金发下来我们就去租个大一点的房子，这样就不用挤了。”

张默淏说完举着啤酒想跟我碰杯，我却躲开了：“嫌挤你可以现在就搬走啊。”

“那不行，我怎么能说走就走？这样你就成留守儿童了，在家宅着没人管你，你会长毛的。”

我默默翻了个白眼：“长毛挺好的，现在大家都想长，总比秃了强。”

“不是，”张默淏不依不饶地继续这个话题，“我想起来有个电影，女主角的姨妈给女主角寄了张报纸，那报纸上的报道说，一个单身独居的老人不小心在家猝死了，死后没人知道，最后被自己养的宠物狗吃掉了……”

听到这儿，我甩了筷子：“张默淏，你诅咒谁呢？！放心，我会努力攒钱，以后住最好的养老院，不劳烦您老人家操心！”

“养老院啊……”张默淏若有所思了一会儿，“唉，你这么说，等咱有钱了投资个老年社区呗，像爱情公寓一样，还是可以和喜欢的人住在一起。”

“行！”我又拾起筷子在桌子上敲了敲，捞起锅里的一个牛肉丸子，“你住哪栋楼记得告诉我，我好住得远点。”

我说完，张默淏就气鼓鼓地瞪着我，憋出四个字：“忘恩负义……”

这天晚上，吃火锅探讨人生的活动在争辩我是不是忘恩负义的话题中结束了。可是没想到，张默淏对未来美好的憧憬和规划，却赶不上这个世界快速而残酷的变化……

一周后，杂志如期出版，正面、反面翻了个遍都不见张默淏的报道，张默淏都快把手里的杂志翻烂了才惊愕地接受了这个事实。困惑又恼火的他当即去找了主编。一开始，主编告诉张默淏报道是临时被撤的，但是他却没有告诉张默淏其中的原因。无奈，张默淏又回去翻了一次杂志，沉下气来仔细查阅之后，他终于发现原本应该刊登自己文章的版面被刚刚从国外调来的记者做的报道代替了。

于是，张默淏直接去找社长理论，社长是这么说的：“小张啊，你的资历还浅，各方面也还需要锻炼嘛，杂志社给了你这么多机会，是让你学习的，你要感恩啊。”

张默淏心里默默骂了声娘，面上还是努力保持着尴尬而不失礼貌的微笑：“可是社长，要说资历，不是新来的人更短吗？”

“他虽然是新来的，可是在行业里已经有一些人脉和资源了，而且有在国外工作的经验，人生没有一帆风顺，有人取代你，你要从自己身上找原因，希望你能理解。”

“理解你大爷……”

结果，张默淏一气之下，没等到公司开除他，他当场把社长给炒了。不承想，杂志社本来就要裁员，他的冲动没有得到任何挽留，走人的时候，只有前台年轻的小姑娘对他恋恋不舍。

天堂地狱，一夕之间。张默淏从来没受过这样的打击，本来信心满满却惨遭全盘否定，心情跌落谷底，一下子整个人都不好了。大白天的，张默淏把自己关在房间里，我软硬兼施地劝他都没用，连猫咪“小鱼”在他房门外可怜兮兮地叫了半天他也不为所动。为了不让他沉沦下去，我只能使出百试百灵的撒手锏——趁着夜黑风高，在厨房煮了一锅麻辣牛肉方便面。

很快，满屋空气都是麻辣牛肉味的，任哪个没吃晚饭的人闻了都会按捺不住，绝对是深夜救赎（报复）的最佳选择。

张默淏被这香味生生逼了出来，默不作声地坐到了餐桌边，等着我把面端到他面前，然后边大口地吃着边说我没有人性。猫咪扭着猫步靠到张默淏脚边，安然地蜷着身子睡了。

窗外风很大，把月亮吹得有些凉。

四 去听孙燕姿的演唱会

自从贾冰在家待产后，日子就过得比老佛爷还舒坦，天天对我和张默淏颐指气使，耀武扬威的，不是要在大白天打麻将就是要在大半夜吃小龙虾。打麻将说是为了锻炼孩子的大脑，吃小龙虾说是给孩子补钙，反正就不说是为了自己消遣，我们揭穿她，她又说是妈妈心情好宝宝心情才能好，简直无法无天，我和张默淏还只能"任人宰割"，乖巧得跟老佛爷的贴身小太监似的。当然，为了照顾孕妇，贾冰怎么"作威作福"我俩都没啥，可最要命的是，有一天，她忽然嚷嚷着要去看孙燕姿刚好巡回到北京的演唱会，说自己从初中开始一路喜欢孙燕姿到现在，作为铁杆粉丝，非去不可。

"不行！"我和张默淏异口同声表示反对。

"为什么？"贾冰一脸不可思议，十分不理解我们竟然提出反对。

"大姐，你怀孕了记得吗？演唱会人山人海的，还那么吵，你肚子里那个受不了。"

"我会小心的。"贾冰摸着肚子。

我掏出手机迅速百度了一下，关于孕妇能不能看演唱会，得到的都是否定的答案。

“你自己看怎么说的，”我把手机凑到贾冰面前，读着上面的解答，“长时间待在演唱会这种环境里，容易因为久坐疲劳而出现盆腔出血，进而导致流产……吓死人了，你干吗非要去啊？”

“你们不懂，我粉孙燕姿已经十几年了，她的专辑我每张都买，买一张收藏一张。跟你们说，高中的时候我偷偷跟同学跑去机场接机，那才叫人山人海，那是老娘第一次接机，可能没经验年纪又小，不知道怎么回事就被挤到第一排去了。挤是差点没挤死我，但是我那次离燕姿超近的，她过来的时候，我就拼了命跟她挥手，然后还真的引起了她的注意，她专门走过来跟我握手耶！我回去的时候哭了一路……”

“你肚子里那个要是出了什么问题你才真的要哭……”听到这儿我默默提醒了一句。

“乌鸦嘴！呸呸呸！”贾冰瞪了我一眼，我只好乖乖听老佛爷继续讲古，“后来，燕姿结婚生子，发专辑的速度就变慢了，人也是半工作半顾家的状态。但是，只要她出山开唱，我一定每场都去。”

“你都去过那么多次了，不差这一次啊。”我说。

“不，这次最重要，一定要去！”贾冰语气和样子都特别坚定。

“为什么？”这次换我和张默淏一脸惊讶。

“因为，孙燕姿是我的青春！”贾冰指着自己已经微微凸起的肚子，“我要带着我的孩子，去和我的青春打个招呼，也跟我的偶像说一声，告诉她：‘我从小就喜欢你，已经好多好多年了，现在我跟你一样，也要当妈妈了。’这件事对我很重要！”

贾冰的话让我和张默淏一时无言。

“哎呀，放心，我买看台票，离舞台远远的，而且我听完《我要的幸福》就走，我保证！”贾冰像煞有介事地举起右手起誓，我和张默淏无力反驳，只能表示支持了。

毛毛知道贾冰要去看孙燕姿的演唱会之后，自告奋勇说要一起去，原来他也是孙燕姿的粉丝。不管怎么说，多一个人多一份保障，更何况毛毛还是最靠谱的人民警察，于是，我们买了四张黄牛票，一起陪着“贾太后”去追忆青春。

演唱会当天，体育馆门口人潮涌动，排队的观众把场馆的各个门口都堵得水泄不通，大型演唱会的氛围很是热烈。虽然我不常看演唱会，但看演唱会总要有看演唱会的样子，于是我在路边给大家买了几根荧光棒。贾冰从前一天晚上就兴奋得不行，这会儿更是兴致勃勃跟打了鸡血一样，我们三个大老爷们儿小心地把她护在中间，跟保镖护着大佬一样给贾冰隔了一堵人墙，那阵仗估计和孙燕姿要上台也差不了多少。

演唱会如期开始，台上的孙燕姿光芒万丈，台下的观众席一片灯海。我虽然是陪贾冰来的，但也很开心地享受了一场万人齐嗨的演唱会，像孙燕姿这样有很多代表作的一线歌手，就算我和张默淏只是来凑热闹的，一样能哼几句《天黑黑》《我不难过》《绿光》《第一天》《我怀念的》等脍炙人口的歌，这就是流行。然而，自称也是孙燕姿粉丝，同时离贾冰最近的毛毛却完全没有享受到这场演唱会，因为不知道从哪首歌开始，贾冰就哭成了一团，也不知道是跟青春打招呼的副作用太大还是孕期荷尔蒙作祟，总之贾冰是越哭越厉害，一边号一边跟着唱，也不管自己号得好听不好听。一旁的毛毛只好一边不停递着纸巾，一边不停安抚贾冰。

为了盖过巨大的音乐声，他不得不喊着说话："求求你别哭了，我都害怕了！"

贾冰见毛毛一脸胆战心惊的模样可能才想起自己还是个孕妇，终于收敛了一些。就这样又过了两首歌之后，舞台上终于响起了《我要的幸福》前奏，我、张默湨、毛毛顿时齐刷刷望向贾冰。贾冰专注地听着动人的旋律，在我们仨的注目中，忽然就站了起来。她一动作，我和张默湨还有毛毛也条件反射般跟着站起来，并且手挽着手为她围出了一个保护区，搞得周围的观众一时被我们吸引了大半的注意力，还好我们在遥远的山顶区并不碍事。而此刻，被围着的贾冰就像站在自己的小小舞台上，远远凝视着喜爱了多年的偶像。远处大大的舞台演出依旧精彩，而台下的小舞台也跟唱得动人，我们就这样守着贾冰，直到这首歌落下最后一个音符。而后，贾冰擦干眼泪，潇洒地大手一挥："撤！"我们在掌声和欢呼中默默离开了体育馆，将人潮和喧嚣抛在了身后。

回去的路上，毛毛开车，张默湨静静地望着窗外浮华的夜景没有说话，我也觉得耳边依然回荡着孙燕姿铿锵有力的歌声。美好的音乐犹如天籁，但我们心里却都有点不是滋味。贾冰在偶像的演唱会上告别青春，也是向过去的日子挥手告别，做个小结，自此她就从天真浪漫的少女贾冰变成了肩负养娃重任的母亲。这个转变对于任何一个少女来说都是需要莫大勇气的，更何况贾冰还是个单亲妈妈，她做这个决定的时候没有和任何人商量，没有征求任何人的意见，坚定而执着，固执而义无反顾，但她相信她要的幸福就在不远的未来……

几天后，我的新戏在经历了多次险些夭折后终于坚挺地要开机了。而在新戏发布会上，我竟然见到了李澜妃，并且是在后台，眼睁睁地看着她和方本亲密地互动着，那一刻，我心中震惊万分且一阵凌乱，完全不知道该如何反应，显得像个傻子。可李澜妃抬头撞上我的眼神时，她特别自然地过来跟我热情地打招呼："终于开机了，我就说你火了吧……"后面说了什么我也听不太清了，她又面不改色地扭头去招呼别人，脸上还挂着特别职业的微笑。

随后，发布会开始，我坐在台下看着台上的主创演员，顿时觉得自己更像个傻子了……主持人在公布主演名单时，介绍了李澜妃是女二号，李澜妃起立对台下观众鞠躬，观众席和媒体区响起一片掌声。台上的李澜妃握着话筒，露出了非常自信的微笑，开始向大家讲述自己有多么喜欢这个角色，为了得到这个角色付出了多少努力……最后她说："谢谢所有支持我的人，还有那些现在并不看好我的人，你们都是我前进的动力，我会向你们证明，我一定可以做得很好。"我听着李澜妃看似动情而真挚的一大段演说，忽然意识到，她和我初次见到的那个会不小心撞到别人掉了一地资料手忙脚乱去捡的邻家女孩已经不一样了。现在的李澜妃开始有气场了，开始知道怎么在台下也做个"演员"了。

令人煎熬的发布会结束后，我回到家却看到张默淏开着电视在看娱乐新闻，报道的正好是今天的新戏发布会，更巧的是，现在的画面就是记者在采访空降的新人女二号李澜妃。张默淏盯着电视一声不吭的，反倒是我觉得好尴尬……我伸手想关电视的时候，却被张默淏拦住了。

"没关系，看看……挺好的。"张默淏两眼仍是直勾勾地盯着电视，他的语气很正常，表情也很正常，可是太正常了往往就反倒显得很不正常……我心里有点发毛。

“那个……对不起啊，我把李澜妃介绍给制片人的事没跟你商量，我是不想让你为难。”我终于向张默淏认了个错，其实一直以来，我都觉得张默淏会和李澜妃搞成这样，我就算不是主要原因也起码肯定是个催化剂，我十分心虚，格外关注他们的动向，不是单纯的八卦，总是很复杂、很纠结，他们冷战也不对，和好也不对。

张默淏听到我说的话，终于不再盯着电视，扭头看了看我，说：“这事儿怎么会怪你？你没有做错。”说到这里，他一声叹息，“其实李澜妃求了我很多次，让我找你帮忙，可是我都没同意。我不想给你添麻烦。”

“哦，然后呢？”我大概也能理解他。

张默淏瞪了我一眼：“什么然后？你想问什么直说。”

这可是他让我直说的：“交往这么长时间了，你到底喜不喜欢她？”

张默淏：“喜欢啊，这么漂亮的姑娘，我们在一起多合适。”

“别不正经，我是说真的。”跟他说几句正经的真难，《鲁豫有约》也走不进他的情感世界。

“我也没说假的啊。怎么叫不喜欢？我对她一见钟情，念念不忘，交往更是欲罢不能，见不到她就夜不能寐，冷战的时候也是相思成疾，折磨的都是自己。”他一口气说完。

“回答问题就回答问题，说这么多成语显摆你有文化啊。”真是太难交流了。

“你看，我回答了你又挑理，不说了！”他准备起身，被我双手按住。

“别走啊，性格怎么这么不好呢？”我没问完，“那现在你打算怎么办？要是再这么僵持下去，必将心生芥蒂，时间久了关系可就岌岌可危了。”成语谁不会啊！

张默涅闻言正经了一些：“能怎么办？我会再去找她好好谈一次的，听听她想怎么办呗……”

我点了点头让张默涅赶紧去不要再瞎耽误了，他不耐烦地表示知道了。我俩似平常一样调侃了对方几句，就在我以为这次谈话就此结束的时候，张默涅却突然说：“晓峰，其实我现在挺理解李澜妃的，一个小镇来的女孩为了梦想去努力争取每一个机会，即使输了也不气馁、不放弃，这种胸襟和坚韧的精神，我是自叹不如。如果，我还想和李澜妃在一起，就必须妥协面对，学会接受。”

他一说完，我脑子里立刻闪过了今天在后台撞见李澜妃和方本亲密互动的画面，顿时不知该说什么才好。

张默涅见我一副支支吾吾的样子，心中顿生疑云：“你是不是知道了什么啊？刚才有件事过了你的脑子。”

这是电影《风声》里王志文审问周迅时的台词，我很喜欢这部电影，总在寝室看，他自然也记住了一些经典台词。他突然这么问，我似乎真的有点紧张了。

我小心翼翼地回答：“没有，我只是觉得，万一将来李澜妃为了事业要做什么选择，你不能同意，你要怎么办？”

张默涅沉思了片刻，悠悠开口：“不会的，李澜妃是个挺单纯的姑娘，我会保护她的，也愿意和她一起追求理想。”

张默涅的回答让我只好把还想说的话又咽进肚子里，我决定不告诉他今天在后台看到的事，并在心里默默祈祷是自己想多了。

五 一切都是最好的安排

结束了外地工作的胡蝶终于回来了，还给贾冰带了很多补品，并且搬进了贾冰的家，贴身照顾她的起居。这个举动把贾冰感动坏了，当时就宣布胡蝶将是自己孩子的干妈。有了胡蝶照顾贾冰之后，我跟张默淏放心了许多，贾冰也开心了许多，渐渐地更开朗了一些。

胡蝶见贾冰心情不错，觉得时机差不多了，就想悄悄问她一个问题。酝酿了半天之后，还是贾冰先察觉出她欲言又止的态度。

“你有话想跟我说？”贾冰疑惑地问胡蝶。

胡蝶有点尴尬地笑了笑：“你有没有去看过陆明禹啊？”

贾冰愣了愣，神色倒是很平静：“去过。”她嘴角挂起一丝苦笑，“去了几次，可是他都不见我。”

胡蝶见贾冰不排斥提这件事，就接着问：“为什么？”

“应该是不想给我带来麻烦吧。”贾冰无奈苦笑。

“可是你俩是夫妻呀。” 胡蝶抱了抱贾冰。

贾冰看着胡蝶，表情变得有点复杂：“我告诉你一件事情，其实……我和陆明禹还没有领证。”

“啊？！”胡蝶瞪大了眼睛，万分惊讶，“不对啊，你不是还特意请了一天假去领证的吗？”

“嗯，是要去的，但是我那天大姨妈来了，疼得不行，就没去成……”贾冰接着解释，“就是因为我俩没来得及领证，法律上不是真正的夫妻，所以陆家这次出事我才没受牵连，而且那时候我确实不知道他的事情。”

“难怪……”胡蝶顿时明白了陆明禹为何要躲着贾冰，是不想让她受牵连，也怕吓到她。

“我想了各种办法，还去找过陆明禹的律师，可是他不让律师给我任何消息，我怎么问他都只是说陆家的情况太复杂，既然我还没真的嫁给陆明禹就不要蹚这摊浑水。”

“陆明禹也是为你好，你怪他吗？”胡蝶轻声问。

贾冰闻言摇了摇头，神情柔和：“我不怪他，他也不是故意瞒着我的，是我自己笨才什么都没搞清楚还以为人家是健身教练，我怎么这么蠢？太丢脸了。也好，就算他不跟我断绝关系，我也只会添乱帮不了他什么。”说着贾冰低头把手放在肚子上，“但过去的事情已经无法挽回了，我一定要照顾好自己还有肚子里的这个，我要打起精神，独立自强，不做怨妇，要美美地做一个辣妈！”

胡蝶笑了笑，看着贾冰日渐隆起的肚子却流露出担心的眼神：“辣妈，我真的觉得你很厉害，一个人就敢把孩子生下来。”

“那怎么办啊？”贾冰摸了摸肚子，眼神里全是温柔，“其实我知道的时候吓死了！我感觉自己怀的不是孩子而是炸弹，直接把我脑子炸成了一团糨糊。可是我第一次做B超的时候，医生指给我看他的心脏，那么小小的一颗，还没指甲盖大，一跳一跳的，感觉很弱小却又很倔强。那时候我才强烈地感觉到，那是一个生命，是我的孩子，我怎么能忍心让这个小家伙消失呢？”

胡蝶听着贾冰的述说，仿佛也感知到了天生的母性迸发，心里不由得感动：“所以你那个时候就决定要生下来？”

贾冰点点头：“嗯，从那以后我每天都忍不住想象着未来，这个孩子的未来。他一定是个很漂亮的小家伙，我的人生会因为他贴上‘妈妈’的新标签，我的人生会因为他而改变，但一定是变得更好。从前我的日子过得太糊涂了，以后不会了，我一定要好好地活，我要为了这个孩子变成更好的人。曾经的事就都让它过去吧，其实我也没有什么后悔的，只是希望未来能够更好。”

说完贾冰露出了开心的笑容。

此后，决定为了未来而努力的贾冰真的不是说说而已，人生从来没有为生计发愁过的她为了肚子里的新生命开始攒银子了。她和胡蝶经过一番商量后，决定合伙开网店，专卖母婴产品。胡蝶有做网店的经验，贾冰则亲自上阵做模特，拍了几组宛如大片的广告，店刚开起来就做成了好几万的预售，我们这些朋友都越来越佩服胡蝶的商业头脑。

而后，一向对在朋友圈发广告有偏见的张默淏也开始帮贾冰和胡蝶在朋友圈刷屏打广告了，因为这个机缘，他发现很多留在老家生活的同学都已经结婚生子了。他感叹之前不断收请柬发红包的时候自己没在意，现在回头一看才猛然发现他什么都比别人晚了一步，钱也没别人赚得快。

我不禁打趣他：“你现在要是回老家也很快能有车子房子妻子儿子，你回去呗。”

张默淏瞪了我一眼，又看上去严肃地冥思苦想了好一会儿，说道：“算了吧，回去也得有本钱，可是我现在除了美貌一无所有。”

“……”我把白眼还给张默淏，关门把他撵出了房间。

张默淏赖在门口不走，嚷嚷着自己孤枕难眠想吃个消夜，我听到“消夜”两个字心里的防线有些松动，一番挣扎之后还是默默掏出手机打开了外卖APP……

喝酒撸串，我和张默淏开始没羞没臊地吃着消夜，一通腐败。

“除了美貌一无是处的那位，你接下来怎么打算啊？什么时候结束在家蹭吃蹭喝？”趁张默淏吃得正香，我问得猝不及防。

张默淏闻言放下筷子，起身就跑进了房间，不一会儿拿了一本旅游杂志出来，翻开摊到我面前。

“你看。”他指了指杂志上一篇关于穷游的文章。

我看了看杂志，又看了看他，一头雾水：“有事吗？”

“我想去西藏。”张默淏清晰地回答。

“啊？去干啥？”我有点不敢相信自己的耳朵。

“你知道的，我其实是个文艺青年。”张默淏把头仰成45°角。

“世界那么大，哪儿不能看啊，非要去西藏？”我不解。

张默淏举着鸡爪子，再次摆出了一副眺望诗和远方的模样，“我打算去一趟西藏实现我的摄影梦。”

这么突然又是什么鬼……

“这个梦想我藏在心里很久了，奈何这么多年被颜值所累，一直以来都是被拍的那个，我不想继续当别人相机里的风景了，我也要去拍美丽的风景。”

这天真难聊啊……

“你……会摄影吗？”我问。

“啧，你忘了我大学的时候选修过摄影课了？”张默淏埋怨地瞪了我一眼，“我发现你这人太不注意观察了，我这么明显的梦想你竟然没发现？”

“哦，好吧，现在请大声说出你的梦想！”我做了一个请的手势。

张默淏嘬了嘬嘴：“是这样，我打算报个成人班再进修一下，顺便把设备都准备准备。”

“哦，就是花钱呗。没听说过单反毁三代吗？”我打击他。

张默淏观察着我的表情：“别提钱，俗了，我们聊的是梦想！”

“嗯，梦想不花钱，实现梦想花钱！”我继续揭穿。

张默淏有点气急败坏了：“你是不是觉得这个想法很幼稚？”

“不会啊，”我很诚恳地摇了摇头，“只要是自己真的想做、真的喜欢的事情，什么时候都不晚，最怕真的晚了才发现自己喜欢的事情一件也没做。”

“我就知道你明白我。”张默淏刚刚有点忐忑的神色一扫而空，脸上扬起笑意，给我和自己又倒满了酒，接着一套一套地都和我倾吐了，“我之前那两个工作虽然都黄了，但其实丰富了很多经验，也增加了社会阅历，学会了自我管理，我觉得这些对我都很有帮助。没几个人生下来就能做自己喜欢的事情，大多都是从没那么喜欢的事情做起的。有的人都不知道自己喜欢什么，最重要的是有一天你终于知道自己想做什么了，并且有选择去做的权利。”

“嗯。”我点了点头，同意这段难得正经的对话。

举起酒杯，我示意张默淏，和他碰了碰杯：“所以，我们都很幸运啊。”

我们俩相视一笑，干尽杯中酒。

第七章

好朋友就是互相“欺负”

一 内心的自责

“晓峰老师，下午两点开会，和导演一起把后面的剧本讨论一下，我们有些新想法。辛苦了！”

日上三竿，我迷迷糊糊睁开眼睛，就看见方本发来的微信，不由得一身冷汗，天哪，又要改剧本。

今天的状态出奇的差，先是迷迷糊糊把洗面奶当作牙膏放进嘴里，吐了之后发现真正的牙膏剩最后一点了，好不容易挤到牙刷上，手一抖，牙膏又掉了下去。到地铁站，好端端的乘车卡消磁了，自动售票机不识别我的人民币，去排队还被人插队踩了我一脚泥。好不容易上了地铁，坐了两站发现自己坐反了。

千辛万苦到了方本家，本以为我终于没有“意外”了，进去才知道自己高兴得太早，今天最大的意外在这儿等我呢——李澜妃美滋滋地坐在方本家客厅，和导演谈笑风生。

我看见她目瞪口呆，她怎么在这儿？

她看见我倒是特别亲切，招呼我坐下喝水。碍于其他人在我也不好说什么，镇定自若地和导演开会，导演说了一些剧本的情况，然后提出现在剧本里的女二不够丰满，戏剧冲突不够，要把女二的戏份做上去。

女二，不就是李澜妃吗？我反应过来抬头看向她，她正朝我微笑。

我低下头，这一幕似曾相识，刚认识她的时候我也是在写一个剧本，片方被资方施压要增加女二的戏份，导致原定的女一被换掉，当时李澜妃还是一个配角，不到两年，如今李澜妃已经成了可以争取给自己加戏的女二了。我心里着实有些复杂。

休息的空当，李澜妃走到阳台抽烟，逆着光的背影像一个刚打完胜仗的女战士。

我再三犹豫，还是决定去问个清楚："澜妃，你不是在剧组拍戏吗？怎么在这儿？"

她掐掉烟，吐出一个烟圈，清脆地回答："这几天没有我的戏份啊，我回来两天。"

这样的李澜妃让我特别陌生，仿佛已经变了一个人，还是她本来就是这样。

"张默淏知道你回来吗？"我不知道该怎么问，想了一下还是挑出一个尽量得体的问题。

"晓峰，你是不是误会了，我和张默淏只是朋友，没必要什么事情都告诉他啊。"李澜妃的语气有些无辜。不知道张默淏听到这句话会怎么样，他一定会很伤心。

"李澜妃，我不想介入你们的事，但我是因为张默淏才介绍你和方本认识，你现在竟然说和张默淏只是普通朋友……"我几乎说不下去了，觉得自己就是个白痴，被人戏弄一番之后狼狈不堪还依然要讨个说法，简直是自取其辱。

“晓峰，你这么说我很难过，你是不是误会了什么？我不会忘记你的帮助，我一定找机会还你这个人情。”李澜妃嘴角收起了一点微笑，明亮的大眼睛水汪汪地看着我。

“你不要再演戏了，你明明知道张默溟对你的感情，你一直利用他、利用我、利用我们的关系，现在达到目的了，你就过河拆桥，想把关系甩干净，现在说我误会？我真是看错了你。”我有些语无伦次。

“晓峰，原来你一直这么看我？在你眼里，我是这么不堪的人吗？我和张默溟的事情，你也可以去问他自己。如果你执意误会我也没办法解释，但我必须提醒你，毕竟我们都是在一个圈子，我曾受你帮助，更无意得罪，现在你有误会，我不求你原谅，但请有基本的尊重，也是给彼此都留一些余地，来日方长，只要有一天误会解开了，我们还会和好如初。”李澜妃说得头头是道，反倒显得我特别无理取闹。

这时方本走进阳台，我刚要出口的话生生咽了下去。

方本拍我肩膀，笑着说：“你们在聊什么？说了这么久，快回去吧，待会儿一起吃饭。”

李澜妃一脸天真无邪，笑盈盈地说：“我和晓峰好久没见啊，随便聊聊，正打算进去。”

我转身，抬起头：“方总，待会儿吃饭我就不去了，急着回去赶稿，你们去吧，澜妃替我多喝一杯。”说完，我仓促地跟大家打完招呼，出了门。

北京的天总是灰蒙蒙的，前几天难得有些放晴，转眼又变成了灰色。我把口罩忘在了方本家，一路上有些咳嗽，却顾不得这些，只想尽快回家。我心里乱极了，又自责，又难过。仔细回忆整个事情的始末，张默淏因为我认识的李澜妃，李澜妃因为我认识的张默淏，我不仅是始作俑者，还是导火索。我怎么这么傻呢？我刚刚有一刻就差点相信了李澜妃的话，难道她和张默淏真的什么都没发生？如果真的是这样，就好了。

回家之后，张默淏已经下班在家了，换了件宽松的T恤衫，在厨房噼里啪啦地大展拳脚，听见我回来了，探出头来问："怎么回来得这么早，我还有两个菜没做呢。"

我尽量打起精神，提高音调冲厨房说："我还想问你呢，怎么这么早就回来了？我还以为厨房进贼了呢。"

"你家厨房有啥啊能招贼？哪个贼能给你做饭吃？"张默淏一边乒乒乓乓地切着菜一边说。

"你今天突然这么孝顺，我不太适应。"我换了鞋，靠在门口，偷偷看他。

"这不是怕你一个人在家独守空房太寂寞了。"张默淏端着一盘西红柿炒鸡蛋放在餐桌上。

"你怎么没去约会啊？"我心里十分矛盾，不想提李澜妃，但又想知道张默淏到底知不知道李澜妃已经回北京了。

"她在剧组拍戏，不在北京。"果然张默淏没有察觉出任何不对劲，我正愁要不要开口，张默淏的电话响了起来，一看，正是李澜妃。

"我手上有油，快帮我接一下。"张默淏示意我。

我拿起电话，接通，递到他的耳边。隔着一点距离，隐隐地听到李澜妃说自己很忙，问张默淏这几天怎么样。总之是几句不痛不痒的话，然后说这几天回来有重要事情跟张默淏说，然后就匆匆挂了电话。

挂了电话，张默淏笑嘻嘻地又转身进了厨房："你饿就先吃，我马上就好。”

面对我平时最爱吃的西红柿炒鸡蛋，此刻真是的一点兴趣都没有，心思全在李澜妃身上。她和我一样在试探张默淏，她想知道我到底有没有和张默淏说她的事，得到安全的答案之后，又约张默淏过几天见面，要说重要的事情，是什么呢？分手？

我随便吃了几口就借口“太累了”回了房间，躺在床上，翻来覆去，不知道该怎么办？我真是一个办不成大事的人。我的朋友不多，就这么几个，从来都是以诚相待，没有隐瞒，即使是对待“顽劣”的张默淏，也向来敞开心扉。但这件事让我没了主意，虽然所有事情都不是我有心而为，但又都是因我而起，如果我告诉了张默淏我现在知道的一切，他一定会暴跳如雷，或者失望、沮丧。我自责极了。

和张默淏认识这么久，只有大二的时候有过自责的感觉。

考英语六级之前，考听力学校是不放广播的，需要自己拿听音盒，我换电池的时候一时大意错将没电的电池给了张默淏，他就这么拿着一个没电的听音盒去了考场。出考场之后，我因写作翻译答得不太好，心情郁闷。

“说吧，你为什么害我？”张默淏逼近我，一脸严肃，一副要吃了我的样子。

“我？我怎么了？”从未见过张默淏这么严肃的样子，就连我们那次打架打进了派出所都没有，我有点害怕。

他把听音盒往我面前一亮：“你换的电池，电呢？”

我大吃一惊：“怎么没电了呢？我刚换的啊？”

张默淏：“我知道是你换的才来问你！”

我试了试听音盒，确实没电了，重新装了电池，才发现我确实是换错了电池，赶紧道歉：“对不起，对不起，我一时大意，不是故意的呀。你听力怎么办？”

“怎么办？我还能抄不成？我只能盲选啊。”他气得脸红脖子粗。

我听了宛如五雷轰顶，听力一共占二百多分啊！就算你张默淏阅读写作答得再好，缺了二百分也肯定过不了啊。张默淏难得认认真真复习两三个月，着实不容易，到头来因为我的失误努力付之东流。

“对不起啊。”我真不知道该怎么安慰他，只能自责自己大意。

“唉，我听辅导员说考不过六级不给保送研究生的，我的前途可怎么办……”张默淏的脸从红变青，从大一的时候他就立志保送研究生，每个学期都勤勤恳恳拿奖学金，万一真的因为我一个不小心毁了整个计划的话，我就成了“罪人”。

张默淏因为此事要挟了我半个学期，对我吆五喝六，我自知心中有愧，能忍则忍，眼看着就熬到了公布成绩的时候，我在寝室先查了分，一如既往地压线过关，我很习惯了。我对着张默淏的准考证做了很久的心理建设，一个字、一个字地输入准考证号，轻轻按下“回车”键，几秒之后，我傻在电脑前，张默淏比我高出六十多分，我一定是查错了，退出又输入一次，用力按“回车”键，几秒后再次出现同样的数字。我的天哪，张默淏到底踩了什么狗屎运，英语听力盲选，分数竟然比我高？

这件事让张默淏得意了一个多月，说自己天生是学习的材料，随便一考都能过。我都懒得理他，这个狗东西不仅浪费了我的善良内疚，自责像定时炸弹一样在我心里，结果不仅没出事，还炸出一片烟火，映出的都是张默淏得意的脸。

后来消息不胫而走，张默淏从此便说我是他的贵人，还说我是锦鲤，后来只要考试就有人来我的寝室拜我，还有逼着我给他们装听音盒电池的。

出来混早晚是要还的，张默淏这种“小人”得志之后立刻现形了。还没到大四，他就准备了各种资料经过考试和面试，终于拿到了保研名额。那时候我自知天分不高，不是研究学术的料，已经准备去实习了，张默淏看到我的简历后对我苦口婆心，老父亲一般孜孜不倦地劝说我考研，从网上下载了一套复习计划，让我务必执行。从那天开始整个寝室的天气就变了。

“你怎么又玩手机，书看完了吗？”“你怎么还睡觉，起来看书了！”张默淏比容嬷嬷还严格，天天在我身后催促念叨我，每天大清早毫不留情地把窗帘一拉，让我起床，逼我去自习室和图书馆，路上在我书包里放一份面包和牛奶，有时候还塞个香蕉或者苹果，简直像送孩子上幼儿园一样，然后他接着在寝室睡回笼觉，白天去忙自己的事，晚上到点等我一起去食堂吃晚饭。

本来信心不大的我，看到他这么认真我也决定好好复习试一试，考不上也不遗憾。奈何学习这件事太枯燥，我有时候趁他注意力不集中的时候问：“我是不是不考也行？你看这些单词，背了就忘，考完也忘。”

他瞬间一本正经：“不考研你有什么出路呢？”放下了手里的游戏，又摆出一副家长的样子来，“你去北京有什么竞争力？走丢了都没人找你。”

我被他说得哑口无言，不知道怎么反驳，只好说：“是啊，我也没本事保送，所以现在看见保送生就烦，一烦就学不进去。”

“我知道你心里不平衡，但这不是你不学习的借口，毕竟比你优秀二十年了，你继续习惯就好了。”说完又臭屁地拿起游戏机，感受到我灼热的目光，他往角落挤了挤，“你就当我不存在，继续

学习！“

信心被打击确实不是一两天的事了，往上够不上就往下看一看，还有很多和自己一样甚至不如自己的人，心里又好受了。每天见到人最多的时候是在图使馆，图书馆八点开门，我一般七点半吃完早饭，拿着英语书边排队边背单词。人虽然很多，不过每天捡漏也能有座位。有一天不知道为什么，排队的人特别多，两大行人乌泱泱的，看了我就头痛，想转身回宿舍学习，但是一想又要面对张默淏，还是算了吧。很多人都是早上拎着暖壶排队，这样看完一天书之后晚上顺便路过水房打开水。图书馆一开门，大家蜂拥而上，把一个小姑娘挤到了一边，她男朋友本来走进去了，又要回来扶她。而那小姑娘头一抬，抱着暖壶，大声喊道：“别管我！快去占位！”现在想想，真是又好笑又心酸。

张默淏很早就把自己的毕业论文写好了，不仅这样，他还利用自己的美色，请学妹找了很多论文的参考文献，都梳理好给我准备着。

终于最后考试的一关，我在张默淏关切的目光中走进了考场，前面的考试把我轰炸得头晕目眩，从考场出来，我被张默淏拉到老城区一家最有名的老店，狠狠撮了一顿，把压抑许久的紧张都化作食欲，撑得已经走不了路，沿着江边走了两个来回才坐车回学校。

那会儿大家离校的离校，租房的租房，整个寝室楼都透着离情别绪，我俩站在寝室楼下的篮球场，看着对面曾经人来人往而如今空空荡荡的寝室楼，偶尔一个人拿着行李从里面出来走远，沉默了一会儿，他开口说：“你最好争气能考上，不然这栋楼就都被别人占了。”

我说：“你怎么还霸道得不让别人搬进来啊？毕业生走了，新生就来了，学校最不缺的就是学生。”

张默溴："是啊，但来来往往的人再多，里面也没有我们这些人了。"

我明白他要说什么，一贯潇洒的张默溴也难逃忧伤的情绪。

在张默溴的帮助下，我的论文进展顺利，他还帮我校对调整格式、打印、填表，提供一条龙服务。提交之前他再次利用美色找到教务处教员帮我的论文查重复率，确定没有问题才正式提交，很像那么回事。我难得当了甩手掌柜，感叹再顽劣的石头只要使用得当也能发挥作用，于是我们各自回了家。

直到论文答辩那天，他在教学楼下等我，西装笔挺的样子，又吸引了不知道多少女生的目光。

"你今儿这么正式啊？"我看着油头粉面的他问。

"老师要求了必须着正装，论文可以写得不好，但是态度必须端正，你看看你像什么样子？这头发，这衣服，啧啧。"好像我给他丢了多大的人似的。

"你闭嘴！"我把他的手打开，"我也还好吧，只不过没你穿得这么风骚而已。反正我这种小透明，老师也不会在意我穿什么，差不多过了就行。"

"不行！都毕业了，还不给老师留个好印象吗？老师辛辛苦苦教了我们四年，这可能是大家最后一次交流了，你不能尊重一下老师吗？"张默溴这回不知道为什么非要这么较真儿，"前面还有很多人，走，回宿舍换套衣服再来，走、走、走。"

他生拉硬拽把我拖回了宿舍，打开衣柜，西装我是没有了的，自从上一次被张默溴彻底打击了，我就把那套西装拿回去给我表哥了。翻箱倒柜才找出来一件黑衬衫，看着还像那么回事。张默溴让我花五分钟在水龙头底下迅速洗了个头，然后一把把我摁在椅子上。

“大哥，你干吗？”我一脸不耐烦。

“快把头发吹干，然后我帮你弄一下。”张默淏一本正经。

寝室有电压限制，我用极小功率的吹风机勉强吹干了头发，一回头发现张默淏已经把发蜡、干胶都备好了。

张默淏用手搓了点发蜡，用力薅我的头发，感觉我的发际线都被往上移了两公分。我大喊：“你轻点，疼！你打击报复啊！”

“忍着点，一会儿就好了。”张默淏完全不顾我的抗议，两三下就仿佛把我从乡村田野拉到了国际都市，特别怕下一秒他让我办卡。

因为有了张默淏的帮助，论文和毕业都异常顺利。很快，研究生成绩下来了，时隔四年，我又收到了学校的录取通知书，这意味着我和张默淏又要做三年的同学了。

成绩是张默淏给我查的，第一，是因为我太忙了，忘了哪天出成绩；第二，其实我虽然不上心，然而毕竟自己参与了，真正到了出结果的时候，还是紧张的。他给我打电话，我深吸一口气接起来。

“那个……”

“你先等等，不管我考没考上你都直说，别卖关子。”

“这个吧……”

我一听张默淏犹豫了，立马明白了：“行了，我知道自己不是读书的料，这样也挺好，没啥遗憾了，我也能安安心心去北京找工作，你在家好好的啊。”

“你说什么呢？你自己踩线考上了！”

“啊？”我坚持不敢相信！

“最后一名卡分数线进的，你就是这个专业的底线，知道吗？”

千算万算我也想不到自己能考上，在电话这头爆发出雷鸣般的大笑。

开学之后我拎包去了，打电话让张默淏出来接我："怎么？你在这儿上了四年学，一个暑假过去就认不出母校了？"

不是我认不出来，学校为了迎接新生重新搞了装修，我站在校门口想起四年前也是同样的日子，也是拖着行李箱，今天再想起来，真有点恍如隔世。

正在回味的时候，接到张默淏的电话："你到了吧，别在楼下看学妹了，直接来青楼报到。"

青楼？我急忙说："张默淏，你在说什么？"

"青楼啊，就是游泳馆对面那栋青色的楼！"张默淏嚷着。

我一边走一边纳闷，他怎么知道我住在哪？我吭哧吭哧带着行李走到了"青楼"，发现研究生宿舍果然比本科生的好很多，喜笑颜开地找宿管阿姨拿了钥匙，还在想不知道这三年室友是谁，但打开房门后我嗅到一股阴谋的味道。等等，这个电脑，这个布置，怎么这么熟悉呢？我迫不及待地去看墙上的学生卡，"张默淏"三个大字赫然其上。

这个祸害早就预谋好了啊。

二 生活终于对他下手了

自从知道了李澜妃和方本的事情，接下来几天我都在不安中度过，倒是张默淏坦坦荡荡，说学摄影，真的就去学了。报班的钱不便宜，张默淏嚷着又要吃老本了。看他劲头十足，我更不知道该怎么办，他“顺风顺水”“兴风作浪”了二十几年，眼看生活就要对他下手了，工作和感情都岌岌可危，我除了精神上的支持，束手无策，只能祈祷他头顶的乌云快点散去。

那边贾冰也完全没闲着，报了孕妇辅导班，为了保证贾冰的安全，我和胡蝶有空了轮流去接她。辅导班老师有时候会要求爸爸妈妈一起来上课，张默淏经常要去上摄影课，贾冰就拉住了我这个自由人。每对夫妻手里有一个道具孩子，老师在上面讲，我一开始连孩子都不会抱，就被老师点名批评。

“后面那位戴眼镜的爸爸，胳膊放松，你这样会让孩子觉得难受。”我一开始根本没反应过来是在叫我，然后老师实在看不下去走过来，亲自帮我把胳膊“掰软”。班级里几对夫妻的目光“唰唰”向我投来，顿时我的脸羞红，贾冰也不帮我，就在一旁狂笑。从此，我就变成了班上老师重点关注的对象，有时候去接贾冰，老师还会主动跟我打招呼什么的。

我一个母胎单身狗坚持连续上了三节孕妇课程，终于坚持到学习如何给婴儿洗澡，我想这还不好洗吗，小心一点就行了，“小鱼”在家都是我给它洗的澡。谁知道老师非要拿我当教具，我一会儿跪下，一会儿起身，忙得满头大汗。胡蝶透过玻璃门来看我，拿起手机“咔咔”就给我狼狈不堪的样子拍照，发在我们的微信群里。

张默淏嘲笑我：“哈哈！紧张到不注意表情管理，这一头汗，也不知道是谁该洗澡？”

“闭嘴，你下次来洗。”我反击。

“我今天下课早，现在去找你们。”张默淏回复。

我和胡蝶扶着贾冰，在商场里和张默淏会合，一路说说笑笑，听张默淏吹嘘自己的摄影技术。正说着，对面出现两个人，瞬间我整个后背都湿了，紧张到胃痉挛。

对面，李澜妃戴着墨镜，穿了一身紧身大衣，扎了一个高高的马尾辫，依偎在方本怀里。他们聊得热火朝天，手里提着两个购物袋，没看见我们，还是胡蝶眼尖，和我同时看到了对面扎眼的两人，她扶着贾冰，放慢脚步在贾冰耳边念叨了一声。贾冰循着视线看过去，不禁叫了一声：“妈呀？”

自从贾冰怀孕之后，整个人都特别金贵，张默淏停下来以为她肚子疼，紧张地问她：“怎么了？”

她支支吾吾，拉住我们两个的手，说：“我想上厕所。”

张默淏拉住她：“等等，厕所在前面，你掉什么头啊？走。”

张默淏领着我们回身继续往前走，贾冰捂住脑门儿，不忍直视这一幕。就在下一秒，史上最尴尬的一幕发生了，张默淏和李澜妃、方本两人只有一步之遥。

胡蝶立马拉住了张默淏的胳膊，小声提醒他："冷静，冷静！不要闹事，我们队伍里有孕妇。"

"走、走、走，我们掉头去那边。"贾冰拖住他，想要往回走。

这时李澜妃和方本也站住了，李澜妃是看见了张默淏，而我是被方本盯上了。我在队伍最后一个，立马扭过身去假装没看到，但是方本没有放过我，在背后大声喊出了我的名字。

我的天哪，怎么会有这么没眼力见儿的人？他还走过来了，那一刻世界都放慢了速度，我仿佛听到了大家不同的声音。

贾冰在说："哼，我就知道这个李澜妃不是省油的灯，我还能看走眼吗？"

胡蝶在说："识趣的就快点滚，待会儿要真动手了我是先保护孕妇还是出手呢？"

我的心里一万只羊驼呼啸而过，接着是一千只土拨鼠嗷嗷叫，全是喧嚣、全是凌乱，张默淏稀里哗啦心碎的声音清晰可闻。

"好巧，在这儿遇见，你跟你朋友来吃饭啊？"方本热情地跟我寒暄，殊不知，他的热情之火灼烧了在场的每一个人。

"是、是啊。"我手心里全是汗，现在大家的目光全在我、张默淏和李澜妃身上流转。李澜妃真不愧是演员，这种危机情况面不改色、心不慌，眼神避开了张默淏，大方落到我这里，心理素质简直像特工一样。

"都是朋友，要不要一起吃？"方本客气地问。

吃个鬼！再不走就真要吃人了！我尽量镇定："没事，不用了，我们自己吃就行……"

我想着总得把他们俩弄走再说，这时候张默淏突然说："你什么时候回北京了，也不说一声？”

张默淏的声音有点颤抖。

“太匆忙了，没来得及跟你们说。”李澜妃的演技和心理素质应该可以直冲奥斯卡小金人了。

我紧张得已经到极点了，现在一个出其不意的动作都能使我一个箭步出去。可一场暗潮汹涌之后迎来的并不是一场腥风血雨，张默淏说：“哦。”

李澜妃和方本冲我笑着应酬了一声，也继续往前走，双方擦肩而过的一刻，我的汗从头上滴落。

分开之后，张默淏说先回家了，我们也不敢说话，他大步流星走得飞快，眼看他出门打了一辆车，我们紧随其后立马就打车跟上了。

张默淏这个人我了解，越是表面波澜不惊，心里一定是已经落入万丈深渊。都说双鱼男渣，特别博爱，但这是双鱼自我保护的一种相处方式，一旦他真的喜欢上谁，就会开启自己与生俱来的艺术天分，给你充满想象力的惊喜，只有想不到，没有他们做不到。也正是因为这样，一旦他们受伤了，一定是哭得最惨的。

上了车一关车门，我们对着师傅说就是前面那辆车，快点跟上。师傅以为我们拍大片，挂了挡一踩油门，“轰”的一声就跑了出去。在车上胡蝶和贾冰两个人像审犯人一样质问我，让我把张默淏和李澜妃的前因后果讲清楚。

说到酒会如何如何，胡蝶忍不住开口：“这种人我见得多了，也就骗骗张默淏这种白痴，你看欲望都写在脸上了！再说这身材也一般啊，一个演员怎么管理的自己的身材，比我减肥之前差不了多少。”

贾冰立马回应：“就是啊，一看那脸上的玻尿酸就没少打，不反对整容，但不能贪便宜啊，她那个也太不自然了，跟咱们这原装的比不了啊。”

一番人身攻击下来，两个女人的感情更加牢固了，怪不得人家都说八卦是拉近两个女人最好的话题。

贾冰接着又骂：“张默淏也是活该，男人啊，都是视觉动物，不动脑子的。”被贾冰骂不过脑子这事本来就特别埋汰人。

胡蝶觉得非常同意：“就是活该，男人没一个好东西。”

我实在受不了了：“喂，我还在车上呢，我还行吧！”

“你闭嘴！”两个人异口同声怼我。

然后我就闭嘴了，惹不起这俩祖宗，让司机师傅开快点不要跟丢了。经历了这短短的两分钟却耗费了我一天的元气，我深深叹了口气。她们又把话题往我身上引。

“你不会一早就知道这件事吧？”她俩一起把枪口对准我。

我一时语塞，尴尬地看了一眼窗外，看见张默淏下了车。我赶紧喊：“师傅，停车！”

眼看着张默淏走进了超市，我们的车在马路对面停下来，贾冰打开车窗，拼命伸头想看张默淏在超市里做什么。

“我们为什么要在这里傻等着不下车啊？”贾冰问。

“我们是跟踪他啊，又不是光明正大陪他。”我认真回答。

“张默淏是特别好面子的人，从小到大都是女生围着他，在花丛中想招蜂引蝶的是他，收放自如的也是他，当面被绿还是第一次，而且刚才我们都在，他只能假装镇定没事，为的是不让自己太不体面也不想我们尴尬，但我们要是一直在他身边，他的自尊心受不了，毕竟太丢人了。”胡蝶说。

贾冰点点头：“还是你了解他啊！”

不一会儿，张默淏手里拿着一听啤酒出来了，另一只手的塑料袋里好像也装着什么。

“你看他那只手里拿着什么？”贾冰问。

胡蝶眯起眼来：“不行，看不清，被人挡住了。师傅，你往前开一点。”

车子慢慢靠近，张默淏接了个电话，但很快又挂断了。我们仨这才看清楚，异口同声地说：“是菜刀！”

胡蝶被惊得叫了一声：“我的天哪，张默淏这是想不开要自残啊，喝酒壮胆再割腕？还是要去砍那对狗男女？快下车拦住他！”胡蝶打小儿到没见过张默淏这个样子，真的被吓坏了。

我们三个跳下车去，胡蝶一把打开车门，我玩命似的往车里头钻使劲把张默淏拉出来，贾冰在后面边走边喊：“张默淏！冷静！冷静！冲动是魔鬼！”

张默淏被我仨搞蒙了，狼狈地从车里趔趄着出来，胡蝶去抢菜刀，张默淏下意识地躲，我死死地抱住他，张默淏大喊：“你们干吗？”

贾冰也大喊：“把刀放下！”

情况危急，两辆出租车把路口堵得水泄不通，周围人本来就多，两人大喊之后，全都围过来，有人甚至掏出手机开始录视频，我好怕他们把我们放到微博上去。但来不及被发到微博上，周围人的议论声音已经很大了：“这男的拿菜刀跟孕妇对峙，一定是发现孩子不是自己的。”“应该是老公出轨，被怀孕的老婆发现，撕扯的应该都是娘家人。”

这时我听到一声洪亮而有力的声音：“不许动！把刀放下！”

突然从人群中跳出一个警察，我定眼一看，头更大了，这下好了，把毛毛都给招来了。

“怎么是你们？”一看是熟人，毛毛把警棍收了起来，“到底怎么回事？”

“警察同志，”张默淏把刀往地下一扔，“都是误会，误会。”

毛毛下班后走了几条街，看到群众围着几个人，又有大喊大叫的声音，职业习惯让他跑过来看看，没想到是我们几个。既然张默淏说是误会，毛毛先把群众疏散了，出租车司机也让人家走了，才开始“审问”我们几个。

“你怎么回事？为什么拿着刀？”毛毛问。

“家里那把刀让我切排骨弄钝了，我又找不到磨刀的，正好路过顺手买一把新的。”

经过刚才一番激烈搏斗，我觉得自己的心情还是很激动，太阳穴突突地跳个没完。

“那你们三个呢？”毛毛指向我们仨。

“我们怕他想不开，他刚刚失……”贾冰回答。

“失业！”胡蝶打断了贾冰，抢了过去。

“嘿，我当多大点事呢，工作没了可以再找啊。”毛毛挠头。

“我没想不开，是他们戏太多了。”张默淏垂着头，仿佛在老师面前犯错的小学生一样。

“你还没想不开，一手啤酒一手菜刀的，谁看了不害怕？”贾冰捂着肚子，假装受惊的样子。

“好了、好了，我们聚一起总是这么爱闯祸，还给警察添麻烦。不好意思啊，毛毛。”我伸出手来跟毛毛握手。

“说什么呢，你们在首都堵了一条街，要不是有孕妇在这儿，什么话也甭说先都扣派出所去。”

“警察同志误会啊，民女也是一心为了维护治安拯救年轻生命！”贾冰这解释不如不解释。

毛毛被我们几个人闹得头都大了：“你们确实是戏太多，等会儿我把车开过来送你们回去。”

“那个什么，我突然肚子有点疼，肯定是刚才走得太急了，我得先回家休息一下。晓峰，你们和张默淏好好聊聊啊。”贾冰冲着胡蝶挤眉弄眼。我知道她这时候来机灵了，想先逃跑，简直太没义气了。

胡蝶咳嗽了一声：“那个什么，我也回去照顾你，毛毛送咱俩吧。”

刚说完没等反应过来，两人已经和毛毛一起扬长而去。

三 能动手就别吵吵

我和张默淏坐上出租车，一路沉默。我不禁回忆他跟李澜妃初次相见的场景，那是他始料未及的惊喜。公主一曲作罢匆匆离去，只留下一双水晶鞋被他捡到，从此一往情深。

张默淏突然叫司机停车，回头瞪着我说:“让我一个人待一会儿，不许再跟过来。”说完把购物袋扔给我，自己下车走了。

我忐忑地等到很晚，张默淏终于回家了，一身酒气，猫咪“小鱼”“嗖”的一声跑到床底下。

张默淏看我坐在客厅等他，主动开口问我：“李澜妃和方本那点事你早就知道是不是？”

我支支吾吾，其实我想到会有这么一天，但是我还没想好怎么跟张默淏解释。

“你可真是我的好兄弟，这么大的事你为什么不早点告诉我？你就每天看着我头上戴着顶绿帽子？”张默淏几乎是喊出来的。

“我……不知道该怎么跟你说。”逃不掉的终究要面对，

“嗬，你当然不知道怎么说，因为方本也是你介绍的！”张默

淏指向我。

“我是介绍了，但我只是介绍他们工作，我是想帮她，就等于帮你啊。”我百口莫辩了。

“你就是这么帮我的？没看出来啊，你蔫了吧唧的还喜欢干保媒拉纤的活儿啊！”张默淏几乎已经控制不住自己的情绪了。

我被他这一句带着愤怒的质问问得哑口无言，我们俩认识这么多年，遇到过很多事，但这一件是最失控的，我始料未及。

“你说话啊！”他不依不饶——

“张默淏，你喝醉了，我们明天再说。”我不想跟他继续说下去，拿着外套就往卧室走。

他冲过来一把拦住我，把我推进沙发里面，我被撞得生疼：“你疯了吗？”然后站起来想离开。

“我就是疯了！”张默淏喝醉酒之后力气特别大，他死死摁住我。

“你放手！”我用力挣脱。

我挣脱张默淏的手，用力推开他，但是他死拽着我的衣领，我们一起跌倒在地板上，周围的瓶子摆件倒了一地。我也没控制好自己，借地板的力想要起身，此时张默淏突然挥拳，把我的眼镜一拳打掉。他这一拳打得我措手不及，但很快，我的怒火也立马起来，在他准备给我第二拳的时候提前挥手反击。但我从小到大打过架的次数屈指可数，他一边把我的双手牢牢攥住，一边又大声骂我。

“你别想还手，我忍了一天了，就是想揍你！”他的手更用力了。

“你有火凭什么往我身上撒？”我更加委屈。

“不怪你怪谁？要不是你，他俩能认识吗？”张默淏嘶吼着，

“你别无理取闹，是我让你喜欢李澜妃的吗？就知道欺负我，有什么本事？有本事你找李澜妃说清楚啊！”

“你再给我说一遍？”他把我的领子拎起来，“我这么些年都欺负你？”

“是啊！你这个衣冠禽兽的无赖！”我趁他卸了力气，用力把他推开。

张默溟撒开手，踉跄着站起来，用手指着我的鼻尖说：“好， 我是无赖，从今天开始，别再跟无赖做朋友！我们谁也不欠谁的了。”

说完，张默溟摔门而去。

我躺在地板上，看着周围散落的抱枕、酒瓶，狼藉一片，脑子一阵空白，事情怎么会变成这个样子？我吸了吸鼻子，觉得好像有什么液体流出来了，用手一摸，是腥红的血。这天杀的孙子，还真的下这么重的手。我起身到卫生间去冲脸，打开水龙头开到最大，用冷水使自己冷静下来。

我自己慢慢回想刚才发生的事情，是什么让我们如此狼狈不堪，好像一开始是因为李澜妃和他的事情，后来不知道怎么就变成我跟他之间的恩怨了。我确实是情急之下，口不择言，但说出去的话就是泼出去的水，再怎么自责也没有用。

我擦干脸上的水珠，回头看见张默溟昨天洗完的一件白衬衫静静地挂在卫生间，不由得想起大学的一件事情。

大一的时候，我们宿舍楼下装了新的洗衣机，女生我不知道，男生真的是一个赛一个得懒，总等到衣柜里再扒不出来一件衣服才会抱着一盆下楼去洗，张默溟就是这样，为此我总嘲笑他。

“还好你的衣服多，不然三五天扔一件，怎么够穿呢？”

“我穿什么都帅啊。”他双腿劈叉，用梳子往头上抹发胶，打算出去约会。

“自恋！”我拿着自己的几件衣服打算去楼下洗。

“哎，你等等。”他从椅背上拿起几件衣服来，没脸没皮地塞给我，“你正好洗衣服，不如顺手给我洗了呗。”

“你可要点脸吧。”

“一顿锅包肉？”又是糖衣炮弹。

“两顿也不行！”我拿着盆迅速飞离了宿舍，我是那么没有原则的人吗？有第一次就有第二次，不能惯着他这个毛病！

周末下午人不多，只有一个洗衣机在用，我把水装满，把洗衣粉倒进去就上楼了。回宿舍之后张默淏已经走了，宿舍里还残留着浓重的发胶味。我把窗户打开透风，看见他掉在地上的脏衣服，又好笑又生气，他有时间弄头发却没时间洗衣服。

给他把衣服捡起来搭在椅背上，我就爬上床看书了，一不小心抱着书就睡了过去。直到窗棂“簌簌”作响，才把梦里的我叫起来，我一看手表，坏了，这都过去了一个多小时了，洗衣机我定时 50 分钟，我的衣服早就洗完了。扔下书，立马跑下楼去，洗衣机里哪儿还有我的衣服，不知道被谁拿出来，扔在了一个破旧不用的盆里，牛仔裤有一半还掉在地上，洗好的衣服比没洗之前还脏。我只能一件件收好，这真是哑巴吃黄连，有苦说不出，我把盆拿回宿舍手洗。

再推开门的时候，张默淏已经回来了，我懒得搭理他，一屁股坐在椅子上生闷气。

“你不知道我今天太惨了，我跟一个姑娘刚走出校门口就遇见了胡蝶，胡蝶带着女篮小姐妹邀我去打篮球，你说我要是去了不是自投罗网嘛，我哪是她们的对手啊？”张默淏絮絮叨叨，自顾自说话，终于察觉到舍友的不对劲，起身问了一句，“你怎么了？”

我指了指脚边的那盆衣服，跟他说了事情的原委：“我刚去洗衣服，回来看书不小心睡着了，不知道谁插队把我的衣服从洗衣机里给我扔在了脏盆里，你看——”

“敢欺负我的人！”张默淏瞅了一眼我的脏衣服，“你还不如不洗呢。”他跳下床问我，“你上来的时候，洗衣机是不是还在洗那个人的衣服？”

“应该是吧？”

“等着，我去给你抓人道歉。”

“哎，你要干啥？别打架啊。”说着他已经迈出了宿舍的门，我伸着头跟他说。

“知道了！你真啰唆！”张默淏走路带风，从走廊飘回这么几个字。

想着下次再洗衣服应该在洗衣机旁边立一个牌子：“家有恶犬，不要轻举妄动！”

等了半天张默淏还没回来，我怕他又出什么幺蛾子，我在宿舍坐立难安，下楼去了盥洗室看个究竟。

还没走到，就听见张默淏训人的声音：“都是一个学院的，洗个衣服至于那么着急吗？就算着急用，挨个屋问问不就知道是谁的衣服了吗？给人扔脏盆里太不地道了！”

我走到门口，张默淏身体斜靠着水池，大长腿撑着地，一看是我，仰头让我进来。从外面照进来的斜阳刺眼，张默淏一身高傲。

“不好意思啊，哥们儿，不知道是你们寝室的衣服啊，我这次洗完再给你洗一次，对不住了！”那人笑嘻嘻地赔罪。

张默淏示意我先回去，自己隔了好一阵才回宿舍，我问他去干吗了，他跷起二郎腿，告诉我：“我去跟宿管阿姨反映洗衣服排队这件事了，以后学生会跟她们联手打击治理，保准还大家一个文明良好的环境。”

不愧是主席，说话可真是官僚：“拉倒吧，你就是最不文明的那一个。”

“我怎么不文明了？我才刚帮了你啊，你这么说话，你的良心不会痛吗？”张默淏又开始表演。

“你自己低头看看你凳子上的脏衣服吧。”我指着一摞衣服。

张默淏一低头，看见自己的脏袜子还在球鞋旁边放着，气得跳脚了：“不是让你把我的也一起拿下去吗？”

“我下次见着胡蝶，我就告诉她你在寝室……”我一本正经。

张默淏来捂我的嘴：“好了、好了，可以了，甭替我操心了。”

小样吧，我还治不了你了！

本以为这件事就算过去了，谁知道过了两天，晚上张默淏神秘兮兮地跟我说去搞一件大事，让我在宿舍迎接他。我听了有点害怕，别是搞什么毒品、枪支回来吧。我点点头，于是在宿舍心惊胆跳，等张默淏砰砰敲门，他居然扛了一个小洗衣机回来。

我赶紧接进来，问他：“你这从哪儿搞的？”

他没理我，咕嘟咕嘟喝下三大口水：“厉害吧，学校以前淘汰下来的旧的，我找后勤刷脸要的，换了新的滤芯，以后衣服可以分开洗了。”

“有勇有谋。”我只能想到这四个字来夸奖张默淏了。

“低调，低调。这样以后我们在宿舍洗衣服就行了。”

我和张默淏把洗衣机藏在阳台，平常用纸板和行李箱挡住，用完之后藏好，别被宿管阿姨发现就行。

“你知道我为什么不爱洗衣服了吧，楼下那个公共的洗衣机多脏啊，你把这个一消毒就 OK 了。”

我有点被领导的气魄感化了，决定以后通融一下，他的衬衫勉强可以跟我的衣服一起洗，袜子免谈。

四 走吧走吧，人总要学着自己长大

张默淏决定暂时离开北京，去西藏。

这样也好，既然都说不出“对不起“，不如先放下，时间是最好的止痛药。

贾冰知道了以后，说要一起吃顿饭为张默淏践行。胡蝶觉得贾冰现在肚子大了，出门吃饭费劲又不安全，不如就到贾冰家里吃一顿，我说也好，于是每个人领着两样菜到贾冰家去。

意外的是，毛毛也在，胡蝶跟我咬耳朵告诉我说：“自从上次我们几个遇见了，毛毛就经常来贾冰家帮忙扛东西，什么奶粉、婴儿车乱七八糟的，贾冰也一点都不客气，总是使唤人家。”

贾冰的身孕一天比一天大，不过都鼓在了肚子上，脸和腿都还是瘦的。素面朝天的样子依旧很美，贾冰到阳台上去拿晒的被子，张默淏让她别动，用手机拍了一张照片给她。阳光透过她的指缝，照在她的脸上，她表情恬淡，没有丝毫疲惫，就像天底下所有的准妈妈一样，温柔又可爱。贾冰拿过手机来一看，惊喜地发出由衷的赞美。

“哇，你才学了这么两天就拍得这么好看？哎，你们都快过来看看。”我们都凑到贾冰身边，“你简直就是被颜值耽误的摄影师，快，给我们每个人拍一张！”

张默溟大手一挥：“没问题，来来来排好队，先交钱，后拍照，我给你们每个人五折！”

“呀，这么大方啊？四舍五入等于不要钱了！”贾冰拍拍张默溟的肩膀，“那干脆免费得了。”

张默溟一本正经摇摇头：“我不，去一趟西藏很贵的，你们不给我筹点盘缠吗？”

大家听完一哄而散：“算了、算了，不拍了。”

玩笑之后，张默溟进厨房做菜去了，胡蝶趁机问我：“你跟张默溟怎么样了？还没和好吗？”

我想了一下开口：“算缓和了吧？不过那件事情确实怪我，他生气我能理解。”

那日分开之后，胡蝶不放心，又折回我家找张默溟，见到满地狼藉，我把李澜妃和张默溟的前因后果都告诉了她。

“你俩怎么还像小孩一样？实在不行，你再揍他一顿啊！”胡蝶半开玩笑地劝我。

“你以为我不想啊？我打不过他啊，他这人高马大的样！”我也开玩笑回答。

“你真完蛋。”胡蝶不屑地哼了一声，“你打不过告诉我啊。我打他可有经验了，小时候他一欺负我我就打他，他怕我告诉家长也不敢还手，有时候我哭得太狠他还得哄我，特别严重的情况还把零花钱给我让我住手。”

我一听惊了：“你还连打带抢啊？”以前胡蝶虽然厉害，但是不知道还这么霸道。

胡蝶大义凛然："我从小就有正义感啊，爱憎分明，对待这种冥顽不灵的小朋友就要狠一点。"

我点点头："还是胡蝶女侠霸气啊。但这次我还是有些理亏，不敢硬刚。"

"你理亏什么？出轨的又不是你。李澜妃还和方本在一起？她后来没找过张默淏？"

"李澜妃找过张默淏，但是他一直没理她；后来又找到我这里，让我把一对耳环交给张默淏。"想起来我就头疼。我去剧组探班，千般躲闪还是遇到了李澜妃，她从包里掏出来一个盒子给我："这个是当初张默淏给我的，麻烦你帮我还给他吧。"

我看了看，没有伸手去接："要还你自己还，夹在中间这事我不做了。"

"就当是最后一次吧。"她把盒子塞到我手上，说了句"谢谢"就走了。

胡蝶听完也惊呆了："她还真是不怕你跟她翻脸。"

"后来打开盒子看了一下，是一副精致的耳环。"我说，"耳环还在我那里，我还不知道怎么给张默淏，等他从西藏回来再说吧。"

胡蝶突然好奇："你给我看看什么样子的？"

那副耳环一直在我包里放着，我要是放在家里，张默淏回去看见了，恐怕又要误会点什么，不如我一直背着，有时候最危险的地方就是最安全的地方。

我去拿来给胡蝶，胡蝶一打开，愣了一下："这副耳环是我给他挑的！"

我又想笑，当着胡蝶的面又不敢笑，这都什么事儿啊，赶紧把耳环收起来："算了、算了，今天给他践行，不说这些了。"

"算了？你等他从西藏回来，好好盘问他到底是怎么回事。"胡蝶不依不饶的样子太可爱了。

正说着，张默淏从厨房里走出来了，把围裙扔给我："做鱼的，该你了。"

我伸手接住围裙，套上走进厨房。

为表诚意，只能贡献张默淏老人家心心念念的鲫鱼汤。鱼是早上他自己去菜市场挑的，收拾完之后装回来带到贾冰家。若在平常，我肯定要嘲讽他一顿，现在算了，今时不同往日，他去趟西藏怎么着也得两三个月见不到人影。可怜我只能同"小鱼"做伴了。我洗干净鱼，放了些葱姜去腥，然后开始在锅里用油煎，张默淏站在我身后看着。

我刚跟胡蝶说完他的那些破事，心里头还不痛快，没好气地说了句："出去坐着，不要偷学。"

张默淏把刚刚切好的黄瓜放进嘴里，咔嚓咔嚓地啃："你可拉倒吧，我早就会做，我怕做得比你好吃伤你自尊罢了。"

我把豆腐都切好，放进锅里，准备和鱼一起炖："那真是谢谢张总了，让我有成就感，我可要好好珍惜机会。"

说到做鲫鱼汤，那真不是我吹的。小时候在姥姥家，我也不知道为什么她总是做这道菜，大概是吃鱼能变聪明吧，变着法子让我喝鱼汤，事实证明童话里都是骗人的，我觉得自己既没长高（因为我还不如张默淏这个吃百家饭的孩子长得高），又不聪明。我姥姥要是知道她大孙子在北京混成这个惨样，多心疼她当年买的那些鱼啊。

我边做边陷入沉思，直到张默淏大喊一声："快点翻锅，要煳了。"

他冲到我面前，把煤气灶关上，把锅拿起来。

我心有余悸，拍了拍胸脯："吓死我了，还好，没煳。"

张默淏指责我："你脑子在开 Party 吗？想什么呢？？"

"想怎么给你下毒才不会被发现。"我反击。

他脱口而出："你欠揍吧！"

说完，我俩又陷入了沉默。

饭菜都做好了，贾冰太后一样地稳坐中央，我们其他人都是她的奴才——胡蝶在旁边伺候，毛毛帮张默淏把碗筷都摆好，我把最后做好的鲫鱼汤端上了桌子。

"来、来、来，大餐来了，小心烫手！快把桌垫拿上来。"

懒得倒进碗里了，我直接拿着小煮锅端了上来，汤已经炖出了乳白色，贾冰激动地拿起勺子就捞。

胡蝶问她："贾冰同学，你现在喝这个，是不是有点早？"

"不早、不早，未雨绸缪啊。"她舀起来一勺放进嘴里，咂巴了一下，"嗯！好喝，手艺不错，就是这个味！"

毛毛夹了一块鱼肉，挑完刺，放进贾冰的碗里，说："孕妇吃鱼好，孩子聪明。"

我一听乐了，他们还是太年轻了，哪里晓得一个活生生的例子就站在他们面前。胡蝶看着捧着碗的我一脸傻笑，拍了我一下："想什么呢？你是不是也想要孩子了？还是警察叔叔想得周到。"

大家哈哈笑起来，把我羞得不行。唉，我连女朋友都没有，上哪有孩子呀？张默淏给自己盛了一碗，放到嘴边轻轻吹了一下，喝了一口，满意地点点头："不错，宝刀未老。"

"大哥，您好歹也当过记者，这个成语是这么用的吗？"

“快吃，吃还堵不上你的嘴。”他捧起鱼汤三下五除二喝光了一碗，“真是鲜，鲜得我都说不出话了。”他站起身来，想要再添一碗。贾冰连忙护着锅：“哎、哎、哎，你是孕妇还是我是孕妇，怎么喝得比我都急？你也想下奶？”

大家一哄而笑，言笑晏晏，一顿饭吃得轻松又舒适，把之前的不愉快连同食物一起消化了。其实主要是我和张默淏之间的问题，我也很感谢胡蝶，因为这顿践行饭是她提议的，她总是这么细心。吃完饭，我们也没闲着，胡蝶收拾家务，贾冰自己要求刷碗，说需要锻炼一下，我和毛毛一个扫地一个擦地。贾冰月份大了，回头没人给她做这些事。张默淏举着相机，跟苍蝇一样在我们周围嗡嗡拍照，我故意拿起苍蝇拍来打他，他“咔嚓”一声摁下快门，拍了一张我打苍蝇的照片。

吃完饭第二天，我们去火车站送张默淏，张默淏犯矫情，非要我把“小鱼”带上。

在站台上我问他：“什么时候回来？”

“什么时候玩够了就什么时候回来。”张默淏没心没肺的样子。

这是什么废话？

“没关系，你多玩一阵，反正房租水电你已经交了半年的。”

“行，你买点猫粮，别饿着‘小鱼’，我回来它要是瘦一两罚你一千。”张默淏摸着“小鱼”的脑袋，“小鱼”喵喵地叫。

“你先自己吃饱再说吧，钱够吗？藏族的东西你不一定吃得惯，路上别饿着自己，不够的话跟我们说。”胡蝶把手里的袋子递给张默淏，里头塞满了零食，一看都是张默淏爱吃的。

“你去多拍点照片啊、视频啊，然后我就可以假装自己也去过了！”贾冰笑了笑，让张默淏伸手摸了摸自己的肚子，“早点回来，宝宝他干爹。”

张默渂点点头，说：“我就是去旅游一趟，又不是不回来了，你们这么伤感干吗？来，都给爷笑一个。”

我们被他逗得不行，本来也不是严肃的人，都说等他回来请他吃饭。

站在火车站门口，想起了他刚到北京的那天，我也是在这里接的他。那天阳光刺眼，他坏笑着远远地朝我招手。今天，他同样笑着挥手，虽然只是短短的两年时间，然而张默渂在北京就业又失业，恋爱又失恋，疲惫地离开，成熟的代价太大了。

虽然知道他很快就会回来，但心里突然有种感触，这种分别的感觉似曾相识，大学毕业的时候有过，之后就是这次。我尽量告诉自己没事，就像他所说的，只是去旅游罢了，但还是忍不住有些难过，我们最终会以什么形式分别，我不敢想象。

张默渂和每个人拥抱，然后潇洒地转身，走进了站台。我们在他身后默默挥手告别。

车站的人特别多，形形色色，有多少个人就有多重人生，人的一生又有太多种缘分。能够互相欺负一段、陪伴一段，是人生中最幸运的事。

出租车里，广播放了一首老歌——《爱的代价》：“走吧，走吧，人总要学着自己长大；走吧，走吧，人生难免经历苦痛挣扎；走吧，走吧，为自己的心找一个家；也曾伤心流泪，也曾黯然心碎，这是爱的代价。”听到这里，我红了眼眶。

第八章

如果人生可以重来，
我希望遇见的还是你

一 产房喜讯

制片人让我去上海开会，临走之前我特意嘱咐了胡蝶和贾冰，千万要小心再小心，仔细再仔细，贾冰临产期快到了。

胡蝶咯咯笑个不停："上了几节课的准爸爸，你这觉悟不错啊，还真把自己当爸爸了。"

我说："废话，贾冰欠我的这些债，我得在她孩子身上要回来。"

会开得七七八八，我们还打算在上海纸醉金迷几天，早上胡蝶突然给我打电话："你啥时候回来啊？贾冰肚说子疼，可能快生了。"

我一听不好，酒也不喝了，立马买了机票从上海飞回北京，一路上祈祷母子平安。感谢祖国交通发达，早晨我还在黄浦江岸边吃汤包，下午就在首都的妇产医院手术室外焦急地徘徊。

我到的时候，贾冰爸妈、胡蝶、毛毛都挤在医院的走廊里。胡蝶一见到我，立马上来拉住我的手："昨天晚上她给我打电话的时候我都要吓死了，又不知道找谁，幸好你回来了。"一番慰问，仿佛我是上山下乡而没赶得上老婆生孩子一样，弄得我还真有点当爸爸的滋味。

我跟毛毛点点头，跟他说："辛苦你了。"

胡蝶是个女孩子，没结过婚更没生过孩子，贾冰父母年纪又都大了，张默淏一走几个月，人民警察见识多，处事稳妥，那真不是盖的，还好有毛毛在这里跑前跑后。这几个月胡蝶一边忙着生意一边照顾贾冰，工作忙不过来的时候，就有毛毛忙前忙后的。

我们常常能在菜市场看见毛毛一手拎着菜，一手扶着贾冰。一个小伙子跟在孕妇后头，被指挥得团团转。贾冰说我要吃这个，毛毛就会找一堆理由说这个对孕妇不好，这个对孩子不好。贾冰没有办法，只好说自己就是想吃罢了，毛毛只能乖乖掏钱买。时间久了，菜市场的阿姨都夸这小两口儿真幸福，金童玉女，小伙子又听老婆的话，老婆说一，自己从来不敢说二。

贾冰一开始还跟阿姨们解释"不是的，您误会了，我们俩不是夫妻。"她说不能这么败坏毛毛的名声，回头毛毛还得找对象呢。等到后来误会的人越来越多，毛毛干脆也懒得解释，微微一笑，未可置否。贾冰一看毛毛不说话了，自己再说反倒觉得矫情，也就闭嘴了。

两人常去市场买菜回家做饭，顿顿不落，贾冰整个人圆润了一大圈，胃口大得每顿饭仿佛能吃下一头牛一样，最圆的地方还是肚子，我那天给贾冰拍照发给张默淏看。

"你这摄影技术实在放不到台面，回头哥教你啊。"张默淏给我发来这么一条消息。

"你关注点放错了，我是让你看贾冰现状。"我不服气。

"嗯，看见了，这肚子圆滚滚的，一定是个女儿。"

"不，我觉得是个儿子，肯定是个大胖小子。"

自从陆明禹出事、贾冰要做单亲妈妈之后，贾冰妈妈没有什么特别的反应，就是贾冰爸爸连着哭了好几天，自己养大的女儿太不容易了，然后把自己攒了不知道多少年的私房钱全部拿了出来，主动交工，都要给外孙。现在养孩子是装备竞赛，从娘胎里就不能让孩子输在起跑线上。

“你早点生孩子也好，生的孩子聪明。我就是把你生得太晚了，现在这么笨。”贾冰妈妈来北京之前还打电话安慰贾冰，“我跟你爸收拾收拾，准备去北京照顾你。你那个房子太小了，去了回头租一个三居室的。还有衣服啊、奶粉啊，你爸都给你买好了。”

“不是，你们买这个干什么？我自己都准备好了，而且还不知道是男还是女呢。”

“你瞅你这傻样，那小孩分什么男女，都能穿。”

贾冰被推进了产房，表情凝重，眼神里带着坚定和超强的信念感。

胡蝶拍了拍她的肩说：“放松点，深呼吸，你是去生孩子，不是去劫法场，表情管理要到位！亏你还是演员呢！”

贾冰直勾勾盯着胡蝶：“快把东西给我！来不及了！”

胡蝶像哆啦A梦一样从包里变出了眉笔、睫毛夹、眼线笔、睫毛膏、口红、梳子等化妆品。

我在旁边都看呆了，第一次见着要化妆去生孩子的孕妇：“生个孩子罢了，怎么还要化妆？”

“你不懂。”贾冰把口红拧出来，仿佛战士将刀从刀鞘里拔出来一样，“言传身教，我要让宝宝第一眼就看到一个漂亮的妈妈。”

没错，我是真的不懂，不过这样似乎能分散贾冰的疼痛。贾冰本来就很能大呼小叫，一点点疼就喊得昏天黑地。几个月没化妆，现在化完妆整个人明亮了不少，果然人靠衣服马靠鞍。

毛毛在后面用手机给贾冰拍了一张照片：“很好，非常漂亮！”

贾冰接过手机看了看，还算满意地点了点头：“嗯。不错，那也得修图。”

医生在病房里大喊大叫：“贾冰，贾冰是哪位？赶紧推进来！”

护士早就等得不耐烦了，一把推起来就走：“没看过你们这样的，生孩子像赶集似的。”

贾冰进了产房，我们几个仿佛热锅上的蚂蚁，在外面转来转去。

“哎哟，你别转了，转得我头晕。”胡蝶倒还算气定神闲，对毛毛说。

毛毛有点不好意思，笑了笑：“在产房门口，电视剧里不都是这么演的吗？”

“你看那电视剧瞎演，都是他——”胡蝶指着我，“这样的人写的。”

“我这样的人咋了？”我怎么又背锅？

从贾冰怀孕到生产，胡蝶一直陪着她，几乎什么流程都熟悉了一遍，用她自己的话说就是提前演练了一遍。

我问胡蝶：“如果是你生孩子，你怕不怕？”

胡蝶摇了摇头：“如果非要生，那么怕也得生。我就是觉得，当女人太不容易了，我以后得找到一个多么喜欢的男人，才会愿意为他生孩子。”

我沉默了一会儿，胡蝶揪住我的领子训我：“你想什么呢？你以后要是敢对你老婆不好，在她怀孕的时候乱搞，还不照顾她的话，我第一个打断你的腿。”

“不敢、不敢，我不敢，女侠饶命。”我好冤枉啊。

我这边被胡蝶拳脚伺候，那边贾冰的父母拉着毛毛问东问西，你几岁了、在哪工作、哪的人、跟贾冰什么情况，把毛毛的户口查得一清二楚。

忽然之间，听到产房里一声婴儿啼哭。

“哎呀，生了、生了！”我们都站起来堵在产房门口，仿佛在机场迎接自己的爱豆一般心急和迫切。

不一会儿，医生开门，贾冰躺在里面，护士抱着一个孩子。

“男孩，八斤六两，你们谁进去看看。”

“阿弥陀佛！阿弥陀佛！你们谁进去给孩子踩生，孩子第一个见到的是谁就像谁。”贾冰妈妈环视了我们一圈。

“叔叔阿姨，你看你们俩谁进去？”

贾冰爸妈连忙摇手，几乎同时指着对方说：“孩子可别像他（她）。”

以前常听贾冰说自己的爸妈奇葩，要不是今天亲眼所见，我还真的不信，守着人家我还不敢笑出声了，只能挂着尴尬而不失礼貌的笑容。

贾冰爸见着我笑，说：“你去，你是作家。”

“不行、不行，我有点傻。”等等，我也不是作家啊？

贾冰妈指着胡蝶：“你去，你长得漂亮。”

胡蝶也摆摆手：“不行，我小时候又丑又胖。”

这个时候，到叫人怀念起张默淏的好处了。如果他在的话，一定能被我们当仁不让地推进去。

医生急了，问我们：“你们演电视剧呢？快点，到底谁进来。”

贾冰妈妈推了一把毛毛，说：“你是人民警察，你去！”

就这样，孩子第一个见到的人是毛毛。

毛毛给贾冰母子拍了一张照片，我发给张默淏，几分钟之后，张默淏回了我一个“心”，叫我替他给孩子包个大红包，我说“好”。然后产房里又七七八八的事，后来我才反应过来，他让我包红包，可是钱呢？

孩子总是能给一个家庭带来希望，贾冰给孩子起名叫小星星，说孩子眼睛特别亮，像夜空中的星星。

贾冰妈说：“怎么给孩子起这么个名？还小星星，怎么不叫大猩猩，我觉得更好。”

我们都笑了。贾冰他爸更给自己找了点事干，天天抱着字典查字，这个偏旁不好，那个词义不好，中华上下五千年的字的含义全叫他查了个遍。

在医院住了一周之后，我们把贾冰接回了家。贾冰不是一般的妈妈，孩子当然也不是一般的孩子，母子俩都能睡能吃。小星星很懂事，除了饿了和尿了，其余的时候根本不哭，瞪着一双亮晶晶的眼睛“咯咯”地笑。护士和月嫂们都说，从来没见过这么省心的孩子。

我一个大老爷们，本来看见婴儿就觉得头大，熊孩子们的杀伤力太大了。可是唯一遗憾的是，孩子没有母乳，每顿都需要冲奶粉，精通各种代购的胡蝶叫了两批代购分批次从国外带奶粉，生怕孩子饿到。因为没有母乳贾冰还哭了一鼻子，说都怪自己之前总胡乱减肥，身体受了影响。但她没有放弃，命我每天去她家炖一锅鲫鱼豆腐汤，我每次都炖一大锅，胡蝶和毛毛去的时候都能喝上一碗。功夫不负有心人，一个月之后，孩子吃上了母乳。贾冰抱着孩子跟他说我才是名副其实的“奶爸”！然而呢，我也留下了后遗症，看见鲫鱼汤我就想吐，这辈子再也不想喝了。

毛毛又举起来一大碗，我敲敲他的碗：“哎，人民警察少喝点，你又不为了下奶。”

“我……我从来没喝过这么好喝的鱼汤，你做得好，做得好……”毛毛吐着舌头说。

我听了这话还算受用。

“你不知道，他平日里出任务，吃了上顿没下顿，坐下来吃顿饭就是奢侈的了。”贾冰补充道。

星星好不容易哄睡了，我们都在贾冰的客厅吃小龙虾，贾冰喝营养粉，边喝边骂我们这群人没有良心。

“等我出了哺乳期，我要吃十斤小龙虾！”贾冰嗜甜嗜辣，这么长时间忍下来，真是不容易。

“你吃吧，最后变成一个圆滚滚的大胖球。”我一击嘲讽，断了她这个念想。

我们边吃边看电视，评论这个小生如何，那个节目怎样，贾冰随便翻了几个频道，问我哪个是我的作品，我说全都不是，她撇撇嘴："你咋回事啊？怎么偷懒了？”

“编剧是一个最悲催的工作，周期太长了，播种了也不一定能见到收成，一言难尽啊。”我一肚子憋屈。

电视频道换来换去，最后看了一个古装剧，演了十来分钟，突然飞来一个女演员，贾冰一看，大叫起来：“哟，这不是张默淏的那个小花吗？”

毛毛问：“什么小花？”我凑过去一看，居然是李澜妃。

我们有个毛病，私下我们总是给对方的伴侣起一些代称，“教练”“小狼狗”都被我们用来称呼过贾冰和胡蝶曾经的另一半。“小花”这个词是贾冰给李澜妃起的代号，她总记不住这个名字，又要表达张默淏拈花惹草，李澜妃自然是张默淏心头那朵娇艳欲滴的小花。

李澜妃一身古装，飞来飞去，动作干净利落。对手演员是丘山，一向不拍偶像剧的丘山为了赚奶粉钱也放下了身段，生活是最好的老师，不停地教育你放下自己。丘山的名气自然比李澜妃大得多，此番能跟丘山演对手戏，李澜妃的面子够可以。

她俩看着我，异口同声地问："你怎么看这个？"

我连忙摆手："你们别这么看着我啊，我真不知道怎么回事。"

毛毛还一脸纯真的样子："怎么啦？这个女演员不挺好看的吗？"

"好看个鬼！"贾冰拿过来遥控器，关掉电视。

后来我偷偷上网查了查，看了看主创人员的名单，如果我没记错的话，有个副导演和方本的关系不错，两个人合作过两三部戏来着。人家在光鲜亮丽地拍戏、上电视，想起张默淏灰溜溜跑去了西藏，心里真不是滋味。

胡蝶问我们："张默淏跟你们联系过没有？"

"前几天给宝宝寄来了点有的和没的。"贾冰指着桌上摆着的一堆东西。

"给我寄了张明信片。"我说。

"我也收到了。"胡蝶说。

"只有明信片吗？没写点别的话？"贾冰问我。

"他说他晒黑了，自己更爷们儿了，让我多去健身房，不然回来之后怕我自尊心受伤。"

胡蝶撇撇嘴："他说自己受气压影响长高了，以后不用怕我穿高跟鞋了。"

说完我们都笑了，张默淏这个傻子，还好吧。

二 没浪起来，却翻了车

一天半夜我在家里写稿，突然收到了一条张默淏发来的消息。

“哥们儿，生日快乐！”

我受宠若惊，看了看日历，今天居然真的是我的生日，我自己都忘了的。现在刚过十二点，张默淏这个双鱼座心思细腻起来，真是叫人害怕。

“谢谢张同学，我的礼物呢？你不表示一下吗？”

几分钟过去之后，他给我回了两个字：“开门。”

我一下从椅子上弹起来，怎么回事？这货不会像电视剧里那样给我搞什么惊吓吧？不可能，张默淏不可能一声不吭就回来了，怎么着也得大张旗鼓地让我们给他接风洗尘啊，他那么爱热闹的一个人。

我走出卧室到客厅，仔细听了听外面的动静，万一他真的回来了呢？张默淏走的时候没带家里的钥匙，嫌重，就放在门口的花瓶上。

“你别骗人，我可不信。”

“乖，开门你就知道了。”张默淏说得斩钉截铁，我也不知道从西藏到北京有没有半夜的火车，心里犹豫不决。走到门口，想透过猫眼去看，但无奈的是猫眼被张默淏堵上了。

原因是过年的时候贴“福”字，我想把“福”字倒过来贴，寓意为“福到了”。张默淏才不管这些乱七八糟的，他只想把猫眼用“福”字遮住，说什么纪录片里常演犯罪分子就趴在猫眼上观察。

我说：“去，那岂不是早就被抓着了，哪有像你这么笨的贼？”

他一本正经地说：“是真的。”然后趁我不在家的时候，贴上完事了。

“小鱼”醒了过来，悄无声息走到门口，朝着我“喵喵”叫了两声，都说动物是最灵的，难道它闻到了主人的气息？只恨这会儿养的不是金毛。我赌张默淏还有点人性，不会在我生日这天骗我。

把门锁一开，伸出头去一看，空空如也！

张默淏果然没有一点人性！去了西藏他的心灵也没得到净化！我恨！

我给他回消息：“你去死吧！大骗子！”

张默淏一阵狂笑，非常得意：“是你太傻了，这么想我，等我回去一定给你带礼物啊。”

我不想继续回复他了，扔下手机沉迷工作吧，忘了刚才发生的一切。

下午胡蝶给我打电话，说今晚到贾冰家一起吃晚饭。保安看见我们这几个熟客来了，热情地跟我打招呼，说：“又来吃饭了？”我苦笑着点点头，他哪儿知道我是来做饭的。

但是今天与众不同，等我到了之后，胡蝶、毛毛、贾冰早早就已经在等我了，饭桌上摆了四菜一汤，中间还放了个大蛋糕。

我一进门，他们轮番来到门口与我握手，祝我生日快乐。

我有点蒙，问："你们怎么知道我今天生日？"

"张默淏一早给我发消息，说你今天过生日，让我们为你准备一下。他也不早说，我们什么也没来得及给你买礼物。"

贾冰指了指在屋里头睡觉的星星："本来打算买点喷花、气球把我家装饰一下，又怕动静太大吓着孩子，就算了。"

我摆摆手说："没事，就咱们几个安安静静在一起说会儿话、吃顿饭挺好的。"

"来，赶紧吃饭吧，胡蝶太谦虚了，她说什么也没准备，还是亲手给你做了一个大蛋糕。"毛毛把筷子、碗碟分给我们每个人。

我这才往饭桌上一看，奶油上面铺满了黄桃，中间插了一根蜡烛。毛毛起身把蜡烛点上，胡蝶说："给你买那么多蜡烛你也未必愿意都插上，我就摆了一根。"

"挺好，挺好。"我点点头，一直以来我都不喜欢麻烦别人给我过生日，今年也没想过，只想一起吃个饭就好了，"一根正好，我跟星星一样大，哈哈！"

把灯关上，在烛光的烘托下，他们三个给我唱了首生日快乐歌。我突然觉得这个场景如此熟悉，我想起上次贾冰过生日的时候，陆明禹跟她求婚；我想起上大三胡蝶过生日时，非要请张默淏吃顿饭，张默淏不想去，让我去跟胡蝶撒谎说他病了，最后胡蝶知道了胖揍我一顿；我想起到北京之后张默淏过的第一个生日，他豪情壮志、信心满满地说自己要在北京闯出一番天地来，而如今是爱情和事业都遍体鳞伤。想到这些不免有些触动，我怎么突然感到有些丧气。我迅速在心里许了一个希望他们都好的愿望，然后吹灭了蜡烛。

我给大家分蛋糕吃，贾冰当仁不让先偷吃了一大口，然后含糊不清地夸奖胡蝶："我的天哪，这也太好吃了吧！胡蝶，你简直是我的女神啊。"

毛毛也点点头："太好吃了。"

我赶紧尝了一口："嗯，真的很好吃，甜而不腻，还有榛子和坚果的嘎嘣脆。谢谢胡蝶！张默淏最活该，活该吃不到这么好吃的蛋糕。"

"张默淏怎么了？"毛毛问。

"哦……没事。"我怎么能把被张默淏耍了一番的事情告诉大家，"损他是常态。"

酒足饭饱之后，贾冰去给星星喂奶，胡蝶收拾桌子，毛毛洗碗，搞得我像个闲人似的，多不好意思。

我到厨房里问："我能帮上点什么？"

毛毛不用我："你是寿星，今儿歇着吧，想想待会儿我们进行什么娱乐活动。"

"好嘞！"我到客厅里去玩儿手机，准备把蛋糕的照片修一下，然后发给张默淏馋死他。

刚想好措辞，手机突然响起，是张默淏的电话，这小兔崽子，是不是还算有点良心？

我接起来："喂，我说你……"

"您好！"等等，这声音听着怎么不太对，我没接话，继续听下去，"我是西藏救援队的，今天上午仁布县发生泥石流，一些车辆在路上被泥石流冲走，翻进了山沟。我看到这个手机的主人的最后一条信息是发给你的，就打给了你。被救助者发现时已经昏迷，现在送进了医院。"

我手心出汗，头脑一会儿清醒一会儿热，突然想起电视上演的诈骗电话来，不会是骗我的吧？我对着电话那头说："他现在怎么样？我要看到他本人。"

我伸手把胡蝶叫过来，让她查一查今天仁布县到底有没有发生泥石流。

很快地我手机收到了照片，那个躺在病床上、浑身上下插满管子的人不是张默淏又是谁？我立马给那边再次打电话，确认了一些情况。胡蝶这时候也意识到了危险，贾冰和毛毛也围过来，问我什么情况。

我铁青着脸，不知道如何是好，昨天还给我发消息活蹦乱跳的人，怎么今天就差一点把命搭进去了？

"这样不行，咱们俩现在立马买票到西藏去，救援队只管救人，万一张默淏在医院里有个三长两短呢？"

"你先冷静一下，等毛毛问清楚了那边的情况，我们再做决定。"

毛毛给西藏那边的熟人民警打电话询问状况："事故当地依然在下暴雨，除了救援队根本没有办法进入，我们就算去了西藏，也是没办法去仁布县的。"

大家彻底绝望，一时间都陷入了沉默。胡蝶抱着抱枕，垂下头，眼泪顺着真丝裙子，咕噜噜的一大滴滚下去。

第二天一早，我顺着联系人挨个翻了个遍，努力回想谁家是西藏的，谁有关系能用得上。我的电话响了起来，一看又是张默淏，心脏怦怦跳得飞快。生怕又传来不好的消息，使劲咽了口唾沫。

"喂？"我哑着声音。

电话那头传来一个陌生又熟悉的声音："晓峰，张默淏已经醒了，但病情严重，等他能走了我送他回去。哦，我是铁汉。"

人生何处不相逢，居然是铁汉！我听完几乎要哭出来了，也没有过多询问他跟张默渼是怎么遇上的，只能说一切拜托他了。

然后我给贾冰和胡蝶打电话，告诉他们张默渼暂时有人照顾。

贾冰贵人多忘事，问我：“铁汉？”

我一时语塞，大姐啊，人家可是为你打进了派出所，打到了退学。你怎么转眼说忘就忘了呢？真是一孕傻三年，我没多解释，就说是一个大学同学，匆匆挂断了电话。

还是胡蝶记性好，稍微缓和了一下紧张情绪，然后说：“就算这样我也不放心，要不等看看一周之后路通了，我们亲自去一趟？”

“也好，到时候咱俩把他接回来，就不用麻烦铁汉了。”我同意。

两周过去之后，听说那边的险情控制住了，我和胡蝶买了车票，都已经收拾好东西，在我家集合，准备一起去车站。早晨的阳光格外刺眼，是个顺利的旅途吧？我想。

手机收到消息，居然是张默渼发来的，只有两个字：“开门！”

语气同我过生日前一天一模一样，我惊喜又惊吓：“你醒了吗？”

“嗯，快开门，冷死了。”

我懒得给他回了，这个傻子又想骗我，我才不信，能发信息、能开玩笑证明精神不错，我心情有些放松了，把冰箱里的一瓶黄桃罐头放进背包，准备出发。打开门之后，张默渼就出现在眼前。他坐在轮椅上，手上打着绷带，腿上穿着短裤，脸上带着伤口，头发像鸡窝一样乱乱的，眼眶也陷下去很多，整个人又黑又瘦。不过眼神还算有光，带着坏。

“你怎么才开门？这大包小包的是准备跑路啊？你是不是没钱交房租了怕被追杀？”

张默渼的声音懒洋洋地带着挑衅，我真想一巴掌拍过去，看在他是病人不能现在动手，怕被他无赖碰瓷。

这时候我才注意到张默淏身后站着一个留着络腮胡子的高大男人，他朝我挥挥手：“晓峰，好久不见了。”

是铁汉！我险些认不出他这副样子了，我越过张默淏扑向铁汉，相互拥抱了一下。

“哎呀，干吗呀？中间还有个病人呢，冷静一点，别碰着我！”张默淏矫情。

“我知道你有病。”我怼他，铁汉把他推进屋。

胡蝶听见外面的动静，跑了出来，见是张默淏回来了，惊讶得把包扔在了地下，伸手捏了捏张默淏的脸，问：“我这是在做梦吗？”

张默淏：“哎哟！痛！大姐，你怎么不掐自己的脸？”

她彻底被惊到了，扑向张默淏，一把鼻涕一把泪地哭道：“你说你怎么回事啊？你万一有个三长两短的，我可……怎么面对你妈？”

张默淏一听慌了神，问：“我出事你们没跟我妈说吧？”

“没有、没有，要是铁汉不在的话，我就给阿姨打电话了。”胡蝶急忙说。

“大姐，我可求求你，你可千万别吓唬她。”张默淏嚷着。

“行了，你瞅你这样，给阿姨打电话也是白让她担心，赶紧进来吧。”我把张默淏推到沙发边上。

胡蝶的情绪还不稳定：“因为你我们受到的精神损失不可估量，先不算，但我们的车票你负责报销！”

“商人！”张默淏低身把“小鱼”抱上来摸摸毛，但他现在伤了一只手，“小鱼”觉得很不舒服，一下子又跳了下去。

“我可没有钱，我的钱全都捐献给中国铁路和中国医疗了。”

张默涢一脸委屈。

大难不死，必有后福，我们这些天的阴霾情绪终于好了许多，快到中午了，张默涢说想吃点好的，胡蝶不想出去，就说在家里做几个菜给大家尝尝手艺。

胡蝶在厨房忙活，我把那天准备发给张默涢的生日蛋糕照片拿出来给他看："托你的福，今儿又能尝到胡蝶的手艺了。"

"看起来还行，有这么好吃吗？"张默涢不信。

"不信你待会儿别吃，闭嘴。"我把手机拿过来。

铁汉偷偷问我们："她就是以前那个、那个——"用手比画了一个打篮球的动作，"胡蝶吗？"

"是啊，就是她。"我说。

"哎呀，我的天！真是女大十八变，根本认不出来了，她整容了？这么好看。"铁汉嘴巴张大成圆形。

"她哪儿好看了，你可拉倒吧。"张默涢继续不屑。

"你别说她，这要是放大街上，连你我也认不出来了。你怎么会在西藏？"从那天铁汉给我打电话的时候我就一直很好奇。

"我？嘿嘿！"铁汉不好意思地笑了笑，"我跟我女朋友在西藏。"

张默涢一听傻了眼："你怎么还有女朋友？这一路上我都没听你说呀？"

"啊，你也没问我啊。"

"去，你别打岔。"我把张默涢推到一边，让他在阳台上晒太阳去，"你接着说。"

张默涢赖着不走："我也要听！"

"我离开学校之后先去沈阳混了一年，跟着亲戚做生意，他一直很照顾我，后来这个亲戚要去四川做生意，问我去不去。我想着在家里待了这么多年也待够了，出去没准还能见见世面，就跟着他去了四川。我不是爱吃面条嘛，后来我攒了点钱，自己开了家面馆。”他挠了挠头，“我女朋友常来面馆，一来二去就认识了。她妈妈在西藏，我们俩现在在西藏开了一家客栈，没事就在那里做志愿者。”

这就是了，听起来远比我们几个人的故事要婉转动人许多。我们叙旧的空当，胡蝶把四菜一汤已经端上了饭桌，还好我家的食材丰富，不然今日就是巧妇难为无米之炊了。

张默淏胃口大开，看着桌上色香味俱全的佳肴，故作高深地夹起一块肉来，放进嘴里嚼了嚼：“不错，不错，我发现你现在可以啊，趁我不在又优秀了。”张默淏这算夸奖。

胡蝶把放在他面前的那盘锅包肉端走，放到铁汉面前：“没想到大病初愈，把眼疾治好了啊，不容易。”

“嘿，我说你最近是越来越损了啊，是不是跟晓峰在一块儿待的时间久了？没事别老跟编剧瞎玩儿，他这一天天瞎编乱造的，不能教你点好的。”

“不跟我在一块儿玩跟你在一块儿吗？玩着玩着把命丢了？”我这暴脾气真是忍不了，管他是不是病号，先噼里啪啦骂一顿。

“你的嘴才损，晓峰怎么说也是文艺工作者，毛毛都羡慕得不得了。”胡蝶替我说话。

“毛毛怎么样了？他跟你们玩得还挺好啊。”张默淏操起心来。

“比你好，你再不回来，我们就打算把你开除了，诚迎毛毛加入。”胡蝶说。

“你可拉倒，毛毛那根正苗红的，不可能跟你们狼狈为奸。贾冰的孩子是他帮忙照顾吗？”张默淏问。

一听到贾冰的名字，铁汉夹菜的手愣了一下，张默淏还真是哪壶不开提哪壶，我在饭桌下悄悄踹了一下他的腿，他立马大叫起来："哎哟，痛！"

痛也是活该 ，恨铁不成钢的。

吃完饭，张默淏在厨房里添乱，非要指使胡蝶刷碗，说平常这都是自己的活儿，今天虽然干不了，但必须要监督，胡蝶气得往他脸上抹了一把洗洁精。

避开了铁汉，胡蝶嘱咐张默淏："你别在铁汉面前提贾冰，听见了没有？当年的事你又忘了吗？"

张默淏吃了瘪，不敢再造次，只好说："知道了，是不是毛毛单位有帮扶任务，贾冰是重点帮扶对象啊？"

"你等我告诉贾冰，让她亲自来收拾你！"胡蝶把碗里的水甩干，依次放进柜子里。

"别、别、别，别告诉那个姑奶奶，她来了我病情容易反复，但是宝宝可以来。"张默淏赶紧求饶。

"没想到你还挺喜欢孩子。"胡蝶把他推出来。

"我怎么能不喜欢孩子？星星那么可爱，我还要做舅舅呢。"

"舅什么舅，就你？我看你就是长不大。"

三 又见铁汉

后来我们茶余饭后，听了很多铁汉的故事。铁汉真实的经历，远比他的三言两语要艰辛许多。他从沈阳到四川，人生地不熟的，先后做了几份工作，要么是因为学历太低，要么是因为人太老实，总之都不称心如意。一咬牙，他借钱租了一家店铺，打算开个面馆。

铁汉人比较粗犷，但心细，学东西特别快，之前积累了很多经验，经过短时间的试营业，铁汉的店算是开了起来，不过做生意难免遇到各种人，流氓混混儿更是不少，他们吃完了不给钱便算了，喝高了甚至还动手砸店。铁汉虽然体型剽悍，却从来不动手，即使被小流氓抓着衣领揍一顿，顶多是在后脑勺上留了道疤，报了警也无济于事，该来的还是要来。

有一次，铁汉在厨房里掌火，听着外头几个男人的声音又高了些，连忙出去看看，流氓滋事，摔了店里的一只碗，铁汉只当客人手滑便算了。谁知坐在角落里的一个姑娘忍不住，开口打抱不平："人家店里的碗，你们怎么打算摔了就完事？"

"哟，这小娘们还挺厉害，哥就喜欢厉害的。来，过来陪哥哥喝一杯。”小流氓走过去，预备调戏那姑娘。

姑娘一把扔下筷子，抄起身边的椅子照着小混混儿的后背就是一下：“这么喜欢喝你怎么不自己喝？”

旁边另一个小混混儿看着不服气，上去准备给姑娘一拳，被姑娘擒住胳膊，硬生生折了一下，疼得那人嗷嗷直叫，三下五除二吓唬住了其他的人。不知道什么时候，店里突然进了好多五大三粗的老爷们儿，姑娘指着这些人对小混混儿们说：“都看好了，这些全是我兄弟，这家店以后我罩着，你们要是再敢来，先问问我兄弟愿不愿意。”

铁汉双手沾满了面粉，这会儿已经看愣了，这一幕和脑海里的某个片段相似。店里其他的客人早被吓跑了，那几个混混儿想溜，姑娘一拍桌子，大声吼道：“还不把你们的钱给老板！”

“给、给、给……”他们从兜里摸索了几十块钱，全部塞给了铁汉，一溜烟跑了。

人都走了，姑娘问铁汉：“我在这儿看你好几天了，你一个大老爷们儿怎么这么面？这两三个都是吓唬人罢了，你怎么能被他们几个欺负了？”

铁汉小声回了一句：“我妈不让我打架。”

“啊？哈哈……”姑娘笑得爽朗，“你妈不让你打架你就不打架啊？你都这么大了还听你妈的话啊，真是个好孩子。”

铁汉不敢说话，怕惹了人家，姑娘继续说：“没事，以后不用怕了，这些都是我兄弟，都是来当地的志愿者，有拳击教练、有运动员、有企业老板、有律师，以后再有人欺负你，你就来找我。”

说完朝着铁汉笑，铁汉说那一刻仿佛天上降下来一道彩虹。他点点头，转身从厨房里熄火，端了两碗面出来给姑娘。

“谢谢姑娘，刚才那碗凉了，不好吃了，你吃这碗吧。”铁汉感谢地说。

“行，你是不是也没吃？一块儿坐下来吃吧。”姑娘把筷子递给铁汉，“我忘了跟你说，你叫我阿秋就行。”

“阿秋。”铁汉在心里默念了三遍，笑容漫上了嘴角。

后来阿秋经常来吃面，面馆成了一个据点，人气很旺，有点网红店的意思，铁汉一个人有点忙不过来了。

一天晚上，面馆打烊了，阿秋在厨房里帮铁汉洗碗，心事重重。

铁汉虽然表面上反应迟钝，但心思细腻着呢，他问阿秋有什么心事。

“我妈昨天给我打电话，说她身体不好，又住院了，我在想要不要回去……”

铁汉一听傻了眼，数钱的手停了一会儿，又忘了自己数到哪了：“回、回去吧，毕竟照顾你妈妈重要……”

“我不在这儿，你怎么办？”阿秋小声地问。

“我自己也能养活我自己啊，你看我有手有脚的……”铁汉硬着头皮说。

“不是，我是说有人再来找麻烦怎么办？”阿秋水汪汪的大眼睛看着铁汉。

两个人彼此都陷入了沉默，只有哗啦啦的流水声，铁汉在心里纠结了一会儿，反正在哪都是生活。锁上柜子，拿了钱，走到厨房里。

“我跟你一起走。”铁汉语气坚定。

“啊？”这下轮到阿秋傻眼了。

“你要是不在这儿，我的面也做得不香，不如我把店盘出去跟你一起去西藏，我还能帮上你些忙。再说，我从来没去过西藏，想看看西藏是什么样子的。”

阿秋心里有些感动，多日的相处她对眼前这个柔情铁汉早就生了喜欢的念头。

此时，铁汉很坚决，把钱都放在阿秋手上：“以后挣的钱都归你管。”

就这样，在四川的星空下，两人算是正式在一起了。

我们听完铁汉的故事非常羡慕，问铁汉要两人合影，照片里阿秋瘦瘦的一小只，在铁汉的身边，双手环住铁汉的腰，笑容灿烂得像背后的蓝天白云。

“当年离校我也很舍不得，特别迷茫不知道该去哪，过得不好也不好意思跟你们联系，老天一定是看我可怜，派阿秋来找我。”看得出来，铁汉很爱她。

张默淏听完之后唏嘘得不得了：“我真羡慕你，你太有福气了，你看我现在除了疾病，一无所有，惨啊惨。”

塞翁失马，焉知非福？

“你对自己的认识很准确！”我告诉张默淏，“你好好反省一下自己吧，是不是平时对我作孽太多？”

张默淏又问：“你要去见见贾冰吗？她儿子都这么——”说着，用手比画了一下，“大了。”

“说得你好像见了真人一样。”我拿出手机来，给铁汉看了看星星的照片。

铁汉点点头，夸道：“孩子长得很好看。我不介意了，都多少年前的事了，但我明天就要回去了，这次主要是送你，客栈还要开门，阿秋妈妈身体不好，我也不放心，再说如果被阿秋知道我回北京顺便见了当年的女神，下一个住院的就应该是我了。”

说完，大家都笑了。

“没看出来，阿秋这么剽悍啊？”

“只有挨揍的时候才能看出来。”铁汉委屈地摸了摸脑袋。

“是变身吗？像巴啦啦小魔仙一样？”张默淏虽然手臂受了伤，却一点也不老实。

铁汉走了，他不要我们送他，说不麻烦张默淏这个病人了。

我不相信什么狗屁只要有缘一定会再遇见，我经历的从来都是人海这么大，落进去，就寻不得。

相遇的时候用力爱，分离的时候用力哭，才不辜负这一场认识。

我们三个到贾冰家，张默淏第一次看干儿子，正遇到贾冰抱着孩子哭，孩子因为用力哭喊时间太久声音都变得嘶哑，贾冰的双眼肿得像核桃一样。

我们问贾冰：“这是怎么了？”

贾冰说：“我也不知道，从昨天晚上就一直哭，没当回事，今儿早上起来哭得厉害，怎么哄也哄不好。”

“那赶紧送医院吧，别耽误了。”张默淏看着孩子哭也十分着急。

“毛毛开车去了，待会儿就来接我们。”贾冰抱着孩子说。

张默淏一个残疾人在家不方便，胡蝶留下来照顾他，我跟着贾冰去医院。

到了医院，抽血，化验，孩子诊断为肺炎。贾冰憔悴得像个泪人一样，抱着星星又哭又哄，孩子一哭，贾冰流的泪更多，直说是自己没照顾好孩子。

“现在不是埋怨自己的时候，哪个孩子没生过病？好好治疗，小星星最有福气，一定很快就好了。”毛毛请了假，陪在贾冰身边。

我还是不放心，毕竟孩子太小了，还是要找更专业的儿童医院才好。我拿着电话，脑子里迅速想着有谁能帮忙，最后打到了丘山那里，幸好他认识儿童医院的院长，半小时之后，他回电话给我，已经跟院长说好了，让我们立马过去。

在丘山的安排下，小星星很快住院，打了针，星星病情稍微有些好转，这会儿不哭了，靠在他妈妈的臂弯里，静静地睡着了。

我跟毛毛在医院里跑上跑下累得满头大汗，不养儿不知父母恩，现在终于知道了父母以前照顾我们是多么不容易，我跟毛毛两个人决定痛改前非，回家好好孝顺父母。

毛毛在病房外看着贾冰，犹豫了半天，还是没开门进去，不忍心打扰母子难得安静的时光，对我说：“她一个单亲妈妈，更不容易。”

他转过头来问我：“晓峰哥，你能不能把她和孩子爸爸的事情讲给我听？”

我犹豫再三，因为这是贾冰的事情，但这么长时间，毛毛怎么对贾冰我们也都看在眼里，我十分纠结的时候，毛毛抬起头来，眼睛里亮亮的，对我说：“晓峰哥，我是真的喜欢她。”

我听完沉默了，因为我不知道，贾冰心里是不是还有陆明禹？

这一边贾冰和毛毛兵荒马乱，那一边张默淏和胡蝶鸡飞狗跳。

张默淏虽然千万个不愿意，但是有空的只有胡蝶一个人，只能乖乖地在胡蝶手底下听话。胡蝶指挥他往东，他不敢往西；指挥他说一，他不敢说二。张默淏只反驳了一次，胡蝶就把他扔在家里饿了一天，从此之后老老实实。

“这个小兔崽子就得这么治。”胡蝶气得牙痒痒。

网店生意不错，胡蝶把电脑带去家里一边工作，一边伺候张默淏，用张默淏的话说，就是把小时候挨胡蝶的揍全都还了回来。胡蝶的厨艺又好，张默淏天天在家吃了就睡，仿佛一头猪一样，去西藏瘦下的体重又慢慢补了回来。

胡蝶带张默淏去医院复诊，医生说张默淏恢复得很好，或许是多亏了每天大棒骨的原因。张默淏谨遵医嘱，不敢顶嘴，说功臣其实是带他来医院的这位女士。

医生说："你女朋友对你很好，回头好好关心人家。"

"我可不是他（她）女（男）朋友。"两个人异口同声，心照不宣。

从医院下楼梯的时候，胡蝶小心再小心，不知道从哪忽然冒出来一伙人呼呼啦啦往楼上走，几个人横行霸道，占了整个空间。嘈杂之中，有个男人踩了胡蝶一脚，胡蝶吃痛，一撒手，张默淏的轮椅跌了出去。

张默淏好不容易快恢复了，这要是雪上加霜，万一真的残了可怎么办？说时迟，那时快，胡蝶扔下包，三步并作两步跑，在后面追赶东倒西歪要坠落的轮椅。张默淏何时受过这种惊吓，手脚又都不好用，在轮椅上叽哇乱叫。

"救命啊！救命啊！"

胡蝶拽住将要侧翻的轮椅把手，当了回人肉盾，轮椅连带着张默淏砸到了她身上。

张默淏吓得闭上眼，半晌，没有感觉到疼痛，这才睁开眼睛，看着胡蝶在自己身下。

他其实从来没有这么近距离地看过胡蝶。她脸庞变得削瘦，鼻梁挺拔，唯一没变的，是胡蝶的那双眼睛，那双只能看得到他的眼睛。

"怎么不痛？我是不是死了？"张默淏发蒙。

“你再不起来，我就真的要被你压死了。”胡蝶在他身下咬着牙挤出几个字。

两星期后，孩子的病慢慢好转，终于能出院了。胡蝶在家照顾张默淏，我开始忙了起来，往医院跑得不是很勤。多亏了毛毛，母子俩才有人照顾。孩子出院当天，毛毛和我陪伴贾冰，张默淏和胡蝶在贾冰家提前准备了饭菜迎接。

贾冰看着两个星期没回来的小家，感慨万千：“终于体会到做妈妈的辛苦，希望这个小东西长大之后能知道妈妈的辛苦，不要只顾着撩妹。”

“这次多亏了毛毛，跑前跑后的。”我给毛毛夹了片菜。

“是啊，有个警察朋友在身边就是放心，比这个残疾人强多了，啥事都不会干就知道添乱。”胡蝶数落了一顿张默淏，他已经不再是团宠了。

趁着张默淏没来得及反驳我们，我们把杯子举起来:“敬毛毛！”

毛毛也很高兴，喝完一杯，脸上立马红红的。

吃完饭，我跟胡蝶使了一个颜色，推着张默淏离开饭桌，到卧室里轮流逗星星玩儿，把空间留给了毛毛和贾冰。

我同毛毛说，如果你喜欢贾冰，就赶紧跟她说你的心意，她这个人反应相当迟钝，你千万不要觉得她是在害羞，她是真的不明白。

酒壮熊人胆，我看毛毛今天信心十足，但是心里却隐约担心着点什么。

毛毛咬了咬嘴唇：“贾冰，我喜欢你！我希望照顾你和宝宝，从来没有这么强烈明确的感受，就是从心里有个声音告诉我：要照顾你，不放心你。”

贾冰收起笑容：“毛毛，你是不是打赌输了？”

毛毛认真起来：“我没开玩笑，我说的都是真的，你能明白吗？”

贾冰心情复杂，仿佛火车呼啸而过之后的耳鸣，来不及反应却感受得真切。贾冰起身走到阳台上，酝酿了一下措辞，才对毛毛说：“谢谢你，我一失业妇女带着个孩子，真没有再期望什么。你是前途大好的青年，有好多姑娘喜欢你，别在我这儿耽误了。”

“我就知道你会这么说。”毛毛脸更红了，上前追问，“你知道的，我不介意这些？”

“这不一样，”贾冰摇摇头，“人不能这么自私，这些日子你照顾我们娘儿俩，我已经很过意不去了。”贾冰顿了顿，想着不能说你是个好人这种话，否则太尴尬了，“能认识你这么靠谱仗义的朋友真是我命好，但就是因为你对我好，我更不能耽误你。”

“你是不是还在等他？”毛毛脱口而出，自己都没意识到这句话说出来这么刺耳。

“你怎么知道他？”贾冰换了一口气，慢慢地问。

“其实，你结婚那天，我也去了……我见到他，也见到你了。”

贾冰十分惊讶，她只知道毛毛是警察，却没想到是参与了陆明禹案子的警察。

“那你怎么从来没说过？”

“我一直觉得对你很抱歉。”毛毛低着头。

“所以你才照顾我？”贾冰这辈子反应都没这么快过。

“不是、不是，你别误会，我不是那个意思，我是真的很喜欢你。”毛毛处理的案子何其多，如果这样算下来，难道要一个个照顾？

贾冰不打算再继续说下去了：“你是我和宝宝的恩人，我们永远是很好的朋友，你刚刚说的我听见了，但我不能给你你想要的答案，这样对你不公平。”

毛毛没有预料到会是这样的结局，把自己隐藏已久的秘密说出来之后心情更加沉重，抓起外套，失魂落魄地走了。

贾冰站在阳台往下看，看着毛毛的背影越走越远，从阳台的柜子里翻出一包烟，是张默淏藏在里面的，很久没抽，呛得咳嗽。盛夏的阳光刺眼，顺着茂密的绿枝泻下来，点点斑驳映在贾冰脸上。贾冰记忆里所有的惊心动魄都在盛夏，人生有很多惊心动魄，比如一种浓烈的清晰涌上心头，这两年发生了太多事情，自己始料未及。

毛毛的背影消失在视线里，贾冰低头，在树荫下看了另一个让自己浑身发抖的人影，陆明禹推着自行车，站在那里，和贾冰四目相对。虽然遥远，但贾冰清楚地看到他的眉眼、他的鼻梁、他的嘴唇，他的一切。

眼泪从贾冰眼里夺眶而出，这一刻，漫长又突然。

四 兜兜转转，未曾离开

张默淏自从遇险之后，整个人变得老实了不少，幸运的是他及时被救，死抓着相机和背包不撒手，这两天在家整理相片。我进他房间，和他一起看他拍的照片，还真的很有艺术天分，可能双鱼座天生浪漫有才华，善于捕捉细节，无论风景还是人物，照片的画面都很抓人，即使构图没那么讲究，也都很有感染力。

张默淏打着石膏指挥着我一页一页地翻，傲娇地问：“怎么样，拍得不错吧？”

我点点头：“算是不错了。”

“什么叫算是不错了？这已经很完美了好吗？”张默淏臭屁。

“给自己留点进步的空间不好吗？你刚吃药了没？”我不耐烦。

“没有，你夸赞别人一句怎么这么难啊？上学时老师没教你赞美是一种美德吗？”张默淏不依不饶。

“没有，我上学时候你总带我逃课、害我迟到！”我一边说着一边去拿他的药盒，“快吃，”我起身去给他拿水杯，“待会儿胡蝶来电话知道你没吃药，又要劈头盖脸把你骂一顿。”

他听着胡蝶的名字像是吃了瘪，恹恹地把药吃了。张默淏从来不会这么听我的话，我觉得这些人当中总算有人能治他了，还是开心的。

“你看，胡蝶就很不错的，我就常常夸奖她。”

“嗳，停。你看这一张图片——”他指了指电脑，“这是在纳木错湖边上拍的一只雄鹰，它眼露凶光，睥睨天下，雄鹰是英雄的象征，我出事的当天，估计就是看见了它，才大难不死。”

“别加戏，那是因为你的车还没往深山里走。”我忍不住打断他。

又看了几张照片，我问张默淏：“所以你这次回来，除了养伤，还有什么打算？”

“想做的还有很多啊。你知道吗，我翻车的那天，第一个念头想的就是我不能死，我还有很多事情没有做，还有很多话没有说，还没打算离开这个世界。”

只有经历过死亡，才能更加珍惜生命的可贵。

我问：“你想做什么？”

“我想做一个 APP，用户可以上传自己的摄影作品，喜欢的话可以付费下载。”张默淏紧盯自己的作品，挑选自己满意的。

“想法不错，不过你确定会有人会付费吗？”我很认真地问。

“那要看你的照片值不值得付费了。这只是第一步，后面的计划我做完再告诉你。”

“你这段时间都是在密谋这件事啊，”我收回他吃药的水杯，“你这算创业吗？张总真是身残志坚啊，都能参加感动中国了。”

去了一趟西藏，张默淏竟然决定重新做人，真是千年等一回啊。

“你少在那儿说风凉话，冷嘲热讽吧你，哥哥赚钱不给你娶媳妇了。”

我刚在心里夸奖了他，谁知张默淏十分不领情，于是继续嘲讽：“你快闭嘴吧，等你给我娶媳妇？你这是咒我一直单身吧？”

“说不过你们这些写戏本子的，等我成功地开着豪车看你哭。”说完，自己推着轮椅走了。

“我真期待那天快点到，我好好哭一哭。”我朝他大喊。

晚上胡蝶约大家一起聚餐，一桌子的人，除了我以外都魂不守舍。前两天贾冰给我打电话，告诉我陆明禹出狱了，她看见他了，我一心八卦，想知道更多，贾冰却突然不说了，让我保密，不许告诉张默淏那个大嘴巴；刚才来的路上，毛毛又悄悄跟我说，那天他跟贾冰表白却被拒绝了。这两个人一左一右，把我脑袋搞得嗡嗡作响，我知道得太多了，这么大的信息量，说又不能说，问又不能问，简直要憋死。

张默淏坐下来问贾冰：“小星星这两天怎么样？”

“好着呢，跟你一样，能吃能睡。”贾冰这人以前并没有这么多心事，如今陆明禹和毛毛都来撩拨，说她能照顾好孩子，我咋这么不相信呢。

张默淏撇撇嘴：“你这比喻不恰当，我现在没人给做饭，天天在家吃泡面；晚上还要挑灯陪读，睡也睡不好。”他这前半句呢，是抱怨胡蝶最近不给他来做饭了，后半句是抱怨我晚上睡得太晚，扰了他老人家的清梦。

“我没给你做饭吗？你还有一点良知吗？是你自己不吃好不好？”炸里脊上来了，我端到左边去，就是不给张默淏吃。

“你可拉倒吧，就你那做饭的技术，太差劲了。”他够不着肉，直接放下了筷子。

张默淏什么时候敢嫌弃我的手艺了，看来是胡蝶给他做饭做得多了，嘴都变刁了。我摇摇头，果然想要拴住一个男人的心，就得拴住他的胃。

不过胡蝶也好久没来了，我问她：“你最近在忙什么？”

胡蝶跟贾冰一样沉默，面对我和张默淏的插科打诨，没有一点想要参与的意思，以前我们两个可是统一战线的呀。

“我在忙签证和护照的事，还要再学学英语。”半晌，她回了这么一句。

“你要出国旅游？去哪儿啊？”这可真是奇了，怎么这个从西藏刚回来，那个又要出去玩呢？

“不是，”胡蝶也放下了筷子，“我最近有一个出国留学的机会，去美国学服装设计，大概两三年吧。”

胡蝶没什么语气，倒是叫我们全都吃了一惊。我用眼神问贾冰，你知道这事吗？贾冰也用眼神回答我，不知道啊。

“这是啥时候的事情？你也不跟我们说一声。”毛毛复议。

“今天把大家叫出来本来就是想说的，签证已经弄好了，一个月左右就要走了。”

我还在心里踌躇，不知道开口说点什么好，张默淏已经自己倒上了果汁，面无表情，举起杯子，跟胡蝶庆祝：“出国多好啊，好好学习，早日学成归来啊。”

“成，谢谢您了。”胡蝶特别客气地跟他碰杯。

全场气氛冷到了冰点，我忍不住打喷嚏。

聚会结束，带着巨大的心理包袱和好多疑问，我们各自离开回家。到家之后，我忍不住问张默淏：“你怎么回事啊？”

他装傻充愣："我怎么了？"

"刚刚你在饭桌上……"

"行了、行了，我有点累了，先睡了。"张默淏打断我的问题，"砰"的一声把门关上，把一头雾水的我关在外面。

我本来想敲门，追问个清楚，这时候电话响起来，一看是贾冰。

"喂，我跟你说件事，张默淏不在你身边吧？"贾冰鬼鬼祟祟地说。

"他进屋了，你说吧。"这么神秘？我也进了卧室，把门关上了。

"我今天没跟你说完。"今天贾冰本来想一五一十把事情都告诉我的，但是人多眼杂，也就没说完，"陆明禹那天在我家楼下，但他没上来，我也不知道他什么意思。"能感受到贾冰此刻的郁闷。

"那你现在想怎么办呢？去找他还是等他来找你？"我打起精神回答她。

"我、我也不知道啊……"贾冰无奈，"我以前从来不会这样，爱得炽烈，恨得干脆。如果是以前，我一定会抛下手上的一切去找他，迫不及待地见他，但现在我不知道该怎么办。"

"那你希望他主动来找你，是吗？"我也不知道该怎么回答。

"我也不清楚自己到底在想什么。我想象过再次见面的场景，但真的要面对，却不知道该怎么办，不知道他心里是怎么想的。"贾冰语无伦次。

再强悍的女人，在爱情面前都是纸老虎，表面越坚强，内心就越纠结。贾冰现在牵绊太多，和陆明禹之间的误会太多，即使相爱，也早已没有当时你侬我侬时的勇敢，现在两个人就像隔着一条河，相望却都不敢轻举妄动，不知往前一步是归宿还是深渊。

我再三思量，也想不出有用的话，贾冰也感觉到我的无奈。

“没事，我就是跟你说说找个发泄的出口，你听听就算了，早点睡。”贾冰说完挂了电话。

面对生活的谜题，我失眠了。每一个人的际遇都和自己的决定有关，却又不能由自己做主。年轻时太急着知道答案，不管不顾，说好听的是勇往直前，说残酷了叫不撞南墙不回头，谁不是一边受伤一边痊愈，可到了下一个路口，面对同样的人，面对同样的事，你真的避得开吗？

第二天，贾冰带孩子去医院复查，毛毛拎着孩子的随身物品陪在左右。自从上次之后，贾冰并没有刻意疏远毛毛，毛毛也没有再提起此事，两人心照不宣，都小心翼翼、绝口不提。

走过小区的花园，贾冰站住了，毛毛也站住了。陆明禹在距离两人不到五米的地方，米色风衣的衣角和头发都被风吹动着。三个人就这么静静地站了一分钟，贾冰知道此时不能再装懦夫了，她把孩子给毛毛：“你跟孩子在车上等我一会儿吧，我跟他说几句话就过来。”

毛毛面对陆明禹，一目了然，无须多言，抱着小星星走了。贾冰和陆明禹到小区公园的长椅上坐下。

“对不起，没跟你打招呼就来了。”沉默了许久，陆明禹才开口。

“没事，你还好吧？什么时候出、回来的？”贾冰故意换了一个措辞。

“上周，挺好的，家里的事情解决了，虽然损失惨重，但好在已经查清楚了，我爸妈还在国外，家里的烂摊子还是要收拾，不过不用担心，有很多人还在帮我。”陆明禹语气平静。

“那挺好的，雨过天晴了。”贾冰笑着说。

“你也……挺好的，这么快就结婚有孩子了。”陆明禹比画了一下，“是男孩还是女孩？”

“男孩，但我没结婚。”贾冰想起来还没告诉陆明禹孩子的事。

“啊？”陆明禹惊讶。

“啊什么啊，孩子是你的。”贾冰简单直接，因为也没什么好隐瞒的。

“啊？”陆明禹仿佛晴天霹雳，准确地说是天上掉馅饼，本以为出狱之后面对的都是糟心的事情，万万没想到竟然有了这么大的一个儿子。他张着嘴看着贾冰，不敢相信她说的一切。这句话足足让他消化了一阵，脑袋闪过无数个问题，最后选了一个最关键的问题“那、那个男的是……”

“朋友。”贾冰回答。

“男朋友吗？”陆明禹不确定。

“如果你晚一步，可能就不一定了。”贾冰这时候还忍不住开陆明禹玩笑，在心里她依然把陆明禹当作自己最亲的人。

陆明禹明显有些激动，颤抖着说：“我想看看孩子。”

贾冰觉得有些头疼，毕竟陆明禹是孩子的爸爸，她再三犹豫，说：“我们去医院，你一起来吧。”

就这样，三个大人带着一个孩子去了医院，一路上谁也不说话，只有孩子在贾冰怀里咯咯地笑。

胡蝶出国的日子近了，张默淏创业也有了新的进展，他的项目书被一个老板看到，很感兴趣，张默淏要开始寻找团队，准备大展拳脚。张默淏得意扬扬地请我吃饭，在饭桌上跟我规划宏图伟业的时候，我实在忍不住了，问他：“胡蝶就要走了，你到底想怎么样？”

张默淏默默喝了一杯水，低头不语，我忍不住道："你的蓝图里从来就没有她，而她呢？人家为你做了那么多，良心都被狗吃了吗？"

"你最近怎么这么喜欢骂人啊？"他把杯子磕在桌上。

"我这是为了你好，要骂醒你啊！如果还有别的什么让你清醒的办法我都会用的。"恨铁不成钢，我真想打张默淏一巴掌。

"我不知道我对她是什么感觉啊！我们认识太多年了，早就分不清了。"张默淏说完又喝了一杯水。

"那你对李澜妃呢？"隔了这么久，我终于敢在张默淏面前提这个名字。

"那是心动吧。"张默淏如实作答。

"你现在见到她还会心动吗？"我追问。

"头疼。"这点我也相信是真的。

"那胡蝶呢，胡蝶没有让你心动过吗？"

张默淏默认了，我知道他这个人，如果他觉得没有，他会反驳我，他一旦沉默了，就是真的有。

我乘胜追击，问："什么时候？"

"说不好，但……"张默淏想了很久，"每一次她要为我拼命的时候，我心里都有些不一样的感觉。"

"那你还等什么？那就是喜欢啊，去追啊，你是不好意思还是怕被她拒绝？"我仿佛看到了一点希望。

张默淏有点迷茫："心动就是喜欢吗？"

"我就问你，她和'小狼狗'在一起的时候，你是不是很生气？"这时候能举例子给他。

"你怎么知道？"张默淏觉得神奇，我一巴掌想呼他脸上。我怎么知道？这可太容易看出来了吧。

“我还看不出来你肚子里的弯弯绕吗？生气就是吃醋啊。如果她嫁给‘小狼狗’，你会不会非常难过？”

“嗯，那就是吧。”张默淏终于承认。

“是吧？就是！”我夺过来他的酒杯，“那你快去啊！”

“去干吗？”张默淏又开始嚷。

“去追她！”我指着门口嚷回去。

半个月之后，毛毛跟贾冰告别：“上面有个进修学习的名额，单位派我去，挺好的机会。”

“谢谢你，毛毛，在我最难的时候有你帮我。”贾冰既愧疚，又感激。

“客气什么？都是朋友。我特别羡慕你们几个，苦难的时候都在彼此身边。”

“是啊，”贾冰喟叹一声，“再苦都是甜的。你一定要好好的，找个好姑娘。”

毛毛笑着挠头。

胡蝶没有跟我们任何人说要提前去上海，从上海直接去美国，一条微信通知大家的时候，人已经在去机场的路上了，她说不想让大家送行，害怕离别的场面太奇怪了。

张默淏看到微信的时候正在抢我的早饭，鸡蛋在嘴里噎得眼泪都出来了，喝了三杯水才好点。

我把微信里的内容默读了一遍，以为自己看花了眼，又大声朗读了一遍给张默淏听。

“行了，你别读了，我识字。”张默淏把剩下的半个鸡蛋吃了。

“你还在这儿吃？傻眼了吧你？”我拍着张默淏的后背。

“又不是不回来了。”到现在张默淏还在嘴硬，我没见过这么死猪不怕开水烫的人，将另一半鸡蛋劈手夺来。

“要是她带回来一个金发碧眼的‘小狼狗’呢？你别忘了，胡蝶现在可是早就蜕变成万人迷一般的花蝴蝶了。上次我们一起去吃饭，一路有很多帅哥跟她搭讪……”我添油加醋地刺激张默淏。

“她……她哪有这么大本事……”张默淏明显底气不足，虚得很。

我把他的手机和钱包塞到他怀里，打开大门：“行了，别跟哥哥这儿装坚强了，跟我撑这面子有什么用？你什么样我还没见过？！你现在去机场的话，还来得及！”

“我替你去送送……”最后一个“送”字还没说完，张默淏鞋都没换，早已夺门而出。

张默淏“飞”到了机场，我问了胡蝶的航班信息发给张默淏，张默淏穿越机场的重重人海，找到了正在排队办理登机牌的胡蝶。

胡蝶有点意外，问他：“你怎么来了？不是不要你们送吗？”

没想到张默淏无厘头地说：“别去了，国外不安全。”

胡蝶无可奈何地笑了：“胡说！你赶紧回去，别添乱，这都排队呢。”

“国内不能读书吗？北京不能读书吗？昌平还有好几个国际学校呢？”张默淏语无伦次。

“你拉倒吧，你去过昌平吗？我看该上学的是你吧，小朋友，快回家别捣乱，晓峰怎么能把你放出来呢？”

“你走了，贾冰怎么办？”张默溟继续胡搅蛮缠。

胡蝶更想笑了：“大哥，贾冰现在过得比你好多了，你到底要干吗？”

“那你的网店怎么办？”张默溟像只热锅上的蚂蚁团团转。

“你到底要说什么？这么磨蹭，快点说！”胡蝶看了看表，她很着急。

张默溟终于鼓起勇气，大声说了句：“我要说，我喜欢你！”

胡蝶彻底被逗笑了：“你在这儿拍电视剧呢？镜头呢？别开玩笑了，我要走了，时间快到了。”

张默溟一把拉住她的手：“我说的是真的。”

“你算了吧，我在你身边这么多年你都无动于衷，我要走了你说喜欢我，这不是耍我吗？”胡蝶拿到登机牌走出人群。

“我没有，之前的事情我也说不清，但是现在我可以确定，是真的。”张默溟信誓旦旦。

“你确定个溜溜球啊，你就是觉得我要走了，才难受。根本不是喜欢我，就像你的玩具丢了，但只要有新的玩具，肯定就不会再伤心了。”胡蝶一语中的。

“坚决不是，我从来没把你当玩具，你是我最信任的人。”张默溟见胡蝶根本不相信，差点要举手开始发誓了。

“信任不等于喜欢。我 160 斤的时候你怎么不喜欢我？现在我 90 斤了你说喜欢我，说白了你们男人就是视觉动物，根本没有心的。”

“你怎么把我说得这么肤浅？”张默溟反驳。

“你本来就是这么肤浅的人，你跟那个李澜妃……算了，你们男人都是大猪蹄子。”

“你们最近怎么都这么爱骂人呢？我不是！我不是大猪蹄

子！”

“行了，你不是，你不是，别闹了，快走吧，我要进去了。”胡蝶拉起行李箱，准备去安检。

张默淏又横在她面前，比起耍横，张默淏说是第二，就没有人敢认第一。

“我没开玩笑，我很认真的，我现在证明不了自己，你能不能给我一次机会？”

“我不小了，我要有自己的事情去做。”胡蝶深深叹了一口气，松开挣扎的手，“小时候我喜欢你，没错，那时候我还是小女孩，现在我都这么大了，真没时间陪你闹了，你以为还像小时候你要我帮你写作业骗老师找家长吗？ 这个责任你担不起，我也陪不了。”

然而张默淏并没有完全理解胡蝶的意思，他此刻只想把胡蝶留下来：“你怎么就是不相信我呢？”

“通过李澜妃的事情我就知道你还是个孩子，成熟男人不会像你一样模棱两可、磨磨叽叽，最后还躲情伤躲到西藏去，我都懒得说你。你有时间找我，不如自己长大，我不想当你妈。”

“行！”张默淏被说得体无完肤，负气地点点头，“那我问你，你现在还喜欢我吗？”

“我、没、有！”胡蝶瞪大眼睛一个字一个字地说。

“是没有还是不喜欢？我出事的时候，你为什么已经买好了去西藏的车票？”张默淏指着胡蝶嚷。

“我那是替你妈、替你姥姥去！”胡蝶回答。

“你少来！”张默淏跟胡蝶认识太多年了，她的一举一动，张默淏都了如指掌，她是在说真心话，还是在撒谎，“你不喜欢我，为什么吃李澜妃的醋？”

“就她那种白莲花，我们正经女孩子都不喜欢。”胡蝶跟话很快。

“你不喜欢我你为什么要走，不敢继续留在北京？”张默淏继续追问。

“我哪有什么不敢，机会难得，我出国学习是为了自己啊。”胡蝶被搞得一点脾气都没有了，“张默淏，你让开吧，我真的要走了。”

“行，你再听我说完最后一句，讲完了你要走的话，我也没有遗憾了。高考的时候，是我让我妈把我的高考志愿告诉你的，希望我们还能在同一所学校，那时候我不懂，但心里还是依赖你。大学毕业吃散伙饭那天，在你寝室楼下，我不是故意赶你走，你去上海我难过了很久，不跟你联系也是因为碍于面子不知道怎么开口。后面的事情你都知道，你有‘小狼狗’，我追李澜妃，走了一圈，最后剩下的还是我们俩，如果你真的不喜欢我，你现在就走。”

胡蝶在原地站着，机场人影幢幢，周围嘈杂一片，然而她好像什么也没听见，什么也不在意。

人生有很多快乐。比如，第一次逃课，第一次替同学撒谎说没留作业，第一次在家偷穿大人衣服，第一次打篮球，第一次发现自己喜欢上一个人。还有，每次冬天一起看雪、堆雪人；每次打架之后坐在门口，一人一个棒棒糖，每次替你拆情书，每次重归于好，以及每次久别重逢。

这些快乐里，都有你。

胡蝶攥紧拳头，挥手给了张默淏一拳，手却被张默淏攥住：“这么多年了还来这招儿。”说完把握着的手揣进自己口袋，推着行李车往外走，“走，回家！”

两年之后，张默淏创业初见成效，有了小老板的样子，胡蝶参加了一个模特综艺节目，但还是受不了真人秀，参赛没多久就退赛了，不过还是提升了知名度，网店赚得盆满钵满。贾冰成了全职妈妈，陆明禹北京、深圳两边飞，每周日必定回来看孩子，去年两个人终于正式扯结婚证了。我呢，什么都没变，还住在原来的公寓里，最近给每个人都寄了一本刚刚出版的小说《你是我发烧时的黄桃罐头》，希望他们每个人看的时候都会笑着说：我怎么这么优秀？！